Their Bond Unbroken

五人の絆

友情は国境を超えて

三和書籍

目次

第一章　東京　一九六二年六月　一時的な居場所

ケヴィン・ブラニガンは、仲間たちと共にデモ隊の最前列に立ち、竹竿《たけざお》を横にして腹の前にしっかり引きつけて握りしめていた。シュプレヒコールと歌声が辺りに満ちていた。同志たちと共に、もうすぐこの公園から、街頭へ駆け出すところなのである。そこには機動隊が警棒を腰だめに構えて待ち構えている。さっと風が吹いて、後ろの誰かが掲げている幟《のぼり》がはためき、日本語で書かれた文字が肩越しに見えた。「米ソ核実験断固反対！」まったく、核爆弾を大気圏でぶっぱなす実験なんて、バカのすることだ。しかし、その信念は、自分がデモ隊のずっと後方にいても、いやずっと前方にいる野次馬の中に混じっていても、同じくらい強固だっただろう。このままで、マルクス主義者と腕を組んで行進することになっては、警棒で殴られるか逮捕されるか、なんらかの覚悟をしなければなるまい。

「外人が混じってるんで、ポリ公たちは驚いてるぜ」鍛えぬいた腕をケヴィンの右腕に絡めて土井が言った。彼はカメラを向けている警官を見つけて言った。「おい、写真を撮ってるぞ、にっこり笑ってやれよ」

ケヴィンは口元が歪《ゆが》むのを感じた。気楽なもんだ。柔道黒帯の土井武は、これから起きる騒ぎが楽しみなのだ。デモの目的なんか関係ない。

「相変わらず土井はわかってないなあ」ケヴィンの左側から声がした。「シリアスな表情がいい、テレビ局が来るかもしれないからな」秀夫が明るい目でケヴィンを見ていた。秀夫は土井より背が低く痩《や》せていて、縁無しメガネをかけた真面目《まじめ》な男だが、彼も今から起きることに興奮しているようだった。デモ隊の最前列に外国人まで混じって余計注目を集められるとあって、なおさら興奮しているのかもしれない。秀夫は外国から来た者さえ友達として接し、周囲に馴染《なじ》むようにしてくれた。また、彼は反戦組織「革命的青年同盟」の熱心なオーガナイザーで、常に新しい参加者を求めていた。

「ほんとにアメリカ大使館まで、行き着けるつもり？」ケヴィンは尋ねた。

「そう、それからソ連大使館だ」と秀夫は、大きくなってきた周りの叫び声に負けないように、大声で言った。「帝国主義者とスターリン主義者の両方に、人民の怒りを感じてもらおうじゃないか。素晴らしき反戦闘争の一日ってわけさ」

秀夫の言うことは非現実的だ。だが他に何が言える。デモ隊を鼓舞するアジビラを書いたのは彼なのだから。ケヴィンは後ろを振り返ってみた。何百、いや少なくとも千人に及ぶ学生たちが五編隊になってズラリと並んでいた。色とりどりのプラカードや幟が、公園を縁取る桜や杉の木の緑に映えていた。ポール二本に張られた一番大きな横断幕には、「革命的青年同盟」という字が躍り、その存在を示威していた。革青同W大学支部の最新メンバーとして、ケヴィンは誇らしく思いこそすれ、場違いや不安を感じるべきではない。

ケヴィンは京ちゃんの卵形の顔を探した。京ちゃんは、ほんの数列後ろの、彼女言うところの「戦う女性群」の中にいて、「NO MORE HIROSHIMA《ノーモアヒロシマ》！」と英語で書いたプラカードを持っていた。

「直接行動」に備えて髪を短く切ったわよ、と彼女に言われた時、秀夫には何も言えなかった。自分のガールフレンドの今井京子が、女優のような髪形より反戦闘争を優先させることに、文句を言う筋合いはない。

「捕まると、京ちゃんが怒るよ」とケヴィンは秀夫に言った。

「彼女はきついからなあ。お前に同情するよ」土井が言った。

ケヴィンは微笑をこらえた。キャンパス中の男子が、もちろん土井も含めて、みんな秀夫を羨《うらや》んでいることを知っていたからだ。土井が京ちゃんに手を出さないのは、単にリーダーへの忠誠心からだ。

「彼女、またお前らに何か言ったの?」秀夫が聞いた。「僕のことを守ってねとか?」

ケヴィンは思わず土井に目を向け、土井は土井で「誰に? 俺たちに? まさか」と言わんばかりのとぼけた目を秀夫に向けた。

秀夫は「二人ともルールはわかってるだろ。『危険は山分け!』オーケー?」と言った。

「あ、カズだ」と土井が言った。「今日は休めって言ったのに。ずっと体調悪かったから、あいつ寝てなきゃ」

小林和正《かずまさ》、童顔の青年がデモ隊最前列に近寄り、機動隊に背を向けて立った。カズは秀夫、京ちゃん、土井と同じく二年生。学生集会に積極的で、権威主義の教授には真っ向から反抗していたが、ケヴィンにはどう見てもカズは大学生らしからぬほど幼く見えた。カズは片方の手で竹竿の真ん中を持ち、別の手で笛を取り出した。真剣そのものの突き出した顎《あご》と、垂れ目とのコントラストが若干滑稽《こっけい》だった。ずっと下痢ぎみだったカズは、土井のアドバイスを聞かなかったことを悔やむことになるか、正直五分五分のところだろうか。

「準備はいいか?」とカズ。

秀夫が頷《うなず》いた。

カズが笛を二回短く吹くと、デモ隊の「わっしょい!」が響き渡った。ピッピッ、「わっしょい!」――その拍子に合わせて、ケヴィンの足もデモ隊の足も前に動き出した。カズは自分の吹く笛と「わっしょい」に合わせて後ろ向きに進みながら、デモの隊列をうまく公園の出口まで誘導した。ケヴィンはなだらかな傾斜を少し下りて路肩へ、そしてとうとう車道まで出てしまった。そばには秀夫、京ちゃん、土井、カズがいる。この四人の友情のおかげで、自分にも居場所があると思える。たとえ一時的にしても。

「このデモは、東京都公安条例違反です。直ちに解散しなさい!」と耳障りな声が拡声器を通して響いた。

カズは、肩越しに機動隊を見た。だんだん距離が狭まる。九メートル、六メートル、三メートル……機動隊員はアメフト選手並みの体格をしている。背は自分や土井と同じくらいで、秀夫やカズとは頭ひとつ分違うとケヴィンは目算した。これはまずい。

「今だ!」秀夫が叫んだ。

カズは笛を吹き続けながら、竹竿にその細い体をあずけた。ケヴィンは肩甲骨に誰かの頭が押しつけられるのを感じながら、秀夫と土井の見真似《みまね》で、後方から詰め寄るデモ隊の力を溜め込むように踵《かかと》で踏ん張った。

アスファルト上をズルズル前に押されながら、秀夫は「ホールド！」と叫び、次に「突撃！」と号令するや、アメフトのラインマンのごとく体を前屈させて突進した。カズはぴょんと脇に寄り、くるりと回って、土井と腕を組んだ。

デモ隊の学生が機動隊とぶつかって、ケヴィンの胴のあたりで竹竿が二つに折れた。彼は誰かの足に躓《つまず》いた。機動隊員が一人倒れた。次から次に機動隊が手と警棒を突き出して襲ってきた。秀夫が後ろにのけぞって、あわや頭を打ちそうになったが、ケヴィンは彼の腕をつかみ、押し潰《つぶ》される前に彼を引き上げた。だが、機動隊員の膝蹴《ひざげ》りが待ってましたとばかりに飛んできた。ケヴィンは横倒しにゴミ箱に突っ込み、肘《ひじ》に擦り傷を負った。ゴミ箱は近くの蕎麦《そば》屋の店先まで転がっていった。見渡す限り取っ組み合いの乱闘だ。「素晴らしき反戦闘争の一日」ってわけか。

機動隊員の出動服の隙間《すきま》から、道の向こう側が見えた。あれは秀夫か？　機動隊員二人に背中で腕を羽交締《はがいじ》めにされて、護送車に乗せられようとしていた。ケヴィンはすっくと立ち上がると、乱闘に飛び込んだ。何をしようとしているのか、自分自身にもわからなかった。土井の方が先に駆けつけた。土井は、秀夫を捕らえた機動隊員二人の前に立ちはだかると、腕組みをし、顎をクイっと上げて、不気味な明るさと獰猛《どうもう》さで見下ろした。

「誇り高き民衆の守護者よ」と土井は、周囲の怒声も唸《うな》り声も、そして人と人がぶつかり合う騒音も突き抜ける声で叫んだ。「彼をしょっ引くのは間違っている」土井は足を広げ重心を落として身構えた。「犬小屋に戻って、反省しやがれ」

「その通りだ。こいつらは犬だ」カズも横からなじった。彼の他にも三人が乱闘から抜けて近くに来ていた。そのうちの一人はカズに肩を貸している。四人は機動隊員を囲み「彼を釈放しろ」と繰り返した。

機動隊員は顔を見合わせ、道路の両側に素早く目をやった。他の隊員は学生デモ隊と取っ組みあいだ。援護は見込めない。こうなったらどちらが先手を打つかの問題だ。

ケヴィンの腕に誰かの小さな手が触れた。普段なら払いのけるところだが、そうしなかった。誰の手かわかっていたからだ。京ちゃんが目の前に立ち、彼のもう片方の腕もつかんだ。優しい目を向けている。「ケヴィン、あなたは逮捕されるわけにいかないでしょ」

「彼らだって」とケヴィンは秀夫、カズ、土井の方に頭を傾けた。

「何があったって、あの人たちは国外に追放されないわ。でもあなたは違う」と言って、彼女は手を放した。「アメリカに帰りたいわけじゃないでしょ?」

痛いところを突いてくる。アメリカには誰も待っていないことを彼女はよく知っているのだ。ケヴィンは京ちゃんの視線から目を逸《そ》らし、彼女の後方に目を向けた。秀夫は眼鏡《めがね》をなくしてしまったようだ。目を閉じ、口もつぐんでしかめ面をしている。土井が機動隊員に飛びかかり、そのうちの一人に足払いをかけてひっくり返した。もう一人も、カズ率いる学生たちに押されて後ずさりしている。気づけば秀夫は一人になっていた。下を見ながら、腕をさすって突っ立っている。京ちゃんが駆け寄り、ケヴィンもそれに続いた。

「大丈夫?」と京ちゃんが聞いた。

「うん、また眼鏡を叩《たた》き落とされちゃったけど。頭にくくりつけとけばよかった」そう言いながら、秀夫は上着のポケットから眼鏡ケースを取り出した。「京ちゃんに言われた通り、これ作っといてよかったよ」

秀夫は予備の眼鏡をかけた。ケヴィンも彼と一緒に、周囲のありさまを確認した。デモ隊の前半の隊列はズタズタで、学生たちは方々に追いやられている。幟も横断幕もプラカードも道に落ちていた。隊列の後ろ半分はまだ公園から出ることさえできずにいる。公園の入り口近くに灰色の機動隊の人員輸送車が停まっている。後半のデモ隊は、到着したばかりの別の機動隊に阻まれてしまったのだ。

「皆を集めて体勢を立て直さなきゃ。誰がメガホン持ってる?」と秀夫。

ケヴィンは「もう、終わりだよ」と首を振った。

「見て」と京ちゃんが言った。彼女が指差す方を見ると、二台目の人員輸送車が到着したところだった。「もう明らかに形勢は不利よ」

「でもまだ何とか……」

「仲間の何人かも怪我《けが》したし、カズも倒れる寸前よ」

「彼女の言う通りだ。今日一日だけで十分やった方だよ」とケヴィンも説得した。

たとえ十分でなくても、自分をデモに誘ってくれた四人の友を何とか安全な場所に逃れさせたかった。彼らがパーフェクトだとは思っていない。けれど生まれ故郷では味わったことのない情を彼らがかけてくれたことは、絶対忘れられないことだった。

＊＊＊＊＊＊＊

ケヴィンは秀夫の六畳一間の部屋にいた。壁に凭《もた》れ足を投げ出して座っている。土井もその横の壁に凭《もた》れて、曲げた膝に手を置いて座っていた。ケヴィンの向かいには、その部屋でたった一枚の座布団に京ちゃんが座り、秀夫の眼鏡は天井の豆電球の灯《あか》りに反射していた。カズがいないので、部屋はなんとなく淋《さび》しかった。

もしカズがここにいたら、秀夫救出のお手柄を皆で称《たた》えていただろう。おそらく彼自身は「当然のことをしたまでだよ」と言うだろうが。カズは幼い時に空襲で母親を亡くした。それが物心ついた頃の最初の記憶だそうだ。それ以来、いつも自殺を考えながら生きてきたと言う。平和主義の日本を築くという人生の目的に出会っていなければ、あるいは本当に自殺していたかもしれない。カズの目をその目的に向けてくれたのは秀夫だった。

「カズはおとなしく言うこと聞かなかったんじゃない?」とケヴィンが土井に尋ねた。

「あのマヌケ野郎がぁ」土井は自分の膝の前方を睨《にら》みつけながら言った。「あいつのことを下宿まで担いでいってやったも同然なんだぜ。なのに、大丈夫だ、ここに来て皆に謝りたいと言いやがる。玄関を通せんぼして、寝てろってしかりつけてやった」

「謝るって、何を?」と秀夫が聞いた。

「竹竿に十分体重をかけられなかったって。機動隊のラインを突破できなかったのは、自分のせいだって」

「そんなバカな。まったくあきれたマヌケ野郎だ」秀夫が言った。

「皆に順繰り看病してもらって、恥ずかしくて申し訳ないのよ」と京ちゃんが言った。「でも放っとくわけにいかなかったわよね。赤痢は重病だもの。私たちが彼に水分補給させてなかったら、いったいどうなっていたことか……」彼女の声が小さくなった。「とにかく、カズは病気で書店のバイトを休みすぎて馘《くび》になっちゃったわ。お金がなくて薬も買えないし、下宿代も一ヶ月遅れてるようよ」京ちゃんは一人一人を見回した。「私が父に仕送りを止められた時、みんなと同じように、カズもありったけのお金を私にカンパしてくれたわ」

彼女の「過激な思想」を弟たちにうつさないように「実家にも戻ってくるな」と言い渡されたと、以前京ちゃんが話してくれたのをケヴィンは思い出した。仲間のおかげで、彼女は大学を辞めずに、なんとかバイトを見つけるまで凌《しの》げた。長時間ウェイトレスのバイトをしながら、夜間勉強する生活はきついはずだが、彼女は、今度は自分が助ける番だと言わんばかりに必死だ。

「僕らが下宿代を立て替えようとしたら、治療や休養どころか、カズは起き出してバイトを探そうとするんじゃないかな?」とケヴィンが聞いた。

「そうはさせん」と土井が顔をしかめて言った。いかつい肩をしながら、アスリートらしい身軽さですっくと立ち上がると土井は、「俺は今からもう一度あいつの汚い下宿に行く。行って、病気が治るまで一歩も外には出るなと言い聞かせる。必要とあらば押さえ込む」

ケヴィンは思わず笑ってしまった。京ちゃんも微笑《ほほえ》み、秀夫も「それ、皆で順番にやってもいいいな」と笑いながら言った。

土井は部屋を出た。土井のどっしりした足取りが廊下のきしみと共に遠ざかっていった。土井はいつも友達を守ろうとする、とケヴィンは思った。それは過去に、大切な人を守りきれなかったことがあったからだろうか？　土井は一度だけ静かな声で話してくれたことがある。

その昔、終戦直後の極貧暮らしの果てに、栄養失調と結核で妹を死なせてしまったことを。少しでも妹の体力を回復させたくて、両親と同じように、配給された自分の一日分の食料を妹に与えてやろうともした。けれどその甲斐《かい》なく、彼が五歳の時に妹は永遠に目を瞑《つむ》ってしまった。その後、土井は闘うことで悲しみを閉じ込めた。少年時代には柔道で、最近は酒の勢いの喧嘩《けんか》や機動隊との衝突で。妹にしてやれなかったことを、今度こそはやり遂げたいという気持ちもあるのだろう。

「私も行かなきゃ」と京ちゃんが座布団から立ち上がった。「明日、試験なのよ」

秀夫が、京ちゃんを玄関まで送るために立ち上がると、ケヴィンも立った。これはアメリカの作法であって、日本ではちょっと場違いなのに。

ケヴィンは「明日一緒にカズに会いに行く?」と聞いた。

「みんな一緒はダメだ」と秀夫。「僕が、朝のうちに集められるだけのカンパを集めておく。試験の後で、それを京ちゃんからカズに届けてもらおう。僕や君、ましてや土井よりは、京ちゃんのほうがカズも拒みにくいだろうから」

京ちゃんが、呆《あき》れた目を秀夫に向けた。「あらまあ、男子がそんな繊細になっちゃうとは。いっそ『資本論』をしまって、詩でも書いたほうがいいんじゃない?」そう言って、彼女はケヴィンに「また明日ね」と会釈した。

ケヴィンは座り直し、二人の足音に耳をすませた。玄関に着いた頃だろうか。ドアを開ける音は聞こえない。二人でお喋《しゃべ》りしているのか、それともキス? いや、いつ誰が廊下に出てくるかわからない、こんな男子寮でそれはないだろう。京ちゃんの一間のアパートだけが、二人きりになれる空間だろう。ドアの開閉する音が聞こえた。秀夫の足音が廊下を戻ってくる。

　ケヴィンは一人きりの室内を見渡した。京ちゃんも、カズも、土井も、この部屋の中でそれぞれの身の上を語ってくれた。そして秀夫も。「僕の父親は農家の倅《せがれ》で、農家の娘だった母を嫁にもらった。天皇陛下に命を捧《ささ》げよとの呼び掛けに応じて、海軍に入隊しちまった。気の狂った指導者どものおかげで、父は珊瑚海《さんごかい》の底に沈んだままさ。僕は父のことを全然知らずに育ったんだ」

　四人がどうやって仲間になったかもこの部屋で話し合った。高校生として四人は日本がもう一つの戦争に巻き込まれることを絶対に回避するためにアメリカの軍事基地を許す日米安保条約の改悪に反対するデモにそれぞれ参加した。大学に入って、反戦組織を探して、革青同を見つけたが、本当のところはある晩土井が言ったように、「秀夫が最初に入って、俺たちを誘ったんだ」

　身の上を一番話したがらないのは、この部屋にいる唯一の外国人だとケヴィンも自覚している。ジョン・ハーシーの『Hiroshima《ヒロシマ》』と広島平和記念資料館に導かれて、革青同の反核ポスターの貼《は》ってある学生掲示板の前に立っていると、秀夫が彼を見つけて話を始めた。ということを皆に話したが、自分の居場所を求めて苦悩している、けれど、秀夫たちのように、それを戦中戦後の悲惨さのせいにはできない。これまでわずかに仲間に打ち明けたことは、「何かに秀でたい」という強い思いがあることだけだ。「日本語がうまくなってどうすんだ?」と土井に聞かれたことがある。「どうしてわざわざ一年休学して日本語を勉強し、日本の大学に転入する必要がある?」それに対して、「たまたま東洋史を受講した時、その教授が足利幕府にのめり込んだ人で、レインコートを脱ぐ間も惜しんで講義してくれたんだ」と答えた時、ほぼ全員がキョトンとしていたが、秀夫だけは、「ああ、その教授は別世界に逃げ場を見つけたんだね。だからケヴィンも、『僕もそうできるはずだ』って思ったんだろう」と言った。

その時、秀夫は別の表現もできたはずだ。意義、喜び、冒険とか。だけど敢《あ》えて「逃げ場」と言った。それはまさに的中している。「なるほど、そうだね。そんなふうに考えたことなかったけど」とケヴィンが答えた後、秀夫は続けて「何からの逃避だい?」とは聞いてこなかった。その問い掛けは、心の傷を広げる危険があると察したのかもしれない。

秀夫が部屋に戻ってきた。「ああ、酒がなくて残念。どえらい一日だったのにさ」

「カズと土井なしで飲んでもつまらないさ。歌おうって気にもならないし」とケヴィンは返した。

「確かに。まあ、次のデモの後でたっぷり歌うさ。今日よりは首尾よくいくはずだ。新しい支部がどんどんできて、ビラ配りのボランティアも充実している。ブルジョア志向のマスコミだって、僕らが街頭に出たら、もう無視するわけにはいかない」と秀夫は言った。

「秀夫、軍隊に対する君の考えは知っているつもりだ」とケヴィンは言った。低い机上にある額縁の中で、秀夫の父親は若い青年のまま、大日本帝国海軍の軍服に身を包み、厳しい面持ちで起立している。「日本が別の戦争に引きずり込まれてなるものか、っていう秀夫の気持ちはよくわかる。だからこそ、できるだけ広い視野で取り組んだほうがいいんじゃないのか？　警察と衝突して一般人を遠ざけることはないと思うけど」

遠くを見る眼差しで秀夫が答えた。「遠ざかる人もいれば、賛同してくれる人もいるはずさ。特に労働者階級の青年たちの間で。『直接行動』がなければ、本当に世の中を変えるような革命運動は起こせない」

「また始まった、君の反乱ファンタジーが」いったんこういう調子になると、秀夫には歯止めが効かない。彼にとって、「プロレタリア」は奇跡を起こす原動力であり、彼はどんな犠牲を払ってでも、そのために道を切り拓《ひら》くつもりでいるのだ。

「意外かもしれないけど、僕なんか革青同では穏健派なんだぜ。Ｍ大のキャンパスに石田勝って奴がいる。あんな演説のうまい奴は初めてだっていうくらい雄弁なんだけど、そいつに言わせると、僕たちはまだまだ手ぬるいらしい。彼のシンパはまだ少ないけど、だんだん増えてきている。彼のスローガンがまた声明っぽくてさ、『階級闘争よ、新次元を目指せ！』だぜ。ケヴィン、準備はいいか！」

「うん、待ち遠しい、待ち遠しい」

秀夫は首を傾《かし》げて「熱烈な返事をありがとう」と皮肉り返した後で、じっとケヴィンを見つめ、「それで思い出した。先週、皆でここに集まった時、『インターナショナル』を歌った後で、何か小声で言ってたよね。あれは何を言ってたんだい？」

「何も言った覚えはないけど」

「土井が、英語版のほうが好きだ、特に『We have been naught, we shall be all（我らは今までまったくの無であった、いざ友よ！　これからはすべてとなろう）』のくだりって言ったら、君は『僕らがみんな無事ならね……』とか言ったよ」

「酒のせいさ」

「いや、ケヴィン、君はいつも不安そうなんだ」優しい声で秀夫は続けた。「怖がっているというんじゃない。君は僕らより一つ年上だし、その拳《こぶし》の傷を見ても、喧嘩《けんか》さえしたことがあるのがわかる」

「そのことは話したじゃないか」

「ゴタゴタがあったことは話してくれたけど、どんなゴタゴタかは聞いてない。君が育ったフォスターホーム（児童養護施設）で何かあったのかい？」

ああ、営利主義のフォスターホーム。葉巻の空箱の映像が脳裏に蘇《よみがえ》り、ケヴィンは掌《てのひら》を畳にぴたりとつけた。「いつも食べ物を取り合っては、こっそり葉巻の空き箱に隠した。必死で……」ちょっと言葉を探して「ものを隠した、それを必死で守ったんだ。でもそんなこと、どうでもよくないか？」と切り上げた。

「気に障ったのならごめん」と秀夫は言った。「ただ、僕らのやることが、どうしてそこまで君を不安にするのかが知りたくて」

ケヴィンは上体をそらして天井を見上げた。いつもだ。秀夫の問い掛けはいつも心の壁を崩して核心に迫ってくる。「やっぱり、怖いのかもしれない」

「怖いって、何が？」

ケヴィンは首を振った。どうしても言葉にできない――また独りになること。「この調子で行ったら、仲間の誰かは刑務所行き、別の誰かは警察から逃げ回るはめに」あるいは、日本から強制退去。「そうなったら助ける術《すべ》もない」

「一時的なことさ」と秀夫は言った。

「でも、保証はできないだろ」

「なぜ保証なんて必要だい？」

なぜと言われても。ケヴィンはうなだれて、擦り切れた畳を見た。これまでフォスターホームの話をしたことはあったが、なぜそんな場所で育つことになったかは語ったことがない。泣き続ける子を自分の姉の玄関前に捨て、酒臭い息を漂わせながら、よろよろと立ち去った母親のことは。それこそ他人には関係のないことだ。

ケヴィンは、「レポートが残っていて、まだ資料を読まなきゃならないんだ」と立ち上がった。

一瞬、秀夫の表情が引き締まり、たじろいだかに見えた。だが、その表情はすぐに消え、悲しげな影だけが秀夫の瞳《ひとみ》に残った。「カズの体が回復したら、また皆で山に行くつもりだ、一週間後くらいかな。もちろん来るだろ？」

「約束はできない。もし参加できなかったら、僕の分も楽しんできて」ケヴィンは部屋を出て、廊下を歩きながら、自分のぶっきらぼうな態度を悔いた。秀夫だけは、他の人々のように、彼に嘘《うそ》をついたり約束を破ったりしたことはない。秀夫の思いやりは本物だろう。でも、そういう思いで彼を見はじめると、甘ったれた幻想を招いてしまいそうだ。何かを信じたいと願えば願うほど、裏切られた時の苦しみが大きい、それを忘れないで生きるほうが安全だ。

第二章　できない恩返し

ケヴィンは急峻《きゅうしゅん》な斜面を横切る登山道を注意深く歩いていた。足元は泥。踏み外しでもしたら、百五十メートルほど下の岩だらけの河床に真っ逆さまだ。秀夫、京ちゃん、カズ、土井が一列になって前を歩いている。この登山道は長い登りで始まる。いつものことだが、これがきつい。秀夫に言わせれば、山登りは「闘争に備えて自分を鍛えるほどに厳しくあるべき」だそうだ。立派なご宗旨だ。けれど、ただ単純に木々に囲まれた静寂さの中で、仲間との集《つど》いを楽しむだけじゃいけないのだろうか？　なぜ、いつも必ず大義がなくちゃいけないのだろう？

秀夫以外の仲間も同様だ。これまでに、このアメリカ人を読書会に誘ってくれたし、この世界は対立勢力同士の闘争であると、一年の大半をかけて教え込んでくれた。英語訛《なま》りの日本語にもかかわらず、彼らとは意見の異なるグループとの討論会に引っ張り出したり、彼らの論拠を批判させたり、他大学の反戦組織作りを手伝わせたり、自分を同等の仲間としてあらゆる活動に迎え入れてくれた。でもそれは、単に階級闘争の一兵士としての訓練に過ぎないのだろうか？

ケヴィンは松かさを蹴飛《けと》ばした。問題をすり替えている。問題は、彼らの政治観じゃない。政治観ってことなら、彼らが信奉してやまないマルクス主義の主張を採用しなくても、労働者の権利、企業から支配を受けない政府、もっと平等な社会、独立国家日本等で、彼らの気持ちと一緒になれる。ひっかかっているのは、彼らが自分の心に入り込もうとするってことだ。特に秀夫と京ちゃんは、自分が悩みを抱えていることを察して、実に微妙に、それとなく、打ち明ける機会を与えようとしてくれる。その思いやりに甘え、打ち明けて、孤独を忘れてしまいたいという気持ちが心のどこかで湧く。しかし、その気持ちをケヴィンは泥と一緒に踏みつけた。誰かに頼れば、傷つく危険も高くなるのだ。

登山道が下りになり、先を行く四人の姿は道を曲がって見えなくなった。このほうがい い。自分一人で問題と向き合える。要はここから引き返せばいいだけ、と思った瞬間、足が道の縁を踏み砕いていた。枝をつかもうとしたが間に合わない。河床に向かって足から先に滑り落ちた。背中が岩や茂みで擦り剝《む》ける。何かをつかめ、何でもいい。大きな岩に腕の皮膚をひん剝かれながら、やっと片手が木の根をつかんだ。

宙ぶらりんの状態から、ケヴィンは体をひねって山の斜面の方を向いた。もう片方の手も木の根にかけ、泥の斜面につま先を蹴り入れて足掛かりを作った。とりあえず安定し、腕の負担が減った。体の力を少し抜くと、腿《もも》や腹に泥の冷たさが伝わってきた。そうだ、死にたくなかったら、冷静にならねば。ケヴィンは深呼吸をして、鼓動が治まるのを待った。よし、這《は》い上がるのだ。バランス点は四つ、三点支持で一つを動かす。両足を安定させ、左手で木の根をしっかり握って、右手を伸ばした。

いや、無理か……。木の根の上の岩は滑らかで、手掛かりになるものはない。

「ケヴィン、落ち着けよ」と土井の声がした。五メートルほど上方の登山道の縁から、おそらく膝《ひざ》をついた体勢で、頭と肩を乗り出している。カズも、そして京ちゃんと秀夫もこちらを覗《のぞ》き込んでいる。

「今なんとかするから」と秀夫が言った。

なんとかって？　傾斜はほぼ垂直だ。ケヴィンは声の震えを抑えながら「ロープはある？」と聞いた。

「僕たちでチェーンを作る」

「おう！」と言うやいなや、土井は自分のザックを下ろし、傾斜を這い降りようとした。秀夫が慌てて土井の腕をつかんで引き上げ、「お前はアンカーだ。しっかりあれにつかまっててくれ」と何かを指さしたようだが、ケヴィンの位置からは見えなかった。「まずカズが降りて、カズにつかまりながら僕が伝い降りていく」

「私は？」と京ちゃんが割って入った。

「君は予備軍だ。万一に備えて」

「馬鹿なこと言わないで。それじゃチェーンが短過ぎるでしょ。届きっこないじゃない」

秀夫はぎゅっと口を結んだ。強い意志というよりも恐怖が表情に読み取れた。

ケヴィンは頷《うなず》いた。これはテストだ。秀夫は愛する人を危険に晒《さら》すだろうか？

秀夫の目がしっかりこちらを見据えた。答えるように一度だけ頷くと、「わかった」と京ちゃんに向かって「カズの次に行ってくれ」と言った。

ケヴィンは秀夫を見つめた。本当にやるつもりか？　全員が背中のザックを下ろした。

土井が腹這いになり、片腕を山の傾斜に垂らした。その腕に両手でつかまりながら、カズがつま先歩きで斜面を降り、山肌に蹴りを入れて足掛かりを作った。次は京ちゃんだ。

カズの肩、ベルト、踝《くるぶし》を手掛かりにしながら伝い降りてくる。カズの足元から腕の長さ分の位置まで下がったところで、彼女はつま先で斜面を蹴った。少し間を置いて、わずかに場所を変えて再び蹴り始めた。小石や泥がケヴィンの頭に降りかかってきた。京ちゃんの握力が持たずに滑り落ちてきたら、彼女を受け止めることができるだろうか？　また鼓動が激しくなりかけた時、気づけば、泥が落ちてこなくなっていた。京ちゃんは横滑りに動いて、低木の生えた箇所にブーツの先を捻《ねじ》り込んでいる。

「安定してるわ。大丈夫、滑らない」と彼女は言った。

最後は秀夫だ。京ちゃんを体半分くらい通り越して、同じ低木を手掛かりにしながら、ケヴィンの真上の岩に降り立った。「ここもしっかりしてる。いい具合に平らだし」と言うと、石に片膝をつき、ベルトを外し、巨岩の下に垂らした。「引っ張り上げるよ」と言った。

とんでもない。秀夫の力では無理だ。そう思いながら、ケヴィンは木の根から手を放すと、背中のザックを肩から外した。秀夫に余分な負荷をかけたくない。数秒後、手放したザックが水に落ちる音が聞こえた。下を見たい衝動をこらえて、木の根を再びつかむと、両方の足先を山肌に突き立てて体を押し上げて、秀夫のベルトに手がしがみついた。一か八か、やるしかない。

ベルトがピーンと限界まで張りつめ、秀夫の腕が震えた。ケヴィンはペダルを漕《こ》ぐように足をばたつかせ、必死に泥を登った。木の根にブーツのつま先をかけて、ぐっと体を押し上げると岩の上面が見えた。確かにいい具合に平らになっている。だが、ここから先はつるりとした岩肌で足掛かりになるものがない。秀夫にますます体重をかけることになる。低木を握る彼の手は持たないかもしれない。

秀夫を見ながら、「秀夫、君を道連れにしたくない」

「足を使って持ち上げる。大丈夫だ」秀夫は膝を引き戻して、岩の上にしゃがんだ。「いいか」

よくはない。「よし」

ケヴィンは腰を捻《ひね》り、膝を岩肌に押しつけて、なんとか這い上がろうとした。ツルツル滑るばかりで、引っ掛かりがない。時間がかかり過ぎている。なんてザマだ。秀夫が唸《うな》る。必死で足を踏ん張って引き上げようとしている。ケヴィンの胸、そして腹が岩の上面にかかった。秀夫は低木の方に体をのけぞらせ、一層力強く引っ張った。ケヴィンは上体を前に倒し、腹部で岩の縁にしがみつくような格好になった。目の前に低木がある。京ちゃんのブーツに手を伸ばしていいものか？　しがみついた勢いで彼女の足掛かりが外れてしまうかもしれない。ベルトにかけた指を外し、細い枝を握った。枝は、しだれはしたが折れなかった。秀夫に脇の下を持ち上げられながら、ケヴィンはついに膝を岩の上に乗せることができた。体を起こしてみると、まず京ちゃんのカーキ色のズボンが目に入り、そして秀夫の笑顔があった。

「この後はこれほど大変じゃない」岩の突起を指差しながら「あれが使えるし」、木の根を指して「あれも使える」、そして「京ちゃんの肩もある」と秀夫は言った。彼は片膝を曲げて軽く叩《たた》くと、「さあ、まずこれを足場にして。僕は君の後に行く。必要なら下から押してやる」

秀夫にぴったりサポートされながら、ケヴィンは登り続け、頭が土井の手に届くくらいの位置まで達した。カズは土井の手を放し、指に力をこめて山の斜面にしがみついた。土井がケヴィンの手首をしっかりつかむと、ケヴィンも土井の手首をつかんだ。

「もうダメかと思ったぜ」土井は言った。「よくまあ無事に戻ってきたな」

ケヴィンは泥まみれでようやく登山道に這い戻った。「君が力持ちで本当に助かったよ。君のおかげで皆も無事だ」そう言って振り返ると、カズ、京ちゃん、秀夫を引き上げる土井を手伝った。一人生還するごとに、ひたすら「ありがとう」を連発したが、この気持ちはどんな言葉を使っても言い尽くせるものではなかった。

「登山口までまだ二時間はある」と秀夫が言った。「ケヴィン、大丈夫かい？」

「大丈夫だよ。擦り傷一つか二つ、それだけだ」

「じゃ、行こう」秀夫が登山道に戻ろうとした。

「待ってくれ、ちょっと言いたいことがあるんだ」

「そんなのいいよ」

「お礼だけじゃないんだ。謝りたいんだ、これまでの皆に対する僕の態度を」

土井がザックのストラップを締め直し「おい、こいつがオイオイ泣き出す前に行こうぜ」

カズもポケットからハンカチを取り出し、大げさに涙を拭《ふ》く仕草をして「そいつはごめんだな」と言った。

目をやたら瞬《まばた》きながら、ケヴィンは仲間の後について行くと、頭も心も千々に乱れて何も考えられない。もう殻に閉じこもる言い訳がなくなった。前を行く四人に猜疑心《さいぎしん》を抱く理由も。彼らは、あそこまでしてくれたんだ。だとすると、自分に残されたものは？　今この松林の木漏れ日の下に、殻を失い丸裸にされた自分がいる。怖い。だけど初めて希望を感じることができそうな気がする。

****

小道は林道と合流した。他の三人より遅れて、秀夫と並んで歩きながらケヴィンは語り始めた。紛れもなく日本は逃げ場だった。だけどアメリカという国から逃げたんじゃない、自分自身から逃げたんだ。いやもっと正確には、自分をこんな怖がりで自信のない歪《ゆが》んだ人間に作り上げた過去からの逃避だ。

「お決まりのパターンがあるんだ」とケヴィンは続けた。「随分前に気づいたパターンなんだけど、それも自分のせいじゃなくて、人のせいにしてきた。これまで、ちゃんと友達を作れたためしがなかった。誰かが親しくしてくれても、難癖をつけて付き合いづらくしたり、タフなふりをして突き放したりしてきたんだ」

「僕らに対しても、そんなふうに接する時があったよね」と秀夫が言った。「そうしたいわけじゃなさそうなのは僕らにもわかったから、何か理由があるに違いないって思ってた」

その言葉に救われた思いで、ケヴィンは無言で少し歩き続け、「うまく言葉にできるかわからないけど、話してみたい」これまで自分の中でだけ言い続けてきたことを、声に出して。「自分の親に捨てられた人間っていうのは、自分は捨てられて当然だったんだろうか、他の人々も自分をそんなふうに見ているんだろうか、いつかまた捨てられるんだろうか、って思ってしまうんだよ。不安と反感を同時に感じてしまうんだ。僕の過去の喧嘩《けんか》の話にしたって、ありのままを皆に話したわけじゃないんだ」

「この中では誰も君を悪人だなんて思ってないからね」

「それは僕を知らないからさ」ケヴィンは水溜《みずた》まりをよけた。そして小石を踏みつける靴音を聞きながら、一足一足、真実に向かって歩みを進めた。「僕の親は二人揃《そろ》ってアルコール依存症だった。特に父親は酒癖が悪くて、暴れ出したら怒りの矛先は――ベルトを振り下ろす先は――僕だった。たまに母親も壁に押し付けられて顔をぶたれてた。僕が七歳の時に、父親は僕らを捨てて出て行った、そしてそのすぐ後に、母親も自分の姉に僕を押し付けていなくなった。伯母さんと言っても、僕にとっては見も知らぬ人なのに。二、三日そこにいたけど、僕が泣くものだから、伯母さんは苛立《いらだ》って、もうすでに手いっぱいのフォスターホームに僕を預けたんだ。僕は、ママか、この伯母さんが来てくれるのをずっと待ってた。でも、一度も便りさえなかった」

「怒りを感じて当然だよ」と秀夫は言った。「そんな扱いを受けたら誰だって……」

「問題は、その怒りをどうしたかだ。僕は、同じホームに預けられている子供らと喧嘩をしまくった。気に入らないことを言う奴がいたら、そいつを突き飛ばして、突き返されたら、殴った。余りにも頻繁に喧嘩するものだから、別のホームに送られて、それからいくつもの施設を転々と……」ケヴィンは胃のあたりが強張《こわば》るのを感じた。「成長するにつれて、体も強くなって、一人の鼻を折ってしまった、それで二年間、少年鑑別所行きだ。僕を悪人じゃないって言ってくれるけど、この通り僕には前科があるんだ」

「でも、今ここでは大学生だ。話はそこで終わらないだろ」

道の横で小川のせせらぎがした。胃の強張りがほどけて流れていくのを感じた。過去がどうであれ、秀夫は自分を見捨てたりはしないようだ。「またホームに戻された後で気づいたんだ、僕が暴れれば暴れるほど、周りはますます僕をクズ扱いするだけだって。僕は自分をクズだとは思いたくなかった。だから必死に勉強して、大学にも入ってやった。だけど、誰にも気を許したことはなかった」今までは。

「この話、京ちゃんにしてもいいかい？　彼女、君のことを心配してるから」と秀夫が聞いた。

「いいよ。土井とカズにも話してくれていい」

「それを聞いたら、あいつら喜ぶよ」秀夫は足を速めて、京ちゃんと並んだ。

ケヴィンは山の空気を吸い込んだ。前を行く四人は、自分を命懸けで救ってくれただけじゃなく、自分がこれまでずっと否定してきたものを、身をもって示してくれた。「友の絆《きずな》」と彼らが呼ぶもの、まさに仲間同士のつながりだ。とうてい返しきれない恩を彼らから受けた。自分にできることは、彼らの過激なイデオロギーがこの後どのような事態を招こうとも、できる限り最善を尽くして彼らの力になることしかない。

第三章　一九六六年五月　秀夫

ケヴィンはザックを下ろし、シートを広げて、土井とカズの間に腰を下ろした。向かいには秀夫と京ちゃんが座っている。遥《はる》か西方には、富士山の頂上からの雪煙が淡い青空に流れているのが見える。これまで秀夫の誘いで川苔山《かわのりやま》に来た時はいつも、山頂に着くと、皆で周囲の景色や、登りのきつさや疲労感などを話し合ったものだが、今日は違った。

誰もが秀夫を見ている。中でも京ちゃんは心配そうな顔で。革命的青年同盟がどうなってしまったのか、彼がどのように説明するのか気になるのだろうか。一九六三年の「部分的核実験禁止条約」が結ばれて、「核兵器廃絶運動」は縮小したが、アメリカが本格的にベトナム内戦に介入したことによって、反戦運動には拍車がかかり、米軍基地付近はもちろん、全国各地でデモが繰り広げられていた。なのに、なぜ革青同はそれに関わっていないのか？　秀夫は、仲間たちの誰もがそれを疑問に思っていることも、彼の口から説明を聞きたがっていることも承知していた。川苔山はお互いの絆《きずな》を深めてきた特別な場所だ。だからこそ秀夫はここで話すことにしたのだろうか。けれど、今日も最初に口を開いたのは秀夫ではなかった。

「よう、ケヴィン」と、長い沈黙を破って土井が話しかけた。「大学院はどうだい？」

「うん、まあ大変だ」と答えながら、ケヴィンは少し気まずかった。仲間たちは全員、自分よりも熱心に主義と運動を貫き、そのために卒業を少なくとも一年は遅らせていたからだ。「でも、そんな話をするためにここに来たんじゃないよね」と切り替えて、皆と同じように胡坐《あぐら》をかいた。

カズが「問題は石田だ」と言った。「支部のリーダーとしてほぼ役立たずだった、その石田が今や全国本部の委員長で、ご大層なことを言ってるぜ」

「階級闘争よ、新次元を目指せ〜！」と芝居がかった言い方をしたのは京ちゃんだ。「彼が書いた同盟新聞の記事を読んだわ。『我々の闘争を純化せよ、それなくして運動の前進はあり得ない』って、ナンセンスもいいとこよ。革青同の基盤を広げようとするどころか、実は石田はメンバーにゲバ棒を持たせヘルメットをかぶせて、他党派と武装闘争をさせてるだけなのよ。今まで二回しか起こってないけど、もし流行《はや》って全国に広がれば、反戦闘争はおしまい」

カズが続けた「ゲバ棒、鉄パイプ、投石用の敷石。その挙句、メンバー六人が病院に運ばれたっていうのに、あいつはいろんな大学を回って、かわい子ちゃんを追っかけては、自分を凄《すご》い闘士のように触れ回ってる。俺たちの頭がパッカリ割られようがどうしようがお構いなしさ。自分をよく見せることしか考えてない」

秀夫が土井に問い掛けた「お前はどう思う？」

「石田は、エゴの塊だ」と土井。「自分は手を汚さず、人に戦わせ手柄は独り占めする類《たぐい》のエゴイストだ。だけど、奴の言ってることで一つだけ正しいことがある。それは、革青同は強くあるべしってことだ。他党派の奴らにいいように小突かれてたまるもんか」

戦い自体を好む武闘家らしい意見だ、とケヴィンは心の中で呟《つぶや》いた。土井がいつも秀夫のそばにいてくれて助かる。だけど、なぜ秀夫は護衛を必要とするような状況に身を置くんだ？

「僕は京ちゃんやカズと同意見だな」とケヴィンは秀夫に言った。どちらかの味方をするなんて、一番避けたいことなのに。「ベトナム戦争に対する抗議運動っていうなら、大いに賛成さ。けど石田が明日企《たくら》んでいるような、マルクス前衛党の集会への殴り込み？　それもカールおじさんの大衆理論の解釈の違いだけで？　そんなものに関わるのはまっぴらごめんだ」

「それはただ、君の勉強不足じゃないか？」と言い返す秀夫の笑顔は、人を見下す気配はなく、ただ淋《さび》しげであった。

「秀夫こそ、目を覚ますべきなんじゃない？」と閃光《せんこう》のような目で京ちゃんが言った。「革青同は変わったわ。今じゃ石田みたいに、職業革命家として報酬を貰《もら》っている学生メンバーが、たくさんの支部を統括してる。それどころか、明らかに学生じゃない、暴漢にしか見えないような人たちも、石田が『実力行使隊』と呼ぶゲバルト部隊に入り込んでるわ。そういう輩《やから》のせいで党派抗争が激化して、誰かが命を落とすのも時間の問題よ。そうなったら本当の闘争はどうなるの？」彼女はザックを体に引き寄せて「私、今ここで革青同を脱退する」

「俺も」とカズも続いた。「『べ平連（ベトナムに平和を！　市民連合）』は、イデオロギーの違いを超えて党派抗争もなく、ベトナム反戦という目的のためだけに団結し活動していて、デモのたびに人々の支持を増やし運動の規模を拡大してる。そっちに参加しようぜ。

誰よりも秀夫、お前こそがそうすべきだろう」

「僕が革青同を辞めたら、分裂は必至だ」

間違いなくそうなるだろう。秀夫は全国各地の大学に支持者がいる。だからと言って……。

ケヴィンが口を開く前に、秀夫が続けた、「石田は雄弁だが、倒せない相手じゃない。僕は革青同に残って、石田が舵取《かじと》りを誤ってることを問責し、支部のリーダーらに別の委員長を選出させようと思う」

「考えが甘いよ」とカズが言った。「支部リーダーの半数は無投票で石田に指名された奴らだぜ。いわば、石田の操り人形だ」

ケヴィンは、登山靴の紐《ひも》をいじりながら考えた。以前のように皆が一致団結できる道はないものか？ 秀夫に向かって「革青同が分裂したら、秀夫が中心になって立て直せばいい。僕たちも手伝うし、石田の息のかかってない同志を募ろう」

「ケヴィンの言う通りだ」とカズが言った。「メンバーの大部分は、多分脱退した人たちも、どういうふうに日本を変えるかについては、今でも僕らと同じような考えを持っている。内ゲバはバカげた時間の無駄とも思っているだろう。だから分裂しても当たり前、一からまたやり直しだ」

「そんなことになったら」と秀夫は声に苛立《いらだ》ちを込めて言った。「これまで四年間かけて築いてきたすべてが台無しじゃないか」秀夫は頷《うなず》いて議論を打ち止め、自分のザックからホイルに包まれたおにぎりを取り出し剝《む》き始めた。「昼飯でも食べたら、何かいいアイディアが浮かぶかもしれない」

「これまで秀夫は運が良かっただけよ」と京ちゃんが言った。「ああいう殴り込みに出ていくたびにターゲットにされてる。他党派は、森秀夫とわかって向かってくるのよ」

「もういい」と秀夫は制した。「石田に対抗しようとするなら、僕自身が周りの信頼を獲得しなきゃダメだろ。僕についてきてくれるか、くれないか、それだけのことだ」秀夫はおにぎりに噛《か》み付いた。

ケヴィンは富士山の雪煙が空に舞い上がり消えていくのを眺めた。仲間同士でのこんな言い争いを聞くのは、これが初めてだった。特に京ちゃんの態度が気にかかった。いつも冷静で自信に満ちた京ちゃんだったが、今日の彼女の秀夫を思う声には、恐れにも似た、切迫さが聞き取れた。まるで彼女は自分の知らない何かを知っているかのようだ。明日の行動の後で、彼女と一対一で話してみよう。

＊＊＊＊＊＊＊＊

狭い廊下の片側の壁に沿って金属製の洗面台が据え付けてあり、日暮れ前の最後の陽光がその上の窓から差し込んできている。向かい側には襖戸《ふすまど》の部屋が並んでいる。今日の他党派集会への殴り込みで何事もなかったならば、今頃秀夫は自分の部屋に戻ってきているはずだ。端から二つ目の襖の前で止まると、ケヴィンは襖枠を軽くノックして、「入るよ」と声をかけた。

秀夫は畳の上に胡坐をかき、その前に京ちゃんが膝《ひざ》をついて、秀夫の頭に包帯を巻き終えるところだった。

ケヴィンは敷居で立ち止まった。「いったいどうしたんだ?」

「誰かに何かで殴られたんだ」と秀夫は答えた。「けど、それはどうでもいい。土井が捕まってしまった」

京ちゃんは秀夫の手当てを終えて座布団に座り、「私は参加しなかったけど、一部始終を見たわ」と言った。彼女は重ねた手を自分の膝に押し付けて、「機動隊は賢いわ。革青同とマルクス前衛党にお互いを殴るだけ殴らせといて、その後で割って入って目当ての学生だけ捕まえていったのよ」

「土井を最初に？」

「違うわ、目当ては秀夫よ。誰かが秀夫を殴った後で、機動隊員が数人で後ろから彼に襲いかかったの。そのうちの一人が警棒を秀夫の顎《あご》の下に噛ませて、足を払い、彼を引きずって行こうとした時に、土井が駆けつけたの」

「それで？」と言いながらケヴィンは畳に座った。

「土井は、機動隊員から警棒を奪って、そいつを木に押し付けたの。だけど他の機動隊員に大勢でかかってこられて、殴打されて、地面に叩《たた》きつけられ、手錠をかけられて護送車に乗せられちゃったわ。私は機動隊員に向かって怒鳴る以外、何もできなかった」と、京ちゃんは片手をお腹に当て、もう一方の手で口元を押さえた。

「大丈夫？　具合でも悪いの？」と秀夫が聞いた。

「ううん、大丈夫」と答える京ちゃんの笑みは硬かった。

彼女をしばらく見つめた後で、秀夫はケヴィンに向き直り、「頭の中がガンガンしてふらついてたところを、京ちゃんが助けてくれて、何とか逃げられたんだ。土井が捕まったことは、だいぶ後になって、やっと京ちゃんの言うことを呑《の》み込めるまで知らなかった」

「土井がどこに勾留《こうりゅう》されていて、何の容疑で逮捕されたのかを調べなきゃ」とケヴィンが言った。「弁護士は?」

「心配ないよ」と秀夫が言った。「大衆運動の逮捕者を助ける人権団体がある。京ちゃんがすでに彼らのオフィスに電話した」

「人権団体……?」

「大衆運動の逮捕者を助ける無党派の人権団体だ。土井が弁護士の選任を請求してくれれば駆けつけてくれる手筈《てはず》になっている。でも、警察が取り調べている間は弁護士以外には誰にも会えない。それが終わって、土井が拘置所に送られてから、家族も友人も誰でも会える。今回は逮捕者も多く、弁護士も忙しい。今は弁護士からの連絡をじっと待つしか僕らにはできない。そして……」

秀夫の顔が悲しみで歪《ゆが》んだ。「土井の両親に電話して、何が起こったかを伝えなければならない」

京ちゃんは秀夫を指さして「あなたのせいよ」と言った。

「言われなくてもわかってるさ……」と秀夫は、目を伏せて彼の前にあるマットを見つめた。「二人とも、もう行ったほうがいい」

「後でまた来るわ」そう言いながら立ち上がる京ちゃんの目は、まだ秀夫を凝視している。

「その時、私たちに隠していることをちゃんと話すのよ」

ケヴィンは片膝をついた姿勢で止まってしまった。なぜ秀夫は京ちゃんと目を合わせないんだ？　秀夫が彼女に隠し事をするなんてあり得ない。だけど、二人の間の張り詰めた空気は本物だ。ゆっくり立ち上がると、京ちゃんと一緒に秀夫の部屋を後にした。玄関で靴を履いて、彼女の後から外に出てみると、既に空は紫がかった鼠《ねずみ》色に暮れていた。寮の引き戸を閉じるとレールがガタガタ音を立てた。いつもと同じ音なのに、なぜか今日に限って不吉に響く。

「秀夫が隠してることって何？」とケヴィンは尋ねた。

洗濯機の置いてある物置の横を通り過ぎ、コンクリートブロック壁と漆喰《しっくい》塗りの住宅に挟まれた、一車線の小路《こうじ》まで来た時、京ちゃんは「先週のある晩、彼の部屋で帰りを待ってたら、酔っ払って帰ってきたの」と話し始めた。

「秀夫の酔っ払ったとこなんて見たことない」とケヴィンは言った。

「私もよ。眠りこんじゃう前に、Ｊ大学の伊藤康弘っていう学生の名を呟《つぶや》いたの。『アメション』の伊藤め、って」

「アメション?」

「『アメ』はアメリカのことで、『ション』は小便のション」

小便?「それでつまり、『アメション』って言うのは?」

「渡米して、おしっこするくらいの短期間しかアメリカにいなかったくせに、帰国後アメリカ通のエキスパートぶる人たちのこと。多分、秀夫はアメリカかぶれって意味で言ったんだと思う」と京ちゃんは言った。

自転車に乗った女性に道を譲りながら、ケヴィンは聞いた「秀夫は他に何か言った?」

「聞き取れたのはわずかなんだけど、『伊藤があいつに金の入っていた封筒を渡した。それも今回が最初じゃない』とかって。『お金の封筒』が何のためなのか、それを伊藤が誰に渡したのかはわからないの」

「翌日、そのことを秀夫に確かめてみた?」

「何も言ってくれないの」そう言う京ちゃんの声は、川苔山の時と同じように震えていた。

「私も仲間も巻き込みたくないって。もう数週間もそんな感じなのよ。私が何を聞いても答えてくれない。どこに行くのか、どこに行ってきたのかさえ教えてくれない時があるの。

彼の日記も見せてくれなくなったし……」

おかしい。こんな突然、秀夫が自分にとって誰よりも親しい人を「巻き込みたくない」とはどういうことだろう。巻き込むって何に？　京ちゃんの身の安全を心配しているのだろうか？　それ以外に理由は考えられない。「ごめんね、自分の勉強にばかり気を取られて、秀夫や皆のことを考えてなかったよ。僕が秀夫に話してみる」とケヴィンは言った。

「何をやってるかってことは、あなたにも話さないと思うわ。さっきも秀夫の部屋で、あなたが来る前だけど、支部リーダー会議が済むまで待ってくれって言うのよ。会議は今週木曜日午後八時からで、『皆の前で問題を糺《ただ》すために必要な情報を、それまでに揃《そろ》えられるはずだ』って言うのよ」

ケヴィンは振り向いて彼女と目を合わせた。「それ、何か嫌な予感。石田の『実力行使隊』やシンパと一戦交えようっていうふうに聞こえる」

急に京ちゃんがふらふらとケヴィンから離れ、人家の塀から戸口の方へ倒れ込んだ。口に手を当ててうずくまっている。

「やっぱり体の具合が悪いんだね。今から病院に行こう」とケヴィンが言った。

京ちゃんは何度か浅く呼吸をした後で、立ち上がり、ケヴィンに向かい合った。「もう医者には診《み》てもらったの」

「それで?」

「私、妊娠してるの」

「Jesus《ジーザス》」と思わず英語が出た。「秀夫には言ったの?」

京ちゃんはまばたきして指で涙を拭《ぬぐ》うと「言えないわ」と言いながら歩きだした、「今みたいに秀夫が……」

「今みたいに秀夫がかたくなだと、って言うのかい?」ケヴィンは京ちゃんの手首を握って立ち止まり、「もう少し秀夫を信じてやってもいいと思うよ。彼が君を思う気持ちは、君が一番よく知ってるじゃないか。彼が今何に関わってるのか知らないけど、これはもっと大切だ」ケヴィンは京ちゃんの手を放し、「今すぐ秀夫の所に引き返すんだ」

「本当にそう思う?」彼女の声は希望で弾んだ。意見ではなく、同意を求めているのだ。

「土井のことは、僕とカズと弁護士で対応する」と言い、ケヴィンは京ちゃんのために精いっぱいの笑顔を浮かべ、「おめでとう! だね」

京ちゃんが秀夫の寮の方向に戻っていくのを見届けてから、ケヴィンは歩き始めた。まずは土井のことだ。彼のために奔走しないと。その後で、たとえ秀夫を付け回すことになろうとも、彼が何をしようとしているのかを探り出さないといけない。

****

黒い学生服の秀夫は、家路に向かう灰色スーツの群れの中で見分けやすかった。ただ、本来なら今頃秀夫は革青同のW大本部にいるべきなのに、なぜ高田馬場駅で券売機の列に並んでいるのかが、ケヴィンには解せなかった。秀夫が『問題を糺す』つもりでいる、革青同の支部リーダーの会議は始まろうとしているのだ。秀夫がここで今すぐキャンパスに戻ったら、二十分後には会議に参加できる。けれど、秀夫はホームに向かって階段を上がっていった。彼を尾行して今日で三日目だが、彼の不可解な行動を解明する手がかりは何一つつかめていない。

ケヴィンは、数駅分の切符を買った。今日の午前中は初めてしくじった。人混《ひとご》みの中で自分の金髪が目立ってしまうことを恐れて、かなり距離をあけて尾行していたら秀夫を見失い、一日の大半を無駄にした。幸いにも、大学キャンパス内でまた見つけることができた。もう二度と見失うものか。

ホームに着いた時、誰かの肘《ひじ》がぶつかってきた。いつもながらラッシュアワーの混みようはすさまじい。ケヴィンは、この人混みから逃れ、都会の喧騒《けんそう》から離れて、山の頂にいる自分を想像した。土井は公務執行妨害罪で、刑務所行きは免れないようだ。京ちゃんは、学生運動のために両親と疎遠になってしまったが、今また未婚で妊娠したことも実家に報告しなければならない。カズは卒業を控えて、彼の革命家としての情熱をどうやって就職に結びつければいいのか、当惑と焦燥の中にいた。そして秀夫は、デマゴーグのおもちゃに成り果てた革命的青年同盟のために、逮捕あるいはもっと深刻な結果さえ覚悟している。秀夫は、いったいどうなるのか？

電車の進入を知らせる警告音が鳴った。秀夫はホームの端にいる。彼の頭しか見えない。乗客の群れが乗車に備えて彼の方に少しずつ移動していく。その中のある男性が目についた。他のサラリーマン同様、ダークグレーのスーツ姿だがブリーフケースは持っていない。必要以上に躍起になって、体をかわしながら人の群れをかき分け、秀夫の真後ろにきた。

ケヴィンも少しずつ乗客の群れに割って入った。わずかに膝を曲げていれば、秀夫に見つからないだろう。先頭車両が視野に入ってきた。停車位置が近づき、速度を緩め始めた、その時、秀夫が線路上に飛び出た。背後から押されたかのように、頭部はガクンと後ろに跳ね返り、腕はバランスを求めてもがいた。そして落ちて見えなくなった。

「彼を引き上げろ」とケヴィンは叫んだ。なぜ皆、ぼうっと突っ立ってるんだ。ケヴィンは再び怒鳴った。だが、彼の声は鉄と鉄の激しい擦過音に消された。

二人の男の間を肩でかき分け、一人の腕をつかんで脇へ押しのけた。既に回転を止めた車輪はレール上をただ滑り続け、秀夫がいたはずの場所を通り越して、ようやく停《と》まった。ケヴィンは前にいる人を体当たりでどかせた。これは現実だろうか？　周りの人々は困惑してぶつかりあうばかりだ。やっとホームの端まで来た。

そこに秀夫の姿はなかった。制服を着た駅員が電車を取り囲んでいる。誰の顔も恐怖でおののいていた。駅員の目に何が映っているのか知らないが、秀夫は無事に違いない。彼には子供が生まれるんだから。ケヴィンは四つん這《ば》いになった。電車とホームの間は狭く、その下はよく見えなかった。立ち上がって、電車の先頭方向に移動しようかと考えた時、電車がゆっくりと後退し始めた。秀夫がその下にいるはずがない。彼は線路の向かい側に転がって避難しただろう。今頃人々が彼を引き上げようとしているに違いない。

ぐにゃりと生気のない手が二つ、後退する電車の下から現れた。片方の掌《てのひら》は上を向いている。黒い袖《そで》に包まれた腕。血まみれの頭部は、顔半分の損傷が激しく、まるでゴム製のお面のようだ。これが秀夫であるはずがない。ケヴィンは手で目を覆った。そして狂ったような叫び声を聞いた。自分の喉《のど》から迸《ほとばし》る叫びを。

****

駅の外の道路を歩くケヴィンの影を車のヘッドライトが歪《ゆが》めていく。すぐそばを通る車の騒音が遠くに感じられた。彼の耳の奥では、まだ金属の軋《きし》る音が鳴り響いていた。こめかみに親指を突き当てたが、電車の下から現れた掌、潰《つぶ》れた顔、光を失った目は脳裏から消えてくれない。ほんの一時間ほど前に、キャンパス内で秀夫を見たばかりだった。活力に溢《あふ》れ、数人の学生と熱心に何か話し合っていた。彼らは秀夫の言葉に納得した様子だった。彼の誠実さに打たれたのかもしれない。人と話す時はいつも、秀夫はまず相手の話に耳を傾けた。「自分の主張は相手を理解した後で」とよく言っていた。

ケヴィンは何か硬いものに膝を打ちつけた。定食屋の木の立看板だった。つまずきかけたが、看板が倒れる前に手を伸ばし、元のように立て直した。この店は見覚えがある。もうキャンパス近くまで戻ってきたのか。支部リーダー会議は数時間前に始まっていて、もう閉会したかもしれない。京ちゃんとカズは、秀夫が来なかったのを不審に思っていることだろう。二人は秀夫の寮に一番近い西門で秀夫を待っているはずだった。時間が経《た》つにつれ、彼らの不安も募るばかりだ。ケヴィンは大股《おおまた》になって急いだ。不可能だとわかっていながら、彼らのショックを少しでも和らげる言葉を探そうとして、貴重な時間を浪費してしまっていた。

歩道から離れて、雨戸の閉まった家々に挟まれた小路を曲がり、塀に続く錬鉄の門まで来た。開いた門のそばの街灯の下に、京ちゃんとカズが立っていた。二人はこちらを振り向いた。

「秀夫が会議に来なかったんだ」とカズが言った。「なぜ来なかったのか誰も知らないんだ」

ケヴィンは体中で吐き気を覚えた。「僕は知ってる」

二人の探るような怯《おび》えた目が彼を凝視した。

「気を確かに持ってほしい」と京ちゃんに言った。

彼女の手は門の鉄格子を一本握りしめた。

ケヴィンは大きく息をした。「秀夫を尾行して、高田馬場駅まで行ったんだ。誰かがホームにいた彼の背後に回って、電車が入ってきたところで、彼を突き飛ばし……」絞り出すように「秀夫は死んだ」

京ちゃんは首を振り、まるでケヴィンを慰めるような笑顔さえ見せ、「混んでたんでしょ。ケヴィンは誰か他の人を目撃したのよ」と思いやりを込めて言い、鉄格子をつかむ手に力を込めた。「どなたか知らないけど、お気の毒に」

カズも「ケヴィンは、ずっとストレス続きだったもんな。まあ、俺たち皆だけど」

「違う、見たんだ」とケヴィンは言った。「線路の上の無残な秀夫を見たんだ。彼は救急隊員に体を覆われて担架に乗せられた」

「そんなのおかしいじゃない」と京ちゃんが言った。「秀夫は今夜の会議で大事な発言をすることになっていたのよ、電車でどこかに行こうとするわけないじゃない」彼女の声は、彼に同意を求めて上擦った。「秀夫がどれほど責任感が強いか、あなたも知ってるでしょ」

「そうだよ。何か僕らの知らない事情があるに違いない」とカズ。

ケヴィンは京ちゃんとカズを一人ずつ見つめた。心臓の鼓動が高鳴る。ああ、すべて忘却の彼方《かなた》に消え、何もかも忘れて別人になれたらどれほど楽か。この二人を傷つけずに済んだら、どれほど……。

「警察は人々を遠ざけて、現場にいた人々から事情を聴取した」とケヴィンは話し始めた。「僕は、秀夫の知り合いだってことを伝え、彼が線路に落ちていくのを見た、誰かに突き落とされたように見えたって話したんだ。警察は調査するって」残酷なことを言わなくちゃならない。「僕が警察と話してる間、警官の一人が手に持ったものをずっと見てたんだ。定期券だった。担架に横たわるのは紛れもなく秀夫だと、それでわかったんだよ」

「誰が彼を突き落とすのよ？」京ちゃんはクシャとうずくまり、うなだれた。「いったい誰がどうして」

ケヴィンも京ちゃんのそばに屈《かが》み、カズもそうした。京ちゃんは周囲が意識から消えたかのように、歩道をぼうっと見つめ、手でお腹を押さえた。「私たちね、名前を選んだの。彼も気に入ってたわ」ささやくような声で呟《つぶや》いた。

ケヴィンは京ちゃんの肩に腕を回した。

京ちゃんは一瞬笑みを見せたが、その口元は震えていた。「秀夫のお母さんと妹たちに知らせなきゃ。あの人たちが東京に着いたら、いろいろお世話してあげないと。どこかに公衆電話があれば……」と、彼女は両手で鉄格子をつかみ、自分を引き上げようとした。膝がガクッと折れ、門に倒れ込むようにくずおれた。街灯の灯《あか》りの中で、彼女の頬《ほお》の涙が光った。

ケヴィンの内から、目も眩《くら》むほど熱いものが込み上げ、腕を迸り下りて固い拳《こぶし》を作った。

ホームで目撃した男を探し出して、必ずこの罪を償わせる――これから先の自分の人生に課された使命はそれ以外にない。

第四章　別れ

ケヴィンは、カズと京ちゃんと一緒にバス停にいた。いつまでも来ないでほしいと願っていたバスが到着するところだ。この上野駅行きは、京ちゃんをまったく違う人生に連れていこうとしている。ケヴィンは彼女の荷物をしっかり握り、京ちゃんがそっと手を伸ばしても持つ手を緩めなかった。彼女は秀夫の母親を精いっぱい慰め、秀夫の忘れ形見を立派に育てると約束していた。父親から勘当されようとも、彼女は前向きに生きていこうとしていた。

それが流産によってすべてが変わった。秀夫の葬儀の翌日、病院から電話してきた京ちゃんの声は、思い出すたびにケヴィンを苦しめた。「秀夫を死なせちゃったわ。子供の中で生き続けてくれるはずだったのに。また彼に申し訳ないことを……」一週間の休養の後、京ちゃんは旅行できるまでに体力を回復したが、以前のような、強くエネルギッシュな女性の面影は消えていた。まるで足が地に着かない様子で、目は身辺を離れて、遠くの何かを探しているふうに見えた。

「従姉《いとこ》の旅館で働けることになって良かったね」とカズが言った。無理な作り笑いが彼の表情を一層哀れにしていた。「けど、山形までだと、かなり長時間列車に乗ることになる。冬は半端なく厳しいし、布団の上げ下げも大変だ。それに地元の方言もわかんないだろ。今からでも遅くないよ、行くのをやめたら？」

「俺たちがついてる」バスが停車して乗車口が開くと同時にケヴィンが言った。「何があっても」京ちゃんに行かないでと懇願してみようか？　だが、私の気持ちをわかっていないと彼女に言われそうだ。

「二人には感謝してるわ、これからもずっと」と言って、京ちゃんはケヴィンから荷物を引き取った。「でも、ここには居られないわ」

「俺たちは、ここで京ちゃんの帰りを待ってるからね」

京ちゃんはケヴィンの腕に触れ、カズの方にうなずいて、バスに乗り込んだ。窓際の席から二人をじっと見て、バスが動き始めると、手を上げたが振ってはくれなかった。

バスは角を曲がって見えなくなった。ケヴィンはエンジンの音を耳で追ったが、それもそのうち聞こえなくなった。自分の心の傷や抑えがたい怒りについて、打ち明けて話せる相手は秀夫と京ちゃんだけだった。秀夫は死に、京ちゃんは悲嘆のあまり、大切にしてきた人やすべてから逃れるように去っていった。自分がもっと友達思いの人間だったら、秀夫に迫る危険を察知できていたかもしれない、そうしたら秀夫も京ちゃんも救うことができていただろうに。

バス停を後にして、ケヴィンとカズは来た道を戻り始めた。「京ちゃんが、手紙は寄越さないでって」とカズがケヴィンに向いて言った。「こんなの堪《たま》らないよ。何もしてあげられないなんて」

「もう諦《あきら》めたような言い方じゃないか？」カズを咎《とが》める口調になってしまった。カズの目が痛みで歪《ゆが》んだ。

カズにこんな言い方をするのはお門違いだ。カズは、学生運動家たちに働きかけて「森秀夫を偲《しの》ぶ」追悼文を書いてもらい、涙を堪《こら》えながら告別式で読み上げてくれたのだから。

内心の覚悟を隠して、「僕が言いたいのは」と口調を和らげて言い足した。「お別れは言い終えた。だけど、秀夫はまだ僕たちを必要としてる。何としても彼の力にならなくちゃ。

僕が駅のホームで見た男を見つけて、監獄送りにしなきゃ気が済まない」

「俺もそう思うよ」とカズ。「もし土井に会わせてもらえたら、あいつもそう言うに決まってる。けど警察は、土井には面会させてくれず、秀夫は事故死だったと新聞は伝えてる。君がその場で警察に知らせたにもかかわらず、秀夫が背後から押されたことにはまったく触れてない。それと翌日、所轄署で刑事にも話したんだよな？」

「うん、そしてその数日後、警視庁で別の刑事にも」とケヴィンは言った。どちらの刑事も同じ内容の質問をしてきた。「その男は何歳くらいでしたか？　体格は、がっしり、痩《や》せ型、それとも肥満ぎみ？　身長は？　何か特徴は？　どんな服装でしたか？　何か持っていましたか？　君は混《こ》み合ったホームで、離れた所から、男を後ろから見ていたわけですよね？　男の手が押すところを実際に見たんですか？　見てない？　森さんがただ落ちたんじゃないんですか？」それは違う。あの時の光景がゆっくりと何度も繰り返し脳裏で再生されているのだから。

「警察は妥当な質問をしてきたと思う」とケヴィンは言った。「特に、秀夫に対して殺意を抱く人物やその理由について心当たりがあるのか、と聞いてきた」

「で、なんて答えたんだ？」

「ない、って。単なる臆測《おくそく》でしかないし」

「臆測って？」

「石田さ。秀夫が死んだことで得をした人物といえば、あいつしか思い浮かばない。秀夫がいなくなれば、彼の革青同でのリーダーシップを脅かすものは、もう誰もいない」

カズは首を振って、「石田にそんな勇気はないよ。石田が『実力行使隊』のチンピラに、殺人を命じるなんて想像できない」

「僕も同感だ。これまで石田はチンピラを使って人を脅したことはある。だけど僕が聞いた限りでは、秀夫に脅しをかけた様子はない」

「手掛かりとして警察に言えるようなことは何もないわけか」

「あれは秀夫の自殺だったという見方だけは捨ててほしいって、それだけは言った。秀夫は父親になることを楽しみにしていたんだから。それと、秀夫が死んだ夜、誰かが秀夫の部屋を家捜ししたことも伝えた」

「えっ、どこからそんな情報を？」カズは歩を緩めながら続けた。「秀夫が支部リーダー会議に来なかった時、京ちゃんが秀夫を探しに寮まで行ったんだ。彼女がキャンパスを出たのが八時前後、ちょうど君が駅のホームで秀夫を見張ってた頃だ。戻ってきた時、彼女は部屋が荒らされてたなんて言ってなかったぜ」

「その時はまだ何も起こってなかったんだよ」と、ケヴィンは翌日京ちゃんから聞いたことを繰り返した。あの晩、悲報を知った後で京ちゃんは、いったん自分のアパートに帰りかけたが、また秀夫の部屋に、最後に二人で会った場所に、足が戻ってしまったらしい。それが九時を少し回った頃だった。部屋に入った途端、彼女は一時間前とは様子が違うと気づいた。秀夫の机には書きかけの手紙や、ビラのコピー、学生新聞の記事の草稿等が山積みだったのに、その時は時計とペンが一本あるのみ。「京ちゃんは、秀夫の日記を探したんだ。机の引き出しから、学生鞄《かばん》まで、あらゆる場所を探したんだけど、見つからなかったって」

「泥棒だったのかも?」とカズが言った。

「畳の上は散らかってなかったし、引き出しはきちんと閉まってて、家賃のお金もその一つに入ったままだったらしい」ケヴィンは向きなおり、カズと目が合うのを待った。「タイミングを考えてみてくれ。まったく同じ時間帯に、誰かが秀夫を線路に突き落とし、誰かが彼の書き残したものをすっかり持ち去っていったんだ」

「警察は何て?」

ケヴィンはカズに、警察は本件を徹底調査すると約束はしたけれど、自分の知る限り京ちゃんにもW大の革青同の誰にも連絡してきていないし、秀夫が亡くなる前の数週間、何をしていたのかを探ろうとした様子もなかった、と話した。

「昨日、また警察に行ってきたんだ」とケヴィンは続けた。「以前話をした刑事に、なぜ誰からも事情聴取しないのか聞いたら、相手は急にむっとして事務的な態度になり、『我々は忙しいんだ。警察の仕事に口を挟まないように』って。何に口を挟むって言うんだ？　彼らは秀夫の死を捜査してない。僕の言うことを信じなかったからか、警察が無能だからか、あるいは上の奴らが『厄介者が一人いなくなっただけだ。一件落着』って言ったのか？」

カズは厳しい表情で頷《うなず》き、「警察が何もしてくれないなら、マスコミはどうだろう？　警察の無能ぶりの話なら飛びついてくれそうだけど」

二人は車を避けるために傍に寄った。ケヴィンは「もっと手掛かりがあれば、そうかもしれない。刑事たちは、ホームにいた人々の中で、僕が目撃したような光景を見たと言う人は他にいなかったと言うんだ。嘘《うそ》に決まってる。あいつら、僕に話を変えさせようとしてるんだ。いずれにせよ、警察の言うことと、僕の言うことじゃ、こちらに勝ち目はない。秀夫が何をしていたのか、誰に彼を殺す動機があったのかを突き止めないとダメだ。マスコミの連中に動機や容疑者らしき人物の情報を提供できたら、独自に何か掘り出そうと動いてくれるかもしれない。だけど、僕らがそれを提供しない限り、きっとマスコミは、外国人にとっては通勤ラッシュで混み合った駅がどれほど危険かわかっていないんだ、そんな外国人の言うことをまともに聞いてどうする？　とか、被害者に個人的な思い入れのある人の判断は当てにならないとか、あるいは、単に不満分子が警察に恥をかかせようとしているだけだ、なんて考えるに違いない。余り早くマスコミに接触してしまうと、なけなしの信用まで失くしてしまう」

「じゃあ、どうやって情報を探せばいいんだよ？　手掛かりと言えるものは何もないじゃないか」カズの声は上擦り、尖《とが》った。

「京ちゃんから聞いた情報がある」とケヴィンは言った。「秀夫は、J大の伊藤康弘って学生に腹を立てていた。伊藤が誰かに現金入りの封筒を渡した、それも今度が初めてじゃないとかって。僕はこのことも警察に話したけど、奴らは何も調査しないだろう。残念だ……」カッと体に力が入って足が速まった。「だってさ、すぐにでも誰かが伊藤を問い詰めるべきだろ？　秀夫がなぜ伊藤に腹を立てていたのか、その封筒は誰に渡ったのか、いくら入っていたのか、その金の出所は伊藤自身か他の誰かか、どういう目的の金なのかって」

今日バス停で顔を合わせて以来、初めてカズが笑顔を見せた。「伊藤を探しにＪ大に行くつもりだな？」

「朝一番で。カズも来るだろ？」

＊＊＊＊＊＊＊＊＊

一方に大きな立て看板が林立し、その向かい側に校舎が建ち並び、その間の舗装された道を学生たちが行き交っている。ケヴィンは、Ｊ大対ライバル校のラグビー試合を告知するポスターの近くに立ち、学食から出てきた人々が、人の流れに溶け込むのを眺めていた。あの中にきっと伊藤を知る学生もいるに違いない。

「よお、おっす」とカズの声がした。

振り向くと、カズがいた。「まったく気づかなかったよ」

「俺は背が低いからね。何かわかったかい？」

収穫があったとは言えない状態だった。「まず学務課に行ってみたんだ」とケヴィンは言った。

「今日本に着いたばかりですけど、アメリカで僕の実家に来てくれた伊藤康弘君を探しています。康弘君は入学を許可されたのでJ大に行くと言ってました。彼はここの学生なのか、どうやったら連絡取れるかを知りたいんです、と言ったら学務課の人が書類を調べて、彼がここを退学して学生証を返していると言った。それはいつのことですかと聞いたら秀夫が殺された翌日とわかったんだ。伊藤の写真が学生名簿に載っている」

「そりゃ、いい。けど、奴はもうここにいないってことか？　俺たち、何も聞き出せないのか？」

「彼の行き先を突き止めない限り」

カズはちょっと離れて、学食に入ろうとする学生たちに、伊藤を知らないかと尋ねた。ケヴィンは、服装からして「アメション」の伊藤と同類そうな、アメリカかぶれっぽい学生に集中して声を掛けてみた。三時間ぶっ通しで「ごめん、知らない」という返答ばかり続いた後で、スニーカーを履き、ミネソタ大学のスウェットシャツにジーパンを穿《は》いた男子学生を呼び止めた。

「すみません、友人を探しているんです。伊藤康弘というんですが知りませんか？」

「あ、知ってます。He is my friend, too.（僕も彼の友達さ）」と、その学生は途中から英語に切り替えた。

もし彼が英会話を練習したいなら、なお好都合。希望が湧いてきた。

「でもヤスはもうここにいないよ」と学生は英語で続けた。

「大学をやめたことは知ってるんだ。でも……」

「違う、日本にいないってことさ」

ケヴィンは、笑みが消えそうになるのを抑えながら「本当に？」と聞いた。

「イエス。同じ下宿だったんだ。大家さんが言うには、ある日ヤスがやって来て、部屋代を払い、アメリカに行くって話したそうだ。下宿の仲間に別れも告げず、荷物を半分ほど部屋に置いたまま、ものすごく急に旅立っていった」

「それはいつ？」

「えっと、金曜日、そう先々週の金曜日だ」

秀夫が殺された翌日だ。「アメリカのどこに行くか言ってた？」

「ノー、でもヤスはよくサンフランシスコの話をしてたな。だから多分サンフランシスコなんじゃない？　確かじゃないけど。ヤスの両親さえ連絡のしようがないらしいよ。少なくとも、他人《ひと》にはそう話しているみたい。変だよね」

「うん、確かに変だ。伊藤君がなぜそんな急に旅立ったか、何か心当たりはある？　何か気がかりや問題でもあったのかな？」

「僕の知る限りでは何も。ヤスが発《た》つ一週間くらい前だったかな、仲間でビールを飲みに行ったんだけど、その時は普通にしてたよ」

どうにかして伊藤を見つけなければならない。「彼は大丈夫かな？」とケヴィンは聞いた。

「僕も、もう直ぐカリフォルニアに戻るつもりです。彼がいるかもしれないベイエリアの幾つかの場所を僕は知っていると思う。もしかしたら、彼の写真はありますかね？　彼を見つけるのにいるんです」

「ああ、もちろん」若い男はほっとしたように見えた。「四時ごろここでまた会えるなら、一枚くらい、彼の写真、持って来てあげるよ。僕たちが一緒に写っている写真、結構な数を持ってるからね」

「サンキュー」とケヴィンは言った。「本当にありがとう」体全体ががっくり重かった。警察からの援助はなく、伊藤は日本にいない。他に手掛かりはない。

その学生が立ち去った後で、カズが戻ってきた。「何ぼんやり突っ立ってるんだ？　どうかしたか？」

ケヴィンは「伊藤康弘はアメリカに行ってしまった。彼と連絡を取る方法を誰も知らないらしい」と語った。

「じゃあ、俺たちはどうする？」

「行こう」と言うや、ケヴィンはドシドシと正門に向かって歩き出した。反対方向から二人の学生が歩いてきたが、彼に気づくと、じっと目で追いながら二手にわかれて道を譲った。何をじろじろ見てるんだ？　強張《こわば》った腕か？　固く握った拳か？　取り乱している。落ち着け、落ち着いて考えろ。何か忘れていることがあるはずだ。「まだ誰か、話を聞ける相手がいるんじゃないだろうか？」彼は歩を緩めて、立ち止まりかけた。「秀夫は、自分の行動について誰にも話さなかったと僕たちは思い込んでいるけど、果たして本当にそうだろうか？」

「俺たち、特に君や京ちゃんに話さなかったのに、誰に話す？」とカズが聞いた。

「例えば、秀夫が革青同に顔を出すたびに、毎日のように会ってた連中とか」

「委員長の石田か、事務局長の遠藤敏行？　石田はあり得ない。秀夫は時々石田に会って話はしてたけど、それは新メンバー集めの状況報告程度だったはず。話しながら、石田の目論《もくろ》みを探ろうとはしただろうけど、秀夫の方から石田に重要な話を打ち明けるなんてあり得ない」

「じゃあ、遠藤は？」

「可能性はある。彼、お葬式に来てたよね。遠藤は秀夫と仲は良くて、秀夫の予定とか、人との連絡、会議の企画なんかを手伝ってた。秀夫は遠藤を頼りにしてたと思う」

「遠藤が何か知らないか、当たってみよう、今すぐ」とケヴィンは言った。動き続けて、何かし続けないと、あり得たかもしれない、あるいはあり得るかもしれないことを考えすぎて、気が変になりそうだった。

＊＊＊＊＊＊＊＊＊

チーンジャラジャラとパチンコ玉の流れ出る音が床を通して聞こえる。革命的青年同盟の全国本部がパチンコ店の二階にあるとは、いかにもお似合いだ、とケヴィンは思った。石田にとって革命闘争はゲームに過ぎない。

ケヴィンはカズの隣に立ち、部屋の隅の小さなデスクに座っている長髪の青年に向き合っていた。彼の後ろの壁には額縁に入ったレオン・トロツキーの写真が飾られている。せっかく足を運んだものの、今のところ何の収穫もなかった。遠藤は、秀夫が亡くなる前の数週間、秀夫の行動に特段変わった点もなければ、秀夫の口から伊藤という学生の名を聞いたこともなかったと言う。

「明日で革青同を辞めるつもりなんだ」と遠藤は言った。「森がいた時は、彼の組織づくりの役に立てたらと思ってたけど、もう彼も亡くなったし……。ここにいる意味がない」

「それを聞いたら、委員長の石田は気を悪くするだろうな」とカズが言った。

「石田は、俺がどう思ってるか知ってるよ。いなくなったら清々するだろうさ」

廊下をこちらに向かってくる足音が聞こえた。二人で、ゆっくり近づいてくる。

「石田だ」と遠藤が言った。「それと、護衛が一人、実力行使隊のメンバーだ」

ケヴィンとカズが入り口の方に振り返ると、歯並びもヘアスタイルも文句なしの男性が笑みを浮かべながら部屋に入ろうとしていた。見覚えのある顔だ。目の前の石田は、集会の壇上で演説する時と同じくらい自信満々の態度だ。近くで見ると二十五、六歳に見える。彼の後から入ってきた、頑丈そうで目つきの悪い男は石田より二、三歳年上だろうか。どう考えても学生には見えない。闇《やみ》社会の大学院生とでも言うなら別だが。

「初めまして」と石田が言った。部屋で唯一の窓の前に置かれた大きなデスクに近寄って立ち止まり、「でも、小林とここにいるってことは、君が誰かは想像がつきますよ」と笑顔を誇張させて続けた。「後にも先にも、革青同の外国人メンバーは、カリフォルニアから来たブラニガン君、ただ一人。まさに『プロレタリア国際主義』の具現化だね。君は日本語が非常に堪能だと聞いてますよ」

外国人。ケヴィンは笑みを返さなかった。石田はケヴィンを『外人』ではなく、敢《あ》えて『外国人』と呼んだ。よそ者ではなく、国外からの来訪者ですよね、と言いたげだ。当然の礼儀と言えばそうだが、石田が仰々しくその言葉を発音すると、まるでご自慢の所有物として扱われている気がした。

「森秀夫に何が起こったのかを調べてるんです」とケヴィンは言った。「手を貸してもらえるとありがたいんですが」

「もちろん、何でもできる限りのことは」と石田は言い、続けて「惜しい人を亡くした。残念だ」

でも、葬儀に参列するほどには残念だったわけではなかったらしい。秀夫の母親に弔電さえ送らなかったくせに。「ありがとう、助かります。石田さんはよく秀夫から報告を受けていたんですか？」

「ええ、二人とも東京にいる時は毎日。彼の報告内容はいつも徹底していて、要点が明らかだった」石田は下を向いて、唇をキュッと引き締め首を振って、「あれほど優秀なオーガナイザーはいないだろう」と言った。

「彼が亡くなる前の一ヶ月くらい、秀夫の報告内容におかしな点はありませんでしたか？」

「別になかったと思うけど、なぜ？」

「J大学の伊藤康弘っていう学生について何か言ってませんでしたか？」

石田の目が一度瞬《まばた》きした。「え、誰？」

「誰かに封筒を渡していたことや、封筒の中身については？」

「何のことだか、さっぱりわからない」石田は体を曲げて、デスク上の書類を引っかき回した。「ところで、さっき森に何が起こったか『調べてる』とか言ってたっけ？　それはどういう意味？」

「誰かが秀夫を高田馬場駅のホームから突き落としたんです。だからその真相を突き止めたいわけです」とケヴィンは言った。

「それは誤解でしょう」ひそめた眉《まゆ》に動揺が浮かぶ。「警察は事故だと言ってるんでしょう?」

「警察の言うことを鵜呑《うの》みにするんですか? 警察を支配階級の犬呼ばわりしたのは、石田さん、あなたじゃないですか」

「おい、外人……」

『プロレタリア国際主義』はどこへやらだな。「はあ?」

石田が言い返す前にカズが割って入った。「ケヴィンの言う通りだ。真相は他にあるかもしれないじゃないか」

「そうかもしれないが」と言いながら、何かを手で払うような仕草で二人の主張を退け、「だけど、そんなこじつけに関わり合ってる暇はないんだ。もっと重大なことに取り組まないといけない、わかるだろう」

秀夫よりも重大なことだと? ケヴィンは思わず一歩踏み出した。それに呼応して護衛も石田に近寄った。カズの手がケヴィンの腕を制した。カズを振りほどくのはたやすいことだ。しかしカズはその手に力を込めて、「俺たちは帰る。どうもお世話様」と吐き捨てるように石田に言った。

　ケヴィンは深く息を吸い込み、しばらく息を止めて、ゆっくりと吐き出した。この委員長野郎のうぬぼれた面《つら》をぶん殴ったところで、何の役にも立たない。挨拶《あいさつ》代わりに護衛を睨《にら》みつけ、遠藤に軽く会釈して、カズと共に部屋を出た。

　二人は、パチンコ店の騒音が鳴り響く階段を降り、戸外へ出た。「あの遠藤の話し方だと、秀夫が支部リーダー会議で糺《ただ》そうとしていた内容を誰にも明かさなかったという、僕らの当初の考えは正しかったようだな。だけど、石田は思い当たる節があるようだった」

「俺もそう思った」とカズ。「革青同内で、石田が伊藤って名を口にしたことがなかったかどうか、聞き回ってみるよ」

「実力行使隊に気づかれないようにしような。聞き回る相手は信頼できる人たちだけにしたほうがいい」

「気をつけるよ。ケヴィンも一緒にやるかい？」

「そのうちに。何よりもまず、伊藤を探しに行くつもりだ」

　カズは振り向き、目でケヴィンを制して「伊藤はアメリカのどこにいるか、住所もわからないんだぜ。偽名を使ってる可能性もある」

「いや、そこまで絶望的じゃないと思う」とケヴィンは答えた。「伊藤の友人によると、おそらく彼はサンフランシスコにいる。僕にとっては馴染《なじ》み深い場所だ。僕が育ったオークランドは対岸だから。伊藤はきっとホームシックになってて、ジャパンタウンで食料品の買い物をしてるだろうと思う。彼の写真を、レジの店員に見せてみるよ」

「もし伊藤がサンフランシスコにいて、店員が写真の顔に見覚えがあっても、実際に奴に出くわすまで何ヶ月もかかるぜ」

ケヴィンは、真っ直ぐ前を見て歩き続けた。カズはハナから、伊藤捜しの渡米は馬鹿げていると決めつけているようだ。確かにそうかもしれない。急いで姿をくらました伊藤こそが殺人犯かもしれない。だとしたら、かなり周到に隠れているはずだ。見つかっても、口を割ろうとはしないだろう。だが、現状では、伊藤だけが唯一の情報源だ。

「大学院は辞めるのかい?」とカズが尋ねた。「言語学者になりたいんだろ?」

ケヴィンの脳裏に友の顔が蘇《よみがえ》った。米ソ核実験断固反対デモの最前列の隣で腕を組んでいた、明るくて毅然《きぜん》とした秀夫、そしてバスの窓際の席から彼を見下ろしていた京ちゃんの眼差《まなざ》し。「学校には待っててもらうさ」と言い切った。

第五章　一九六九年　夏　土井の出所

台所兼居間で、ケヴィンはデスクの後ろの壁に貼《は》ったカレンダーに目をやった。七月十二日にはマルと下線がついている。あと二日で土井が出所する。電車で前橋まで行き、刑務所の門前で土井を出迎えるつもりだ。出所を祝い、励ましてやりたい。同時に、自分がサンフランシスコで伊藤捜しに一年間を無駄にしたこと、また帰国後さらに二年間、秀夫の行動の謎《なぞ》について探り出そうとしたが、何もわからずじまいだということを土井に報告しなくてはならない。

ケヴィンはデスクに向かって、いつものように、自分の失策を振り返り、忘れたくない一部始終の記憶が、だんだん曖昧《あいまい》になってきていることの言い訳を考えた。一番下の引き出しを開け、ファイルフォルダーの奥から額に入った写真を取り出し、デスクの上に立てた。学生服の上着の前をはだけて胸を張った土井と、カズの間に学生服を着た外国人が立っている。その前に秀夫と京ちゃんがカップルらしく寄り添っている。W大の錬鉄の門には反戦ポスターがベタベタ貼《は》られ、その後方に学舎が見える。仲間たちと夢を語り合い、共通の目標に向かって突き進んだ、あの輝かしい日々はいつのことだったろう。

そうだ、あの時代は終わったんだ。でも、明後日は楽しみだ。そして、今からかけようとする電話が首尾よくいったら、今日この後も楽しい気分でいられるかもしれない。これは賭《か》けだった。京ちゃんは、誰からの連絡も欲しくないときっぱり言っていたから。京ちゃんがこの朗報を例外的に受けてくれることと、自分の手元にある、山形にいる彼女の従姉《いとこ》の連絡先が正しいことを祈るばかりだ。かつて革青同で京ちゃんと共に闘った元メンバーの女性は保証できないと言っていたが。

ケヴィンは番号をダイヤルした。女性の声が電話に出た。京ちゃんの従姉だ。ケヴィンは丁寧な日本語で自分の名を名乗り、京子さんとW大で同期だったと説明して、彼女の電話番号を尋ねた。

「実は」と女性は言った。「ちょうど京子は今ここで夕食中なんです。少々お待ちくださいね」電話の向こう側が静かになった。ケヴィンは、バスの窓際の席から手を振ることさえできずにいた京ちゃんを思い出し、受話器を耳に押し付けた。今頃は彼女の可憐《かれん》な瞳《ひとみ》に輝きと活気が戻っていると信じたかった。

「もしもし」と京ちゃんの声がした。その声は滑らかで優しいけれど、赤の他人と話すように無感情だった。社交辞令的な「お久しぶり」さえ聞かせてもらえなかった。

「連絡してほしくないって言ったのはわかってるんだけど」京ちゃんからは相槌《あいづち》もない。ケヴィンは少し間を置いた。沈黙が続いた。「ただ、土井が出所することを知りたいかと思って。明後日なんだ。出迎えに行くつもりなんだけど、もし良かったら、京ちゃんも一緒に来ない？　前橋駅で待ち合わせして」京ちゃんの所から数時間だと言いかけて、言葉を飲み込んだ。駅との距離なんて、言わなくても彼女こそよく知ってる。気をつけろと心で自分に注意した。

「知らせてくれてありがとう」と京ちゃんが言った。それで？　また無言だ。背後で食器の音がした。「土井君に、よろしく伝えてちょうだい」

遠回しの拒絶。でも、せっかく彼女と電話でつながったのだから、このまま引き下がるわけにはいかない。「三人で一緒に秀夫のお墓参りに行きたいと思ったんだけど」

「ごめん、行くなら私一人で行きたいの」

「あ、そうだよね、わかるよ」京ちゃんは、ケヴィンを拒絶しているのではなく、悲惨な過去から逃げているのだ。同じ目に遭ったら、誰でも彼女と同じ態度になるだろう。ゴミみたいに捨てられたなんて思うまい、そう必死で自分に言い聞かせた。「東京に来ることはある？」

「気持ちの準備ができてないの」と京ちゃんは言った。声音は依然として優しく、思いやりが感じられた。「そういう気持ちになれたら連絡するわね。それまで体に気をつけて、元気でね。あなたは本当にいい友達だったわ」過去形……。「いつだって」ちょっと口籠《くちごも》って「頼れる人だった」そして、電話は切れた。

受話器を握り潰《つぶ》してしまいそうだった。カズが嘆いていた通り、誰も何もしてあげられないのだ。ケヴィンは、写真立てをファイルフォルダーの奥にしまい、引き出しを閉じた。

****

前橋刑務所——外堀に囲まれた赤煉瓦《あかれんが》塀やアーチ状の正門に、戦前の日本の西洋建築に対する憧憬《どうけい》が窺《うかが》われる。またここは、再犯者、特に暴力団関係者が多く収監される刑務所で、初犯者が服役することはほとんどないはずだった。土井が木に押し付けた警官は肘《ひじ》に痣《あざ》をつくっただけにもかかわらず、検察や機動隊に完全に同調した判事は、初犯なのに土井を常習犯並みに扱うことを妥当と判断したようだ。執行猶予もつかず、公務執行妨害罪で三年の満期服役をしなければならなかった。

ケヴィンは道路を渡り、自分の身長の倍以上ある金属製の正門の扉から数歩離れた地点で立ち止まった。土井がこの中でどんな苦渋を味わったかは想像もつかない。面会は親族と弁護士のみに制限されていて、手紙は検閲されるために、拘置所で会って以来、まったく連絡もないまま今日に至っている。あれから幾多の出来事があったことか。土井もいろいろ聞きたがるに違いない。何よりも、秀夫を殺した犯人の探索について、土井の闘魂が今も健在なら、どのように協力してもらえるかを話し合いたい。秀夫のボディガードを自任していた土井は、秀夫が彼を最も必要としていた時にそばにいなかったことに今もこだわっているに違いない。

青い制服姿の刑務官が正門に近づいてきた。そのすぐ後ろにダボダボの服を着た男が見える。土井？　そうだ、土井だ。顔色は精彩を失い、歩く姿には以前のようなアスリートらしい活力が見られなかった。正門の左半分の扉がギーッと開き、刑務官の無感情な頷《うなず》きに見送られて、土井が出てきた。

パッと笑顔を浮かべて、「アメリカが月面着陸に成功したなあ。おめでとう」と言った。

ケヴィンは首を傾《かし》げた。愛国心と国際主義は両立するか、と土井に試されているのだ。昔から土井は、わざとこんなふうに人を試して喜んだものだった。これはいい手応《てごた》えだ。「ソ連に先を越されなくて良かったよ。でも先週のニクソンこそビッグニュースだ。ベトナムからの撤退準備を始めてる。『ベトナミゼーション』って呼んでるらしいよ」土井の手を両手で握りしめた。「けど、そんなことはどうでもいい。気分はどうだい？　ひどい顔してるけど」

「暑さのせいさ」と土井はハンカチで額を拭《ふ》いた。「お前が俺のこと気にしてくれてるって、お袋から聞いてたよ。ありがとな。それと、秀夫のことをお袋に伝えてくれてありがたかった。俺が新聞を見た時には、その事件はもうとっくに紙面から消えてたから」彼は周りをキョロキョロ見た。

「僕が出迎えの代表さ」とケヴィンは言った。「お母さんも来たそうだったけど、どうも難しかったみたい」

「要は、親父《おやじ》が許さなかったってことだ」土井の笑みが少し歪《ゆが》んだ。「今や俺は前科者だからな、気をつけないと家族全員が恥さらしだ。親父が口だけでもきいてくれたらラッキーってとこかな」

「お母さんは君に、手料理を食べさせたいだろうなあ。こんなに痩《や》せた姿を見たら、ショックを受けられるだろう」

土井は自分の体を見下ろして、ブカブカのシャツを引っ張った。「全員、同じ量しか食べさせてもらえない。誰かの残りを食べようもんなら、独房送りさ。食欲旺盛《おうせい》な人間には酷な話だ」土井は顔を上げて、「お前はもう大学院を修了したんだよな。仕事は見つかったのか？　京ちゃんとカズはどうしてる？」

「前橋駅まで行こう。その途中でいろいろ話すよ」と言いながらケヴィンは左に向いた。

土井は反対の方向に足を向けた。「新前橋の方に行きたいんだ。歩く距離は遠いけど、利根川《とねがわ》を渡らない限り、ここでの年月にけじめをつけられそうにないって、ずっと感じてたんだ」と言って、煉瓦塀が途切れた先にある橋を見つめた。

ケヴィンは土井と並んで、刑務所の外堀に沿って歩き、川の方へ向かった。「大学院は途中で辞めたんだ。今は翻訳で生計を立ててる。アカデミックな文献から文学までいろいろだけど、ほとんどはビジネス関係さ。カズは貿易会社に就職して、今はシンガポールに駐在中。残業続きだけど、貯金もできて、上司からの評価も高いみたい。何年かかるかわからないけど、東京のお偉方のお眼鏡《めがね》に適って、昇進して日本に帰ってきたいって」カズが手紙の返事をなかなかくれなくなって、仲間たちの近況を尋ねなくなったことは、今ここで伝えなくてもいいことだ。「京ちゃんについては、ちょっと話しにくいんだ」

「彼女が流産したことはお袋を通して聞いたけど、他にも何か?」

何かどころじゃない。「京ちゃんは大学を中退して、山形の従姉の旅館で働いてる。電話番号はあるんだけど、彼女は電話も何も欲しくないって。東京を去る直前に彼女は、秀夫に申し訳ないことをした、東京にはいられないって言ってた。それが三年前」

「秀夫に申し訳ないのは、俺たち全員だ」と土井。「誰よりも、俺。あの時、カッとなって警官に手を挙げていなければ……」

「君は立派に秀夫を守ってきたよ。デモの最前列が機動隊に突破された時も、他党派とのゲバでも。四六時中秀夫を護衛するなんてことは誰も、特に秀夫は、期待してなかったよ。それに、秀夫と一緒に高田馬場駅にいられたはずがないんだし」

「恐らくな。けど俺も京ちゃんと同じ思いだ。で、秀夫が死んだ夜、どこに行こうとしてたかはわかったのか?」

　ケヴィンは土井に、Ｊ大学の伊藤康弘という学生が現金の入った封筒の運び屋だったと秀夫が話していたこと、伊藤が突然アメリカに出奔したこと、革青同事務所で石田に会って探りを入れたが収穫はなかったことを伝えた。また、高田馬場駅のホームで目撃した光景も話した。

「秀夫が落ちた時の様子からして」とケヴィンは言った。「彼が誰かに押されたってことは確実なんだ。だけど、警察はそう見てない」

「そうだろうな。奴らはあの事件を喜んでるかもしれない。だから、警察は当てにならない。他に手掛かりはないのか？」

「伊藤康弘っていう名前と、彼の逃亡先がサンフランシスコらしいこと以外には何も。僕は一年間休学して、サンフランシスコとその近隣都市で、日本人が出入りしそうな店を回っては伊藤の写真を見せたんだけど、誰も顔に見覚えがないし、名前に聞き覚えもなくて、とうとう諦《あきら》めて帰ってくるしかなかった。僕がサンフランシスコにいる間、カズは革青同のメンバーに当たってみたそうだけど、封筒の金のことも、死ぬ数週間前の秀夫の動静についても、何も聞き出せなかったらしい。つまり二人揃《そろ》って空振りさ。この前秀夫のお墓の前で、そんな報告しかできなかった」

二人は橋を渡りきり、利根川のゆったりした流れを後にするところだ。その時、土井が立ち止まり、来た道を振り返った。殺気のある目で刑務所を睨《にら》み、一度だけ頷いた。再び駅の方向に歩き始めながら、彼は夏の青空を見上げ、大きく息を吸うと、しばらく目を閉じた。

ケヴィンは次の質問を言い出さずに、しばらく黙って土井と歩いた。周りの景色が、農家の畑地や瓦屋根の木造家屋から、コンクリート住宅、レストラン、店舗へと移り変わっていく。角を曲がり、交番と勤務中の警察官一人の前を通り過ぎる際、土井の体が強張《こわば》った。もう少しで駅に着く。

「やっと自由の身になったわけだけど、これからどうする?」とケヴィンが聞いた。

土井は振り返って交番を睨み、「チャンスがあるたびに、こうしてやるのさ」と両手の親指をポケットに押し込み、肩を怒らせて大股《おおまた》で歩いた。

「どういうこと?」

「ムショではな、こんなふうに歩くのさえ禁じられてんだよ。両腕を体の横で振って行進、というか、行進風に歩かされた。腕を振って歩く癖が抜けるまで、ちょっと時間がかかるだろうな」

「必ずいつか土井らしさが戻るさ。で、さっきの質問だけど、これからどうする？」

土井は笑って、「誰も雇っちゃくれない、それだけは確かだ。だから、自分で何か事業を始めるしかない」

「事業って、どんな？」

「スポーツクラブさ。流行《はや》りかけてるって聞いたぜ」

「莫大《ばくだい》な設備投資が必要だよ。僕の貯金をはたいても、資金の一パーセントになるかどうか。あとは、どこかの銀行が融資してくれると思う？」

「ありがとよ。けどお前の金も銀行の融資も必要ない。コネがあるから」

「刑務所内で知り合った人かい？　暴力団員か？」

土井は太い眉毛《まゆげ》を寄せた。「説教はごめんだ、ケヴィン。俺はな、暴力団がどういうものかも、奴らの金利がどれだけ法外で、払えなかったら何をされるかも、すべて知り尽くしてるんだよ。ただ、このコネってのは俺の房仲間だった奴で、そいつには貸しがあるんだ。殴られてたのを助けてやったんだから」

相変わらず喧嘩《けんか》っ早い。それは変わってない。「それにしたって」とケヴィンは言った。「ちょっと危険じゃないか。事業が軌道に乗って、借金を返せたら、それで暴力団と縁が切れるのか?」

「どうだかな。けど、気に入られてっから、『おい、ショバ代の取り立てをする気ないか?』とか言われたりして」土井は駅舎に入り、切符売り場で「長岡まで一枚」と言い、切符代を支払った。

長岡? 都市も方角も違う。ケヴィンは自分の切符を買った。「一緒に東京に戻るんだと思ってた。いくつか話したいことがあるんだ」

「顔を出して挨拶《あいさつ》しなきゃいけない所があるんだよ」と土井は言った。「現金にありつけるかもしれないし」彼は切符売り場の横の時刻表を調べた。「俺の電車が出るまで、まだ十分ある。いくつか話したいことって何だい?」

「いや、実際には一つだ」鉄道線路を立体交差で跨《また》ぐ跨線橋《こせんきょう》の階段を土井と共に上りながら、ケヴィンは切り出した。「秀夫のために何をすべきか、それ一つだ」

「何をすべきかって、何ができる? お前さんは唯一の手掛かりを捜し出せず、カズもできる限り当たってみたけど収穫はなかったんだろ」

「一部の連中はカズと話そうともしなかったけど」二人は、東京行きの列車が入るプラットホームへの下り階段を通り過ぎた。「かなりの時間が経ったから、今なら話してくれるかもしれない」

　土井は立ち止まり、ケヴィンに向き合った。「革青同はどうなってるんだ？」

「崩壊寸前だ。残ってるのは、他党派との内ゲバに明け暮れるイカれたメンバーだけだ。同盟内でも争いが激化して、個人を攻撃し合ってる。石田さえ危ない目に遭ったんだ。もちろん、戦闘に巻き込まれたんじゃない。石田の遊び癖を嗅《か》ぎつけた連中が、ホステスのいる高級クラブの外で待ち伏せしてたらしい。その奇襲で怪我《けが》した一週間後、石田は革青同を見限った上、新左翼学生活動家はみんな見当違いのことをやってる、嘆かわしいことだって報道陣にコメントして、ブル転した。今じゃ父親の会社で管理職についてるよ」

「そんなゴタゴタの中に俺たち二人だけで飛び込もうっていうのかい？」土井は足幅を広げて立ち、「カズより俺たちの方が強面《こわもて》だから、同じ質問をしても何か聞き出せるんじゃないかって考えてんのか？」

「いや、別にそう言うわけじゃないけど」

「ふん、そう言うことだろうよ。英語にぴったりの表現があったよな、えっと、『goose chase（骨折り損のくたびれもうけ）』だっけ？」

「諦《あきら》めずにやり通せば、そうはならないよ」

土井は首を振った。「悪いがな、ケヴィン、今はそんな暇はないんだ」

ケヴィンは、自分の連絡先が印刷された名刺を土井に渡した。「僕が何か捜し出したら、手伝ってくれるかい？」

「確かなものならな」土井は名刺をチラリと見て、ポケットにしまった。「それまで体に気をつけて、元気で」

ケヴィンは長岡行き列車のホームへ下る階段に向かっていく土井を見送った。この再会によって仲間としての意識や関係が蘇《よみがえ》ることを夢見たが、それはケヴィン自身の絶望が生んだ幻影だったようだ。仲間たちと同様に、自分も一人なのだ。秀夫のための真相追求に触れた途端、話を短く切り上げた土井と同じように、他の誰もが、自分たちを団結させてくれた男を守りきれなかった失態を思い出したくないばかりに、連絡を絶とうとしている。

ケヴィンは自分の乗るべき列車に向かって歩き出した。彼の将来を暗示するかのような、灰色のコンクリート階段とその下のプラットホームに向かって。

第六章　一九七五年　春　墓地での出会い

川苔山《かわのりやま》の山頂から三十分ほど下山すると、登山道は杉林を抜け、陽《ひ》の当たる平地に出て二手にわかれる。ケヴィンは立ち止まった。この分岐点には一度秀夫と来たことがある。木の道標も、それに書かれた左右の矢印も見覚えがあった。ただ、右矢印の木板に、誰かがナイフで刻んだ文字は初めて目にする。「コノ先……」あとは読めない。キケン？　イキドマリ？　右手の道は木の幹や枝に道を塞《ふさ》がれていないところをみると、「イキドマリ」ではなさそうだ。「キケン」なのであれば、「注意して進め」ということだろう。しかし、他の登山者たちはそうは思わなかったらしい。足跡がすべて左に向いている。普段なら登山仲間の靴跡に従うところだが、左の道をとると、山中で日が暮れそうだ。自分のせいだ。楽観的に考えて、遠くまで来過ぎてしまった。時間がない、右の道を選び、運を天に任せよう。
二、三分も歩かないうちに、登山道はだんだんと道幅が狭まり、傾《かし》いできた。ケヴィンは足を取られないように小幅で進んだ。道の両側から伸び出たシダが登山靴を覆い、生い茂る針葉樹が上空を隠して太陽が見えない。一週間後に、年に一度の秀夫の墓参りの予定だが、その時このひどい道の話をしよう。
それ以外に、いくらかポジティブな報告もできる。翻訳の仕事はふんだんにあったし、フリーランスで執筆した記事が英字新聞に掲載され、いくつか好意的な論評ももらった。カズはシンガポールから日本勤務に戻され、課長に昇進した。その後まもなく、以前のガールフレンドとよりを戻し、結婚した。土井は土井で、スポーツクラブ事業を着々と拡大させ、負債を全額返済しても余りある利益を上げていた。そして、京ちゃんは……。有能な彼女のことだ、今頃は従姉《いとこ》の旅館で管理職に昇格しているかもしれない。だが、知る由もなかった。連絡は絶たれたままだ。年賀状を出したけれど、返事はなかった。

土井とカズには年一、二回会っている、ただし別々に。その点も秀夫には話さざるを得ない。明るくても表面的なだけで、学生時代には絶対に触れない、彼らとの会話はケヴィンをますます憂鬱《ゆううつ》にした。うつという精神状態が普通であると思うようになってきた。独身の集まるスナックバー通いも、ちょっとした恋愛も気晴らしにはならなかった。相手には性急に愛情を求めるくせに、捨てられる前に、相手を捨てて逃げた。それが女性との付き合いのパターンになった。正直なところ、今の自分は、これまで脱皮しようと努力してきた、初めて日本に来た当時の自分に逆戻りしてしまっている。情けない、だがもっと情けない報告もしなければならない。秀夫を殺した犯人捜しはまったく進展がない。何の収穫もないまま年月が過ぎるにつれ、諦《あきら》め気分が強まってきている、ということを。

地面は砂利石だ。登山道は一曲がりして、明るい夕日の中に出た途端、急に消えてしまった。大量の泥と粉々になった岩が登山道を呑《の》み込み、林の中を帯状に覆っている。彼の足元から、濡《ぬ》れた灰褐色の泥土が流れ落ち、百メートルほど先で、すとんと落ちて見えなくなっている。遠くの稜線《りょうせん》には、夕日に照らされた小さな樹のシルエットが並んでいる。心臓の辺りが緊張で強張《こわば》った。さて、どうする？　あと九十分もしたら山中は真っ暗になるぞ。

背負ったザックに手をやりヘッドランプを探った。常識のかけらがある人間ならここで引き返し、分岐点まで戻って、安全なルートで下山するだろう。だが、この泥斜面を何歩で渡れるか、興味がある。腹部から足先までゾクゾク震えた。これは無茶だ、どんなに興味をそそられてもやっちゃいけない……。

泥斜面の中間辺り、自分の目線より約一メートルの高さに、岩が泥土から突き出ている。その裂け目から砂岩が覗《のぞ》いているから、触った途端小片がばらばらと散りそうだ。だが岩全体が崩れることはあるまい。あれに飛びつくことができたら、その勢いで向こう側に跳び移ることができるかもしれない。だが、できなかったら？　いや、それは意気地なしの質問だ。いかにも失敗に慣れてしまった男が言いそうなことだ。そろそろ何か一つくらいうまく成し遂げようじゃないか。

ケヴィンは向きを変え、位置について、泥斜面に向かって全速で駆け出した。突き出た岩をつかもうと精いっぱい両腕を伸ばして、できる限り遠くへ、そして高くジャンプした。頭上で片手が岩をつかんだ。腕が伸び切り肩に全体重がかかった時、つかんだ岩が緩んだ。ケヴィンは頭から前に突っ込み、膝《ひざ》が何か硬いものに当たるのを感じた。渡れた！

だが、右肩がズキッとして、のたうち回らんばかりの鋭い痛みが襲ってきた。ケヴィンは立ち上がって、シャツのボタンを外し、肩を出した。肩の上部が鋭く飛び出し、皮膚が伸びきっていた。脱臼《だっきゅう》だろうか。こみ上げてくる吐き気を必死でこらえた。

枝の間から差し込む夕焼けが、木々の影を長く伸ばしていた。もうすぐ真っ暗になる。それまでに登山口に戻りたい。右手の親指をベルトに引っ掛けて下山し始めた。肩はズキズキ痛むが、幸い、この登山道の終着点はバス停だ。最寄りの町には病院がある。とにかく今は、この日の冒険について秀夫にあれこれ伝える場面を想像して、それで痛みに堪えよう。秀夫なら、ケヴィンの口から「これでまた強くなった気がする」という言葉を聞きたいに違いない。いや何よりもラッキーだったと言うべきだ。得意げに自慢できることじゃない。けれど、泥斜面を渡り切ったのは事実だ。諦め気分が少しだけ引っ込んだ気がする。

＊＊＊＊＊＊＊＊＊＊＊＊

一両列車がプラットホームを出ていく。東京から数時間離れた農村の駅に降り立ったのは、三角巾《さんかくきん》で腕を吊《つ》ったケヴィン一人だ。辺りには、四方の山々から吹き下りる涼しい風に散らされもせず、朝靄《あさもや》が漂っている。命日くらい、仲間と一緒に秀夫の墓参りがしたかった。土井とカズ、そして定かではないが恐らく京ちゃんも、ケヴィンが毎年五月十九日にここに来ることを知っているのに。彼らはそれぞれ別の日を選んで墓参しているようだ。

けれど、今年は誰か一人くらい現れるのではないだろうか。去年、森家の墓前には、供えたばかりの新しい花があった。誰か知らないが、今日も来るかもしれない。

ケヴィンは線路の向こう側にある村に目をやった。駅舎の先の道路沿いには、杉板に黒塗りの壁の家屋が並び、破れ瓦を乗せた崩れかけた屋根を重たげに支えていた。年配の女性が、カゴを括《くく》り付けた自転車を押しながら歩き過ぎた。他に誰も見当たらなければ、車も通らない。聞こえる音といえば、小屋のトタン屋根の緩みに風が当たってガタガタ鳴る音だけだ。初めて秀夫がここに連れてきてくれた時は、もう少し活気があったのだが。

「僕の故郷《ふるさと》にようこそ」と、駅を出て、彼の母親と妹たちが住む実家に向かって歩きながら、あの時秀夫は言った。今日も例年のように、同じ道順で歩くつもりだ。かつて秀夫と来た時に、この曲がり角で、女の子の横に屈《かが》んだ母親らしき女性が、意味ありげに「外人」と囁《ささや》いて指さした。

「多分、彼女はこれまで一度も外国人を近くで見たことないんだろうな」と秀夫は弁明した。「こんなふうに目立つのは気に障るかい？　アメリカ人の中には、イラつく人もいるって聞いたけど」

その時自分は「誰かの興味の対象になるのは別にかまわないよ」と答えたと記憶してい

る。それはなぜ？　とは聞かず、秀夫はただ頷《うなず》いた。幼い頃から誰にもかまってもらえず、挙句の果てに捨てられてしまった人間にとって、理由は何であれ、人から関心を持たれる、または向けられることは新鮮なのだろうと納得したようだった。

ケヴィンは軽トラックの後について、宿屋の方へ歩き続けた。宿屋の駐車場には車が三台停《と》まっていて、玄関前の通路の植木もよく手入れされている。これはこの宿屋の商売が成り立っているということで、何となく嬉《うれ》しい。秀夫も、自分が生まれ育った村が過疎化の中で生き延びていることを喜んでいるに違いない。

宿屋と村落を後にして、ケヴィンは山麓《さんろく》の輪郭に沿って造られた水田の畦道《あぜみち》を進んだ。すぐ先の、半ば霧に隠れた曲がり角の向こうに、この村の寺と墓地がある。小石の敷かれた道にかかれば、森家の墓も近い。いつものように線香を墓前に供え、近況や自分の思いを秀夫に語ろう。

ケヴィンは角を曲がり、寺院の境内へと階段を上った。一列の敷石が墓地への参道に続いている。遠くの方に人影が見えた。それとも朝靄による幻影か。ケヴィンはいつものように参道をほぼ端まで歩き、森家の墓に向かって何度か角を曲がり、そして思わず立ち止まった。革のラペルジャケットを着た、いかにも都会人風の男性が一人、森家の墓の近く、いや真正面に立ち、頭《こうべ》を垂れ、合掌《がっしょう》しているのだ。カズにしては背が高過ぎるし、土井にしては小さ過ぎる。

線香立ての横には花が置かれている。ケヴィンは音を立てないように静かに近づいた。三輪の菊が扇形に飾られている。これと同じものを去年も見たことがある。黄色い花を供えたのは、仲間の一人ではなかったようだ。男性は日本人で、三十代前半、自分と同じくらいだ。秀夫が生きていたら、秀夫とも同じ年頃か。この男性は、秀夫の告別式には参列していなかったと思う、いや、参列していたとしても、九年も前の話だ。容貌《ようぼう》は変わるものだし、特にこの男性の顔は、急激に痩《や》せ細って窶《やつ》れた人のようだ。

男は顔を上げ、立ち去ろうとしてこちらを向いた。彼は三角巾で腕を吊った外国人を認め、一瞬凍りついた。

ケヴィンはお辞儀をして、「おはようございます」と日本語で挨拶《あいさつ》した。「驚かせてすみません。ただ、知っている人かと思いまして。森君のお友達だったんですか？　お葬式でお会いしていたかもしれませんが、私はブラニガンという者です。東京から来ました」

男性はお辞儀もせず、棒立ちのまま、焦点の定まらない目をケヴィンに向けた。「私は……」ようやく口を動かした。「伊藤です。私も東……」急に息を吸い込むと、ケヴィンと目を合わせて、「お葬式には出席できませんでした」彼はここで英語に切り替えた。イギリス英語ではなく、わずかに日本語訛《なま》りの混じったアメリカ英語で「お参りだけしておきたくて」と言ったが、無理な笑みといい、ケヴィンの視線を避ける様子といい、疾《やま》しさが顔に出ている。

伊藤は山ほどいる。だが、ここに一人、秀夫と同時期に大学生だった可能性が高く、アメリカ人のように英語を話し、その表情を見る限り、罪悪感なしに秀夫の墓参りができない伊藤がいる。ケヴィンの動悸《どうき》が速まった。サンフランシスコまで行ったものの捜し出せなかった、その男が今こうして相手のほうから目の前に現れたのか。

「僕と秀夫はW大で一緒だった」と英語で話した。「君もW大で秀夫に会ったのかい?」

「ノー」伊藤は寒そうに手を擦り合わせた。ジャケットを着ているのに震えている。「W大じゃない」靄が晴れ始め、伊藤の後に並ぶ何列もの墓石が、山の緑を背景に鮮やかに浮き出てきた。

「じゃあ、J大で?　秀夫は何度か、J大での米ソ核実験反対デモでも演説したけど」

伊藤は硬くなった。「どうも、お目にかかれて……」と無理やり笑みを絞り出して、「じゃあ、もう行かないといけないので、僕はこれで」と言った。

遠回しな話はしていられない。「もしかして、名前はヤスヒロじゃない？」

伊藤は目を大きく見開いた。

「秀夫はJ大の伊藤康弘って人物に腹を立ててた」とケヴィンは言った。「僕はJ大の学務課で、伊藤康弘の記録を見つけたよ。その伊藤はなんと、秀夫が殺された翌日に退学し学生証を返してた。君の飲み友達の一人から、君が大慌てで日本を離れてアメリカに行ったと聞いたんだ。それはいつかと聞いたら、『金曜日、そう先々週の金曜日だ』って教えてくれた」ケヴィンは伊藤の方に身を乗り出し、顔を近づけた。「一九六六年五月二十日だよ。覚えてるだろ？」

伊藤は後退《あとずさ》りし、首を左右に振った。

「誰かが高田馬場駅で秀夫を線路に突き落とした翌日、君は大学を中退し、姿を消した。そして今、秀夫の墓にいる。去年も来てたよな、秀夫の命日に」

「き、君は誰なんだ？」伊藤は片足を後ろに下げた。喧嘩《けんか》の構えだ、足がわなわな震えてさえいなければ。

ケヴィンは両手を体の横に下ろしたまま、「誰って、それは……」ここは少し脚色してもいいだろう。「秀夫が君に腹を立てていた理由を知ってる人物さ」

伊藤の口は一瞬開いたが、すぐに閉じて歪《ゆが》み「それは信じないね」と言った。

「現金入りの封筒。君はその運び屋だった」

伊藤は両腕を引きつけ、肘《ひじ》を体にくっつけた。「でも僕は……」

「僕は？……」

「あいつらが君の友達に何をするつもりか知らなかったんだ」

あいつら？　これを問い詰めると、伊藤はもっと怖気《おじけ》づいてしまいそうだ。「どうしてそんなことに関わることになったんだ？」

「もう喋《しゃべ》り過ぎた」伊藤は身を躱《かわ》した。足元で砂利が鳴った。

ケヴィンは、動く方の手で伊藤をつかんだ。ジャッケットのせいで腕というより袖《そで》をつかんだのだが、片手で十分押さえがきく。「最後に秀夫に会ったのはいつだ？」

「放してくれ」

「いつだ？　この野郎」と、つかんだ手にさらに力を込めた。

伊藤はたじろいだ。「彼が死んだ日の朝」

「どこで？」

「公園で。森が僕をつけてきて、僕の鞄《かばん》の中に何が入っていて、誰がそれを僕に渡し、僕が誰に届けたかを知ってると言うんだ」

ケヴィンは伊藤を自分の方に向かせて「それで？」と詰め寄った。

伊藤は片手で鼻を包み、「森は僕を殴って、封筒を奪っていった」

「それから？」

「僕は診療所で手当てしてもらい、ドラックステンの人間に電話して、事の次第を報告したんだ」

彼を喋り続けさせるためにドラックステンはなんだかをわかっているふりをしたほうがいい。「その男に秀夫の名前を伝えたんだな？」

「名前は知らなかった」伊藤の目が不安げに彷徨《さまよ》った。「新聞を見るまで知らなかった。わかってたのは、W大の学生だってことだけ。学生服でそうだとわかった」

なるほど。ただ、新聞を見るまで秀夫の名前を知らなかった、と言ったときの伊藤の動揺は少し変だ。「その男に、W大の学生だって話したんだな？」

「ああ、そのまま待ってろと言われた。その男は写真を持ってきて僕に見せると言ったんだ。そして確認した。信じてくれ。あいつらが何をするかを知ってたら協力なんかしなかった」

「信じてやろう」むしろ信じたいと言うべきか。「その男の名前は？」

伊藤の腕の力が抜けていった。「これ以上は言えない」

「いったい何を怖がってるんだ？」ケヴィンは少し口調を和らげた。「ずいぶん昔の話じゃないか」

伊藤は目を細め、今にも泣きそうな顔になって首を横に振った。「お願いだ。放してくれ。疲れてるんだ、とても。体を休めたい……」

確かに、ただの疲れというよりも憔悴《しょうすい》しきった顔をしている。「ここから帰さないと言ってるわけじゃない」ケヴィンは手の力を緩めた。「でも、僕が知りたいことをすべて話すまでは逃がさない」

伊藤はケヴィンの後方の何かに気づき、「あの人に聞こえるように叫ぶぞ、お前に強請《ゆす》られてるって。そうしたら、警察に通報されるぞ」と言った。

ケヴィンは肩越しに後ろを見た。高齢の男性が参道をこちらに歩いてくる。

「今すぐ放してくれないと大声出すぞ、いいのか」と伊藤は言い、「僕の後をつけてきても騒ぐからな」

ケヴィンは手を放した。

伊藤は墓地から出ていき、道を曲がって見えなくなった。よし、後をつけ全部を白状させよう。もし伊藤がこの近辺に泊まるつもりなら、どこに泊まるのかを知っておきたい。もし駅に直行するなら、東京までお伴しようじゃないか。伊藤が車内で一息ついたら、この会話の続きをお願いするとしよう。大股《おおまた》で歩いて曲がり道にさしかかった時、アスファルトを駆けていく音が聞こえた。伊藤に走る体力があったのか？　あんなに衰弱した様子だったのに。ケヴィンは急いで道を曲がって追跡した。伊藤は宿屋に辿《たど》り着き、駐車場にあった一番真新しい車に乗り込んでいる。ケヴィンは、三角巾の腕を脇にぴたりとつけた状態で、全力で走った。車は駐車場から道路に出ようとしている。追いついた。車のトランクを思いっきり叩《たた》いてやった。もう一度。だが、振り下ろした手は空《くう》を叩いていた。

ああ、なんという愚かなしくじり。思いがけない運のおかげで、捜しても捜しても見つけられなかった男が目の前に現れたというのに、まさか逃がしてしまうとは！　隠れ慣れた人間を、東京のような大都会で見つけ出すのは至難の業だ。しかし、また捜すしかない。

その間に、新たな疑問にも取り組まねば。伊藤は、あいつらが何をするつもりか知らなかったと言った。「あいつら」とは、ドラックステンにつながっている奴らで、伊藤に写真を見せた人物もその中の一人ということか？　ドラックステンとは何なのか、封筒の現金の見返りとは？　そして、封筒の受取人は？　伊藤から奪い取った封筒を秀夫はどうしたのだろう？　秀夫はあの日公園を出てから、どこかの時点で、革青同事務所に出向いて遠藤と支部リーダー会議の打ち合わせをした可能性がある。そうだとしたら、金の入った封筒を遠藤に見せて、それを伊藤から取り上げたと打ち明けたのではないだろうか。ただ、遠藤は秀夫の口から封筒についても伊藤という名前も聞いたことがないと言っていた。その辺りのことを再確認する必要がある。それより、もっと緊迫した問題は、伊藤がまたドラックステンに連絡するかもしれない点だ。前回はその直後に秀夫が死んでしまった。

ケヴィンは駅に向かって歩き、公衆電話の前で立ち止まった。いや、まだ早い。秀夫のために真相を突き止め、これまでの埋め合わせをし、再び仲間として付き合える希望が出てきたが、土井やカズに声を掛けるには材料が足りなさすぎる。伊藤にばったり出くわしたことよりも、もっと中身のある情報が必要だ。ドラックステンの正体を突き止めなくては。

閲覧室には他に誰もいない。ケヴィンはペンを手にして、一人で長いテーブルに陣取っている。三角巾《さんかくきん》を外してしまってせいせいした。目の前には文献が山積みにされ、「在日米国企業」という見出しページが開かれている。自分のノートに『出典：在日米国商工会議所（ACCJ）名鑑』と記し、次に「ドラックステン・アソシエーツ、コンサルティング。『ACCJ名鑑』一九六〇～七〇年版に記録あり。一九七一～七四年版にはなし」と書き留めた。山積みの中から一九六六年版『名鑑』を取り出した。秀夫が殺された日の朝、伊藤はドラックステンの誰かに電話した。当時の同社の重役は、『社長：クライド・P・マトリー。副社長：ライル・E・ラディック』となっている。それらの名前をノートに書いて、太い下線を引いた。

このどちらかは、伊藤の電話を受けた本人かもしれないし、あるいは誰が電話を受けたかを知っているかもしれない。ケヴィンは、「日本在留会員」のページを開いて、二人の写真を見つけた。マトリーは見たところ三十代半ば。剃《そ》ったヒゲが伸び始めて、削《そ》げたような顎《あご》を余計目立たせている。ラディックはマトリーよりも少し年長そうだ。太い首、丸い頭、禿《は》げ上がりぎみの額を見ると、こちらのほうが貫禄があった。写真の中の窪《くぼ》んだ眼がこちらを見据えている。ケヴィンも睨《にら》み返した。いつかラディックを探し出し、情報を聞き出す場面を想像しながら。

一九六七年版の『ACCJ名鑑』には、ラディックもマトリーも載っていなかった。二人とも、ドラックステンを辞めて、日本からいなくなったのかもしれない。最新版には余り期待できない。ケヴィンはまず「M」の索引をめくったが、マトリーはいなかった。次に「R」。「ロブ、ローゼンタール……ラディック。ライル・E・ラディック」『名鑑』が刊行された五ヶ月前に、彼は東京にいたということだ。

この写真のラディックは、頭のてっぺんが禿げ、薄くなりかけた髪を耳の後ろに梳《す》かしている以外、特に老《ふ》けた跡はない。見た目も変わっていなければ、仕事も大きく変わらず、「プレースメント・インターナショナル社社長」となっている。ドラックステン同様、これもコンサルティング会社だ。同社はまた、人材派遣会社のスタッフ・セントラル株式会社の子会社とあり、両社は同じセントラルビル内の別の階にある。

ケヴィンは『名鑑』をすべて元の棚に戻した。ラディックを問い詰める前に、ドラックステン・アソシエーツについてもっと知識が必要だ。なぜコンサルティング会社が伊藤に現金を運ばせたのか？　ドラックステンは五年前に廃業した。だが、その事務所があった島津ビルには、当時同社で勤務していた誰かを今も覚えている人がいるかもしれない。島津ビルの住所はわかっているのだから、今すぐ行ってみよう。

＊＊＊＊＊＊＊＊

ケヴィンは地下鉄に乗り込み、吊革《つりかわ》につかまった。島津ビルのロビーの受付にいた年配の守衛から、ドラックステンに関して得た情報はゼロに等しかったが、元社員の一人については多くの情報を得ることができた。「当時の人たちの中でわしが一番よく覚えてるのは、ポーリングさんですかねえ」と守衛は言った。「あの会社で翻訳をしてた人でした」守衛はまた、この人物のフルネームがエリオット・ポーリングで、ドラックステンに対して不満を抱え、「ここは僕のいる所じゃない」と言って、一九六六年初夏、つまり秀夫が殺されて間もなく、会社を辞めた、という極めて貴重なことを覚えていた。幸いポーリングは今も日本にいる。翻訳者協会名簿の八ヶ月前の情報によると、彼のオフィスはここから地下鉄でわずか三駅目のビルにある。

ケヴィンは四階にポーリングの「エキスパート・トランスレーション・サービス」を見つけ、受付係に名前を告げ、待合室の席に座った。席の前のテーブルには英字新聞が広げてある。ページをめくり、「ベトナムの教訓」という特集記事を開いた。四月のサイゴン陥落から一ヶ月経って、いくつも書かれた分析記事の一つだ。新聞をテーブルに置き、オフィスのドアが並ぶ廊下に目をやった。ほどなくそのうちの一つが開き、六十歳代の男性が現れ、ケヴィンに近づいてきた。肌の白っぽさといい、目の下の弛《たる》みといい、長時間ひたすら一つの言語から別の言語に文書を書き換えている人の顔だ。ケヴィンは立ち上がった。

「はじめまして、ブラニガンさん」とその男性は言った。笑みはおろか、出会いを喜ぶ表情はまったくない。「エリオット・ポーリングです」彼はアメリカ人同士と母国語で話している時、もっとリラックスしているはずだ。

ケヴィンは握手をしながら、挨拶《あいさつ》というよりも観察に近い相手の注視を受け止めた。まるで、ポーリングが既に自分のこと、または自分に関する何かを知っているような奇異な感じを受けた。でもどうやって？「島津ビルの守衛さんからお名前を教えてもらいました」とケヴィンは言った。「よく守衛さんと立ち話をなさったそうですね。あなたの日本語は完璧《かんぺき》で、日本に関する知識も豊富だと言っておられました」

ポーリングは頷《うなず》き、「じゃあ彼からの推薦で？」

「そうです。でも、翻訳を依頼したいわけじゃないんです。実は同業者なので」

「どうも話が見えないが、何かアドバイスが必要なのかな？　私は、ここでもっぱらビジネスや金融関係、特に契約書、書状、パンフレットなどの和英翻訳を手掛けている。君は？　その日焼け具合からすると、翻訳者には見えないが」

「山登りが大好きなもので」とケヴィンは言った。脳裏に、秀夫や京ちゃんと歩いた登山道が浮かんだ。「アドバイスもありがたいですが、今欲しいものは情報なんです」

「何に関する？」

「ドラックステン・アソシエーツ。守衛さんによると、あなたはドラックステンの翻訳者だったそうですね」

「あの会社はもうない」そっけない口調で一気に言い切った。

「知っています。ドラックステンがどのような事業に携わっていたのかを知りたいんです。総合的なコンサルティングだとしたら、なかなか大変だったでしょう。顧客の企業ごとに特殊な専門用語があったでしょうから」

「コンサルティング会社なんて山ほどあるのに、なぜドラックステンに興味が？」

「あの会社のやり方はちょっと変わっていたと聞いたので、もっと詳しく知りたいと思いまして」とケヴィンは言った。

ポーリングは引き攣《つ》った笑みをつくり、「ブラニガンさん、お手伝いしたいところだが、仕事が山積みなもので」

「では、またいつか、それほどお忙しくない時に？」

「それはいったいいつのことやら」両手を広げて困ったような仕草を見せて、「同業者ならおわかりと思うが」

「ええ、よくわかります。ただ、当時与えられた仕事について、あなたがどのような意見や印象をお持ちだったかを知りたいのです。お知り合いの守衛さんは、会社を辞められた時のポーリングさんは惨めそうだったと話しておられましたが」

ポーリングの顔から笑みが消えた。「どういう理由で会社を辞めたかなんて私の勝手だ。じゃ、これで失礼する」とケヴィンに背を向けた。

「あなたが辞職される数週間前の五月十九日の木曜日の朝」とケヴィンは大きな声で言った。「ドラックステンの運び屋だった伊藤康弘は、社内の誰かに電話をした。ある学生に殴られて、ある人物に渡すように命令された現金入りの封筒を奪われたと伝えた。電話を受けた人物は、伊藤に写真を何枚か見せ、伊藤はその中から学生を特定した。森秀夫です。そしてその夜、誰かが秀夫を山手線高田馬場駅のプラットホームから線路上に突き落とした。僕はそれを目撃したんだ」

ポーリングの肩がピクリと動き、急いでこちらへ戻ってきた。手は硬直し、目はギラリと光っている。「出ていけ、今すぐ」

「秀夫は僕の友達だった。彼が死ななければならなかった理由を突き止めるまでは、ここを動かない」

ポーリングは受付の女性をチラリと見た。彼女はそれまで通話中だったが、今まさに受話器を置こうとしている。「大きな声を出すな」とケヴィンを制し、周りを見回してから、廊下の方に目をやり、「ついて来なさい」と言った。

彼のオフィスに通された。そこは書籍の詰まった本棚が壁という壁を埋め尽くし、窓から差し込む日光を遮っていた。ケヴィンは、ポーリングが書類の積まれたデスクに腰掛けるのを待って、彼の真向かいに座った。

「警備員を呼ぶこともできたのに、なぜそうしなかったんですか？」と聞いた。

ポーリングは忌々しそうな顔をして、「しつこそうな奴は一目見たらわかるんだよ、君。今追い返しても、またここに来るか、私につきまとうか、迷惑な存在になるのはわかってる。そうなったら、注意を引いてしまう」

ケヴィンは頷いて同意を示した後で、笑みを浮かべて尋ねた。「誰の注意ですか？」

ポーリングは腕を組んだ。「君はまともな人間のようだから、率直なアドバイスをさせてもらう。どんな高潔な意志で、何をやろうとしてるのか知らんが、この件に関わるのはやめたほうがいい。タイプライターと辞書の待つ仕事場に戻り、ドラックステンという名前も忘れたまえ」

「クライド・マトリーとライル・ラディックも？」

ポーリングはバシッとデスクを叩《たた》き、「そうか！　下調べはやってきたということか。その調子でいけば、急所を叩き潰《つぶ》されるのも時間の問題だ」

ケヴィンの太腿《ふともも》の筋肉がビクッとした。「新手のコンサルティングですか」恐怖と興奮で腹の底が震えた。「続きを話してください」

ポーリングは首を振って、「忘れろ」と言った。

「それはできない、できないんだ、ポーリングさん。僕が高田馬場駅で見た男が牢獄《ろうごく》で腐るのを見届けるまでは」

ポーリングは本棚を見回した。まるで、次に言うべき言葉が載っている本を探しているかのようだ。「君は敵の怖さを知らない、それが問題だ。私はそれを君に教えてやるわけにはいかない」

ケヴィンは一呼吸置いて、声を整えた。「ドラックステンを辞めて九年も経つというのに、そこで経験したことは今もあなたを苦しめてるんですね。あなたは、本当は正義感の強い人だ。手を貸してくれませんか?」

ポーリングの視線は再び本棚を彷徨《さまよ》った。

「僕の敵は誰なんですか?」

溜《た》め息《いき》まじりに日本語で「仕方ない」と呟《つぶや》き、続いて英語で「その道の訓練を受けたプロだ」

「その道っていったいどういう？」

「私がドラックステンでしたこと、聞いたこと、見たことのすべては秘密保持契約で喋《しゃべ》らないよう約束させられているのだよ」

「さすがコンサルティング会社、ご用心深いことで」

「わかったような口をきくな」とポーリングは言った。「ここだけの話だと約束するか？」

「約束します」

ポーリングは深く長く息を吸い、吐き出した。「話すべきではないのを承知で君に話す理由はただ一つ。この件が、君の手に負えないものだということを理解してもらうためだ。ドラックステン・アソシエーツは、ＣＩＡのフロント企業として日本における反左翼工作をしてきた組織だ。ＦＥ１の直轄の」

「ＦＥ１？」

「その当時の計画本部の極東部日韓第一支部だ。君は『ノック』って何か知っているかい？」

ケヴィンは首を振った。

「ほとんどのＣＩＡ課報員《ちょうほういん》は、アメリカ大使館を拠点とする公式課報員、いわゆる『オフィシャル・カバー、略してOC』という扱いで、外交特権を持つ。それとは別に、外交特権を持たず、大使館外の組織や企業が後援するノン・オフィシャル・カバー、つまり『NOC（ノック）』身分の工作員もいる」

「ドラックステンの社員はNOC課報員だったんですか？」

「そうだ」

「あなたも？」

「私は国務省からの出向さ」とポーリングは答えた。「ドラックステンではもう働けないって国務省に掛けあったが、なかなか異動を許してくれなかった。だから辞めたのさ」

「キャリアを投げ捨てたってことですか？」

「キャリアか……」その言葉の響きを味わうように、ポーリングは椅子の背に凭《もた》れ、窓から差し込む日光を眺めた。

「苦しい決断だったようですね」とケヴィンは声を掛けた。「仕事に打ち込んでおられたでしょうに。国務省でのお勤めは長かったんですか？」

「一九四六年の春以来だから、二十年間だね」

「一九四六年？　日本は敗戦または終戦直後で大変な時でしたね」

「自分で望んだ任地だった」

ポーリングは戦前の日本で生まれたそうだ。母親は宣教師の娘で、父親は外交官だった。戦後、父親に倣って外交関係の道を歩み、母国アメリカを誇りに思い、熱意を持って勤務した。彼の疑心が募り始めたのは、アメリカの占領政策が、日本の民主化と非軍事化から、冷戦における同盟国作りへと移り変わった頃だ。「モスクワや北京に指示を仰ぐ共産主義者への対策は、確かに必要だった。だが」と彼は言った。「我々はやり過ぎた。暴力団を雇ってストライキやデモ行進を妨害したり、大日本帝国陸海軍がその特務機関を使って中国やフィリピンから略奪した財宝を押収して保守党の設立資金に充てたり、日米安保条約の成立のため、政治家の買収に関わったり、そうしたＣＩＡによる工作すべてが既に腐敗していた保守党の一党支配を、さらに確固たるものにしてしまったのだ」

「それでも目を瞑《つむ》って仕事に専念したさ」とポーリングは続けた。「ただ、それもドラックステンに派遣されるまでの話だ。あそこにいた奴らは無法者だよ。ＣＩＡの目標を達成するために東京支局から派遣されたはずなのに、奴らは自分たちで勝手に工作対象を選び、勝手なルールで行動した」

ケヴィンは自分を抑えた。ここでポーリングの話を遮りたくない。こんなに話してくれるとは意外だ。この元外交官は、自分の中に鬱積《うっせき》していた数十年分の忿懣《ふんまん》を今初めて吐き出しているようだ。それにしても突然目の前に現れ、自分を質問攻めにした、見ず知らずの男に打ち明けるとはどういうことだろうか。それほど信頼してくれる理由はない。いや、ポーリングは既にケヴィン・ブラニガンの素性を知り得ていて、見ず知らずではなかったのか。初対面で握手をしたときの、用心深く探るような目つきをケヴィンは思い出した。その同じ目つきが戻っている。独白は終わったらしい。

「勝手なルールで行動した、ということですが」とケヴィンは言った。何とかして、ドラックステンと革命的青年同盟に話をつなげる必要がある。「何か具体的な例を話してもらえませんか?」

「例はあるが」

「学生運動の分断も奴らの対左翼工作の一環だったんですか?」

「そうだ。私からの忠告は以上だ」

「なんだって?」ケヴィンは言葉を荒らげないように必死だ。「僕が求めてる答えを握ってる奴らが、勝手なルールで動くスパイだから手を引け、それで終わりですか?」

「正確には、元スパイだ。ドラックステンの奴らはＣＩＡから免職された」

「それはいつ？　どうして？」

ポーリングはちょっと悲しげな目をした。

「そのうちの一人、ライル・ラディックはまだ東京にいますよね」とケヴィンは言った。

ポーリングの頭が痙攣《けいれん》するように震えた。「ラディックこそ、君が最も避けるべき相手だ。ドラックステンでは副社長だったが、実際に采配《さいはい》を振るっていたのは奴だ。大使館付き諜報員の代わりに訊問《じんもん》に当たった時もある。普通なら取り調べには、防諜機関の職員、ウソ発見器の技師、通訳、精神科医のチームが呼ばれるんだが、ラディックの場合は彼一人、あるいは彼と通訳だけで片付けた。彼の使った訊問方法や、彼がいかにその取り調べを楽しんだか、いろいろと噂《うわさ》があった。通訳の一人は吐いてしまったこともあるという話だ。どうだい、わかったかい？　まだ足りないって言うんなら、これではどうだ。ラディックは暴力団や大物右翼ともつながりがある。奴が指示したら、間違いなく暴力団が裏で動く」

ケヴィンは腹部がまたピクピクするのを感じた。秀夫にどれほどの恩を受けただろうか――これまでそれを疑ったことはなかった。今になってそんな問い掛けが浮かんだことを恥じるしかない。秀夫という友がいなかったら、今頃は絶望のどん底にいたに違いないのだから。「君は親に酷《むご》い仕打ちを受けたのを、自分のせいだと思ってるよね」と、かつて秀夫は言った。「自分を傷つけてきた親から自分を解放しないか。親がどんな人間でも、君はそのままでいいんだ」その秀夫の言葉は自分を救ってくれた。それはどんな身の危険を冒すにも値する恩だ。

「一九六六年五月十九日」とケヴィンは言った。「その日の朝、ラディックの運び屋の伊藤がドラックステンに電話をかけた。誰が電話に出たか知ってますか？」

「もう一つ言っておくが」とポーリングが続けた。「CIAには『破壊活動家対策ブラックリスト』というものがある。君はドラックステンのコンタクトシートに載っていた人物の友人だったわけだから、六〇年代に一緒に関わった活動いかんで、君もブラックリストに載っているかもしれない。こんなことを言うのは、ラディックが当時はもちろん、今もそのリストを入手できるかもしれないからだ」

「わかりました。僕の質問に答えてください」

ポーリングは立ち上がり、ドアの方へ誘う仕草をした。「さようなら、ケヴィン。私のアドバイスに従ってくれることを切に希望する」

ケヴィンはわざとゆっくり立ち上がった。「従わないとわかってるくせに。でも、サンキュー」

ポーリングのオフィスを出て、ケヴィンはロビーへの階段を下り始めた。まだまだ不明な部分が多い、だが明らかなことは一つある。土井とカズに連絡をとるには十分な材料ができた。

第八章　不安な始まり

　ドアを開けて居酒屋に足を踏み入れたとたん、タバコの煙と人々の笑い声、演歌の滑らかな旋律に包まれた。ぼんやりした天井の照明の下で、サラリーマンのグループが、ビールジョッキ、徳利、おつまみの小皿が並んだテーブルを囲んでいる。カウンター席の客たちは、据え付けられた長いガラスケースに向かって、スツールに腰掛けている。土井もカズもこの店を気に入っているが、これまで三人で一緒に来たことはない。今夜も、ケヴィンと二人で酒を酌《く》み交わしながら、軽い会話を楽しむつもりで来るに違いなかった。どちらも相手が来ることは知らず、ましてやどんな話が展開するかまったく予想してはいまい。

　ケヴィンは奥に空《あ》いたテーブルを見つけて、ビールを注文した。この集まりをお膳立てするには一週間以上かかった。はやる気持ちを抑え、最初から話をゆっくりもっていくようにしなければならないと思った時に、入り口からカズが入って来て、ケヴィンのテーブルに座った。

「早めに抜け出る口実をありがとさん」

「課長さんともなれば、こんな早くに会社を出るなんてあり得ないわけだ」とケヴィンは言った。「同僚や部下は、カズが今夜は接待だと思い込んでるんじゃない？」

「多分ね。俺も別に否定しなかったし」

「土井はその点カズより楽だよな。自分の都合で動ける。ところで、最後に土井に会ってからどれくらい経つ？」

「一年、いや、もっとかな」カズは腰掛けたまま体の向きを変え、店員を探しながら「なんで？」と聞いた。

「彼も来るんだ、今晩」とケヴィンは言った。

カズは素早くこちらに向き直った。「電話くれた時、そんな話はしてなかったぞ」

「だって、そう言ったら何か言い訳をつくってカズは来なかったろ。三人で集まることについては土井も同じ態度さ。だから、君が来ることを彼には言ってない」

「ケヴィン、何を企《たくら》んでる？」

「もうすぐわかるさ。あっ、土井だ」

前橋刑務所で服役中に痩《や》せてしまった土井だったが、今は肩から胸にかけて立派な厚みを取り戻している。カズを見て会釈して席に着き、ケヴィンを見据えた。「おやおや、何だい、これは」目は笑っていない。

ケヴィンは店員を手招きした。

土井とカズはビールを注文し、互いに元気だと言葉を交わしただけで、その後は沈黙した。いい泡立ちのジョッキが運ばれてきたが、どちらもジョッキに手を伸ばして乾杯しようとはしなかった。

ケヴィンはジョッキを掲げて「やり残したことのために乾杯」と言った。

「何のことを言ってるのかはわかるがな」と土井は言った。「これ以上、その話を続けたら怒るぞ」

「何もできることはないからって言うんだろ？」ケヴィンは自分のジョッキを置いた。「だけど、そこが違うんだ」

「不可能を追い過ぎると、そのうち気が変になるぞ、ケヴィン」とカズが言った。「俺たちもだ」そして、土井の方を向いて「会えて良かった。じゃ、またな」と言うと、カズは椅子《いす》を後ろにずらして立ち上がろうとした。

「金の運び屋だった伊藤康弘は、日本に戻っている」とケヴィンは言った。「直《じか》に話したんだ、秀夫の命日の墓参りの時、墓の前で奴と。秀夫が巡り合わせてくれたんだ。ところが話の途中で逃げられた。秀夫が殺された日の朝、伊藤は封筒を届けに行くはずだったが、秀夫が後をつけ、公園で奴を殴って封筒を奪った。それを伊藤は、ドラックステン・アソシエーツというアメリカのコンサルティング会社の誰かに電話で知らせた。ドラックステンというのは、かつてＣＩＡのフロント企業として日本で対左翼工作をしていた組織だ。どうだ、続きを聞くかい？」

カズは椅子に座り直し、土井は疑い深い目をして身を乗り出した。

ケヴィンは、『在日米国商工会議所（ＡＣＣＪ）名鑑』で調べ出したことや、エリオット・ポーリングとの短い会話で知り得た情報を二人に伝えた。最後に、「ドラックステン・アソシエーツの元副社長ライル・ラディックは、今プレースメント・インターナショナルの社長で、この会社は人材派遣会社スタッフ・セントラルの子会社だ。今日午前中、商工会議所に戻って今年度と昨年度の名鑑を見直すまで、この親会社の重大性を見落としていた。このスタッフ・セントラルの専務というのが、聞いて驚くな、かつての革青同全国本部の委員長様なんだ」

「えっ、あの石田の野郎か？」とカズ。

土井の目が冷たく据わった。

「業界誌で少し調べたところ」とケヴィンは続けた。「革青同に見切りをつけてから数年後に、石田は父親に大金を工面してもらって、このスタッフ・セントラルを立ち上げた。名義上の社長は石田の父親になってるが、実際の経営者は坊っちゃんのほうだ。事業はすごく成功してる。日本中に事務所があるから、君らも名前は聞いたことあるだろ」

「うまく頭の整理がつかないんだけど」とカズが言った。「ポーリングって人によると、ドラックステンの奴らは学生運動を分断しようとした。石田は革青同の同志を煽《あお》って他党派と内ゲバ闘争をさせた。それを石田は金を貰《もら》ってやってたってことか？　そして、今でも元ＣＩＡと手を組んで、自分の会社の子会社として使わせてるのか？」ここでカズは両手を広げて「だけど何のために？　学生運動は自滅した。多分、誰かの裏工作がなくても自然に潰《つぶ》れてただろう。もうとっくに息絶えてる。ということは、ＣＩＡは今は別の目的で石田を使ってるのか？　だとしたら何なのか見当はつくのか？」

「その昔誰が誰に何をしようとしたか、これから何をしようとしてるか、そんなことを推測しあっても、俺たちにとって何の役にも立ちゃしない」と土井は言った。「ＣＩＡの工作資金の封筒の届け先が石田だったのか？　ドラックステンの誰が伊藤からの電話に出たのか、秀夫が殺された夜、あいつの部屋を家捜ししたのは誰か、どれもこれもわからずじまいだ。九年前と比べて、真犯人捜しに何か進展があったか？　ないだろ？」

「方法はある」とケヴィンは言った。

「そのセリフは前にも聞いた」

「話の続きを聞こうぜ」とカズが言った。

「こいつは、自分の『goose chase』に俺たちを誘い込もうとしてるだけだ」

「手厳しいな」とケヴィンは受けた。「だけど、君は本心で言ってるんじゃない。その証拠にさっきから、俺たち、俺たちってさ」そう言って、またジョッキを掲げた。今度は他の二人もジョッキを持ち上げたが、躊躇《ためら》いがガラスの触れ合う音に表れた。ゴクゴクとビールを飲んだ後で、ケヴィンは言った。「やらなきゃいけないことが山ほどある。まず伊藤捜しだ。アメションが出入りしそうな場所で伊藤の写真を見せて回るんだ。それと旧ドラックステンメンバーについて、ポーリングからもっと情報を聞き出す。僕の思い違いでなければ、当時のメンバーの数名は今もラディックの下でプレースメント・インターナショナルにいる。何をやったか知らないが、ＣＩＡから追い出された元諜報員《ちょうほういん》の会社が、普通の会社のように運営されてるとは考えられない。奴らのビジネスの後ろ暗い点、いやできれば違法性のシッポをつかめたら、こっちにも駆け引きの材料ができる。材料次第では、僕が高田馬場駅のホームで見た男の名前を誰かに吐かせることができるかもしれない」

「臆測《おくそく》の上にさらに臆測ってわけか」と土井。「調べ歩くだけでも大変なのに、もしラディックとその徒党に関するポーリングの言っていることが正しければ、危険極まりない」

「けど、やりたいと思ってるんだろ。認めろよ」ケヴィンは自信満々の口調で言った。しいや、言ったつもりだが、絶望して助けを乞《こ》う声にしか聞こえなかったかもしれない。しかし、助けを乞う必要なんてないはずだ。カズも土井も秀夫には恩があるのだから。秀夫は、自殺ばかり考えていたカズの心を開き、土井を酒と喧嘩《けんか》から解放し、二人がそれぞれ立ち直れるように励ました。この二人がそれを忘れるはずがない。

土井はカウンターのガラスケースの方を見た。そして、カウンター後方の壁に掛かっている、筆書きの今晩のおすすめの木札に目をやった。何か注文しようとしているのか？だとすれば、土井はしばらくここにいるつもりだ。

「俺は会社の営業で、大手を含め、たくさんの企業を訪問するから」とカズが言った。「プレースメント・インターナショナルとそのコンサルタント連中について聞いてみるよ。確かな収穫につながるとは思えないし、そんなに時間をかけられないけど」

ケヴィンは自分のジョッキをカズのジョッキにカチンと合わせた。気持ちを見透かされないように、心の中でありがとうと言った。

「お前ら二人、えらいことになるぞ」と土井が言った。

「僕たちのこと、心配してくれるんだ」とケヴィンが言った。「昔みたいに」

土井は自分のジョッキをケヴィンの顔に突きつけ、「おい、こいつを頭からぶっかけてもらいたいのか？　俺に罪悪感を感じろってかい？」

「その通り」

土井はケヴィンを睨《にら》みつけ、ビールを一口流し込むと、大きな音を立ててジョッキをテーブルに置いた。「興味があるって認めさせたいのか？　だったらお前こそ、俺たち全員が秀夫に見限られたって認めたらどうなんだい？」

ケヴィンは睨み返した。「何が言いたいんだ？」だが、聞くまでもないことだった。自分も同じ憤りと失望を感じてきた。ただ、言葉にしたくなかっただけだ。

土井は、指の関節が白くなるくらいジョッキの取手をつかんでいた。「『危険は山分け』って、いつも秀夫自身がそう言ってたよな。なのに、自分が何をしてたかは俺たちに隠してた。俺たちを守るためにか？　それとも、俺たちは巻き込まず、一人だけヒーロー気分に浸りたかったたか？　『One for all, All for one.（一人はみんなのために、みんなは一人のために）』はどうなっちまったんだよ？」

不本意ながら、ケヴィンも頷《うなず》いた。土井が秀夫を偽善者呼ばわりしても、土井にはその資格がある。

「ふん、まあいいだろう」と土井は手に込めた力を緩め、「誰かが、この間抜けな二人の子守をしなくちゃなるまい。俺は、ラディックと暴力団とのつながりについて、ムショで知り合った奴らに当たってみよう」と言うと土井は店員を手招きして呼んだ。「伊藤捜しについては、お前らに頼む。地下鉄の駅付近で通行人にあいつの写真を突きつけるなんて、まったく時間の無駄だし、ありがたくない注意を引いてしまうかもしれん」

ケヴィンはジョッキを空け、テーブルに置き、二人の友を交互に見つめた。これでようやく出発だ。

「僕はプレースメント・インターナショナルとラディックに関して、親会社のスタッフ・セントラル側から探りを入れてみる。翻訳者か派遣社員の英語講師として入り込んで、できる限り聞き込む。ラディックのビジネスについて胡散臭《うさんくさ》いことが見つかったら、エリオット・ポーリングに会いに行って、僕たちが諦《あきら》めていないことを伝え、協力してくれるよう説得する。これならうまくいく」

店員がテーブルに来て注文を聞いた。店員が去ると、カズが言った。「ケヴィン、お前が自分の会社で働いてるって石田が知ったら、いったいどういうことになるかわかってんのか？」

「まったくだ」と土井が言った。「社内にはそう何人も外国人はいないだろうさ。お前は目立つぞ。いや、それより前に人事から名前を聞かされた時点で、石田はラディックに言いつけるだろう。そうしたらどうなる？」

『名鑑』で見つけた写真の、丸い顔と人を見透かすような眼を思い出した。怖くないと言えば嘘《うそ》になる。「人事部を通さないようにするさ」と言った。「今朝調べてわかったんだけど、あの会社にはバイリンガルサービス専門の営業チーム（BST）があって、外資系企業に事務員を派遣してる。外資系部門は、ラディックのコンサルティング事業の顧客も多い。この営業チームにパートの翻訳者として雇ってもらえたら、翻訳の必要に応じて事務所に呼ばれるだろうから、その時聞き込みをしてみようと思う」土井とカズが疑いの眼差しを向けている。ケヴィンは「もしそのチームから、派遣社員に英語を教えるように頼まれたら、本社から離れた場所で教えるように話を持っていく。石田は国内、いや世界中を飛び回ってて忙しいらしい。奴が気づいた頃には、かなりの人脈や情報源ができてるはずだ」と付け加えた。

腐ったものでも食べたように土井が顔を顰《しか》めた。「ああ、皆とっておきの情報を喜んで差し出してくれるだろうよ。おい、俺たちの質問に答えたらどうなんだ?」

ケヴィンは肩を竦《すく》めた。彼らへの答えはなく、あるのは自分でもどうかと思う不確かで楽観的なシナリオだけだ。「できるだけ多くの情報を探り出せば、それだけ早く警察に秀夫の殺人の再調査を依頼しやすくなる。警察が関われば、ラディックも容易に僕らに手を出せない」

土井は呆《あき》れた目をカズに向け、カズはカズで、急に痛みを感じた時のように目を細めた。「なるほど」と土井。「よくわかった。警察は気持ちよく自分たちの非を認め、かつて街頭で衝突した元過激派たちの味方になってくれるだろうさ」

「素早く動けば動くほど、僕らの安全も確保しやすい。他に何と言えばいいのかわからないよ」ケヴィンは自分の椅子を引きずってテーブルに近づき、「もう一つ、誰か革青同の事務局長にも話を聞き直す必要がある」

「遠藤か？」カズが言った。「考えてなかったけど、確かにそうだ。キャンパス内で革青同メンバーに秀夫のことを聞き回った時、確かに何人かは、支部リーダー会議の数時間前に、秀夫が革青同の事務所で電話をかけたりして遠藤を手伝ってるのを見かけたと言ってた。けど、ケヴィンと二人で会いに行った時、遠藤は現金の入った封筒についても、伊藤という学生についても知らないと言った。つまり、秀夫と遠藤が一緒に支部リーダー会議の準備をしていた時、秀夫の学生鞄《かばん》には例の封筒が入っていた。なのに、秀夫はその封筒のことも彼が何をしようとしてるかも、遠藤に話さなかったというのはちょっと信じがたい。遠藤が嘘をついてるとは思いたくないけど、もし嘘をついてるなら、その理由を知る必要がある」

「最後に聞いた情報では、奴は仙台にいる」と土井が言った。「親父《おやじ》さんの機械工場を手伝ってるらしい。暴力団連中への聞き込みが済んで、いくつか他の用事も片付けたら、仙台まで行って奴に会ってくるわ」

「みんなそれぞれ役割分担ができたな」とカズが言った。「このこと、京ちゃんにも話したほうがいいかな？」

ケヴィンはハッと息を吸った。胸が痛くなった。土井とカズの友情は掛け替えないものだが、京ちゃん無しではみんなという言葉は虚《むな》しい。「まだだ。もっと多くの情報を得てからじゃないと。万一彼女をがっかりさせるようなことになったら耐えられない」

土井がパチパチと拍手の真似《まね》をした。「今晩初めてまともなことを言ったな」

ケヴィンは空のジョッキを見つめた。本当は「すべてが片付くまで」と言うべきだったのに。京ちゃんに会いたかった。彼女の優しい声を聞きたい。米ソ核実験断固反対！デモの日に思いやりのこもった眼差《まなざ》しで自分を包み込んでくれた、彼女の温かさをもう一度感じたい。秀夫のために非を正すチャンスがあるならば、京ちゃんにこそそのチャンスが与えられるべきだ、しかし、彼女を巻き込みたくはない。デモで機動隊員に小突かれるのと、元ＣＩＡ課報員や拷問や暴力団が絡む危険はまったく別物だ。

店員が鯖《さば》の味噌煮《みそに》、大根サラダ、まぐろ納豆など数々の料理を運んできた。土井とカズが食らいつく傍で、ケヴィンは箸《はし》を弄《もてあそ》んでいた。明日、ドラックステンの元工作員たちに向かって第一歩を踏み出すことになる。心の準備はできていると自分に言い聞かせてきた。仲間たちの手前、勇敢なふりもした。だが、明日からのことを考えると、食欲は失せるばかりだった。

第九章　多すぎる好奇心

　ケヴィンはスタッフ・セントラル本社の入り口の一つで立ち止まった。見たところ石田はいない。もう一度見回して、中に入った。蛍光灯の下で勤務中の社員はほとんどが女性だ。オフィスは、長いデスクを向かい合わせて縦列につなげた島型レイアウトで、どこにも間仕切りはない。個よりも群を重視し、オフィスを一つのコミュニティと見なそうとしている。自分は今そこに侵入したよそ者だ。社員の顔が一斉にこちらを向いた。

　一人の女子社員が電卓を打つ手を止め、立ち上がってケヴィンに近づき、頭を下げて用件を尋ねた。ケヴィンもお辞儀して、ブリーフケースを体の横にぴたりとつけて、彼女と名刺を交換した。作法に従い、相手の名刺を両手で受け取り、名刺の情報に見入る。この社員は、東京駅から東側を担当する営業第一課に所属しているらしい。彼はＢＳＴの場所を丁寧な日本語で尋ね、先方には事前に電話で連絡してあり、同チームの責任者と会う予定であることを告げた。彼女は、二つの「島」の間を通ってオフィスの奥に進むよう指示した。そちらに進む途中で電話が一台鳴ったが、コピー機のそばにいた女子社員が急いで受話器を取る。この部屋に入ってから、電話のコール音が二度以上鳴るのを聞いていない。

ＢＳＴのグループデスクの上席に、三十代半ばの男性が窓を背にして座っている。スーツは会社員に典型的なダークグレーだが、下襟が尖《とが》り、少し光沢がある。彼は席から立ち上がってケヴィンに近づいてきた。周囲の引き締まった雰囲気とは対照的に、鷹揚《おうよう》な足取りだ。

頭を下げて名刺を取り出す代わりに、彼は手を突き出して英語で「ブラニガン君だね」と言った。伊藤と同じようなアメリカ英語だ。「私は黒田研二だ。ケニーと呼んでくれたまえ」

ケヴィンは彼の手を取って握手をした。「あなたの流暢《りゅうちょう》な英語からすると、しばらくアメリカにいらしたんですね」

「二、三年だ」黒田は彼の近くの空いた椅子《いす》を指差して「どうぞ」と言った。

ケヴィンは腰掛けて、ブリーフケースを膝《ひざ》に置いた。「私の翻訳のサンプルを持参しました。主にビジネス関係です」

「後で拝見しよう。君は英語講師もやってると聞いたが」

「教えた経験はあります」

「照会先は？」

ケヴィンはブリーフケースを開けて、一枚の書類を取り出し黒田に手渡した。それには過去に社員教育を依頼された企業名の一覧と、彼の評価をした各社の責任者名が記載されている。

このBST責任者は、ざっと見て「オーケー。うちの女の子たちは英語がペラペラじゃないと役に立たないんだよ。週二回、勤務時間後に授業に来てもらえるかい？」

「喜んで」

「必要に応じて、もっと頻繁にお願いするかもしれない」黒田は、忙しく働く自分の部下たちを手で示し、「どんどん事業の手を広げているのでね」と言った。

「他の都市にも？」

「他の都市どころじゃない。うちの専務はアメリカに発《た》ったばかりさ。アメリカに支社を置くのも時間の問題だ」

石田は海外出張か。長期かもしれない。ケヴィンは静かに息を吐いた。もうドアの方をちらちら気にしないで、ラディックの会社に照準を合わせてよさそうだ。

最年少とおぼしき女子社員がお茶を運んできた。ケヴィンは黒田に、ＢＳＴに登録されている臨時社員がどのような業務のために派遣されるのかを尋ね、適切な専門用語を教えるために知っておきたいと付け加えた。黒田は派遣社員を「女の子たち」と呼び続け、いくつか派遣先業務の例を挙げただけで、あとは彼の「女の子たち」が東京の外資系企業の管理職の間でどれほど評判がいいかというたわいない話ばかりした。ケヴィンは、スタッフ・セントラルが国際的なビジネスコミュニティを築くうえで主導的役割を果たしていることを称賛し、最後に「うまい仕組みですねえ。こちらのチームはバイリンガルの事務員を派遣し、スタッフ・セントラルの子会社プレースメント・インターナショナルは管理職やコンサルタントを派遣し、優れた人材を提供すると聞いてますよ」

「その通り」と黒田は言った。

「そういう派遣された管理職やコンサルタントから、こちらにビジネスが回ってくるわけですね」

「そりゃ、回ってこなきゃ困るよ」と言って、黒田は座り直した。「申し訳ないが、これで失礼するよ。電話をかけなくちゃならないのでね。明日の夜七時から二時間の授業をお願いしたいが、大丈夫かな？」

ケヴィンは承知して事務所を後にした。ラディックの会社に対してあからさまに関心を示し過ぎただろうか。この「ケニー」という男は、最初は話し好きだったのに、話題が彼の部署とプレースメント・インターナショナルの協力関係になると、急に仕事を思い出した。クラスを受講する女性社員に探りを入れる際には注意が必要だ。

＊＊＊＊＊＊＊

今は聞き慣れたコピー機の機械音が、初日に使った出入り口を通して聞こえてきた。夕方六時になっても、スタッフ・セントラル本社の事務所内では忙しげに作業が続いている。ケヴィンは廊下を隔てて向かい側にある、窓のない小さな部屋に入った。石田が不在とわかれば安心だ。室内の黒板にチョークで「英会話のスキルアップ」と書いた。これまでクラスを三回教えたが、受講する女性たちは熱心だ。そのうちの誰かが黒田に苦情を言ったとは考えられないが、黒田から話があるから今晩は早めに来るように指示された。

ケヴィンは振り向いて、六席を二列並べた十二の座席を見た。受講者の名前は既に記憶済みで、名前と顔も一致している。中でも、特に印象の強い二人がいる。この二人は他の受講者よりも化粧が濃く、ブラウスは体にぴったりフィットし、スカートも短めだ。後列の端の席に座り、わずかに椅子の位置をずらして他の女子社員と距離を置いている。彼の真正面に陣取るのは姦《かしま》しい三人組で、これまでに何度か飲みに誘ってくれた。彼女たちによると、後列の派手な二人は、報酬の高い派遣先を、他に適任者がいるにもかかわらず、黒田から世話してもらえているらしい。また彼女たちは、黒田の言を借りると、事務員を必要とする外資系企業の管理職との「関係づくり」のためと称して、勤務時間後に黒田に付いて高級バーやレストランに出入りすることもあるそうだ。

ドアが開き、黒田が入ってきて「うちの女の子たちは君がお気に入りだ」と言った。

「僕のクラスは役に立ってそうですか?」

「ま、それもあるが」と意味ありげな笑みを浮かべた。「とてもうまくいってるから、ぜひ君を専務にも会わせたい。専務はあと二、三週間で戻ってくる」

「ありがとうございます」と言った。石田に自分の正体を気づかれて、ラディックに伝わるまで二週間しかない。これまでの倍以上の努力で情報源や人脈を増やし、探り出せるものは何でも探り出していかなければ。

「専務の帰りを待つ間に、他に会ってもらいたい人がいる」と言って黒田がドアの方を示した。「一緒に上の階まで来てもらいたい」

上の階？　プレースメント・インターナショナルは三階にある。

「プレースメント・インターナショナルは、私の友人のライル・ラディックがやってるんだが、うちの新しい英語講師が彼の会社を称賛していたと伝えたら、ひどく喜んでね。君の話を聞いてみたいと言うんだ」と黒田は言った。

いずれ起こることだったとは言え、これほど早く現実になるとは。ゾクッと寒気がした。革青同唯一の外国人だった彼は、間違いなく公安警察に写真を撮られていた。彼の名前がリストに載せられ、ＣＩＡと共有されていたなら、ラディックも見たはずだ。

沈黙のままエレベーターが上昇していく。ケヴィンは黒田の視線を感じながら、点灯する階の数字をしっかり目で追った。ドアが開いた。

仕立ての良いスーツを着た男性が二人、エレベーターに乗ろうとして目の前に立っていた。一人は四十代後半で、彼の浅黒い肌、貧相な顎《あご》、弛《ゆる》んだ頬《ほお》を見ると、一九六六年度版の『在日米国商工会議所（ＡＣＣＪ）名鑑』の写真の頃からうまく歳をとったとは言えない。ドラックステン・アソシエーツ元社長のクライド・マトリーだ。一九七五年版の『名鑑』に載っていなかったということは、降格させられたのだろう。もう一人の男は、髪を短く刈り、ずんぐりした体型で、歳はケヴィンと同じか少し下か。その若さからするとドラックステンに関係していたとは想像できない。

二人は一人がやっと通れる程度の間隔を開けた。エレベーターを降りながら、黒田は二人に会釈したが、二人は無視してケヴィンをじっと見た。スポーツ刈りの男は、相手を品定めするボクサーのふてぶてしさでケヴィンを挑発するように見ている。ケヴィンも睨《にら》み返した。マトリーとこのチンピラが、この瞬間にこのエレベーターに乗り合わせたのは単なる偶然だろうか、それとも、「俺に楯突《たてつ》いたら、こいつらが相手だ」というラディックのメッセンジャーとして、ここでケヴィンを待ち受けていたのか。

ケヴィンは黒田の後について廊下を歩き、二枚のガラスドアに向かった。その先のオフィスの受付には女性が座っている。黒田は肩越しに下品な笑みをケヴィンに向け、口の端だけ動かしてこう言った。「あのお色気ムンムンの宏子《ひろこ》には変な気を起こすなよ」

「ご忠告、どうも」とケヴィンは言った。黒田と言葉を交わせば交わすほど、一緒に飲みに行った女性陣が黒田を嫌う理由がわかってくる。

黒田はドアを開けて中に入り、受付カウンターに凭《もた》れかかって「ヒロちゃん、しばらくだねえ」とくだけた日本語で話しかけた。ケヴィンは彼女の反応を観察した。

「本当にお久しぶりね、黒田さん」宏子の声はよそよそしい。彼女は立ち上がって一歩下がったがお辞儀はせず、明るいが意地悪な微笑をつくった。そして、ケヴィンにお辞儀して、「プレースメント・インターナショナルへようこそ」と英語で言った。

ケヴィンがそれに応《こた》える前に、オフィスのドアが開き、『在日米国商工会議所（ＡＣＣＪ）名鑑』で見たもう一人の男が現れた。ライル・ラディックは入り口を塞《ふさ》ぐほどの巨体で、薄手のスーツは太い胸回りや肩に引っ張られ、耳にかかったわずかな髪が禿頭《とくとう》を余計目立たせている。ラディックは、彼の体型からは想像できない俊敏さでこちらに近づいてきた。黒田には目もくれない。

「ブラニガン君、いろいろと噂《うわさ》は聞いてるよ」と言って分厚い手を差し出した。

ケヴィンはしっかり手を握った。相手の引っ張る力にできるだけ抵抗したが、とうとう負けてしまい、右肩に響いた。

「そっちの腕を庇《かば》ってるようだね。肩を痛めたのかな？」

「そうです」とケヴィンは言った。詳しく説明する必要はない。特に、ラディックのような目つきの男に対しては。ダークブラウンの、無表情で執拗《しつよう》な眼差しは、周囲を緊張させるだけで、何の情報も伝えない。彼こそが、伊藤が電話をした「ドラックステンの誰か」なのだろうか？　「はじめまして、ラディックさん」

「ライルと呼んでくれたまえ。皆にそう呼ばれているから」両目がケヴィンの胴回りを観察した。「ウエイトトレーニングのやり過ぎじゃないか？」

「いや、まだまだです」

「謙虚だな」とラディックの厚ぼったい唇が捻《ね》じ曲がって自嘲《じちょう》的な笑みになった。「中でゆっくり話そうか？」

ケヴィンはラディックと黒田の後について廊下を歩き、北斎、歌麿《うたまろ》、広重の浮世絵版画の飾られた部屋に入った。ガラストップの細長いテーブルの周りに、ピカピカに磨かれたマホガニーの椅子が置かれている。ラディックは自分の席を選ぶと、ケヴィンを向かい側の椅子に招いた。黒田への指示はない。彼は奥の席に着いた。

腰掛けながらラディックは「ブラニガン君、いや、ケヴィンと呼ばせてもらおうかな」と言った。黒田の方は見ずに手だけをそちらに向けて、「ケニーが言うには、君はなんでも屋らしいね」ラディックはテーブルに乗り掛からんばかりにケヴィンの方に体を寄せてきた。「語学のことなら何でも解決してくれるそうじゃないか」

体を引きたいのを我慢した。頭は動いてしまっただろうか？　スライドガラスに載せられた検体のような気分だ。「黒田さんにそう言ってもらえたのは嬉《うれ》しいですが、ちょっと過分な評価です」

宏子がお茶を運んできた。黒田は彼女を撫《な》でるように見ている。ケヴィンはラディックに視線を戻した。この巨漢の目はずっと自分を見ていた。

ラディックが宏子に「ロニーにオーケーと言ってくれ」と指示した。

無表情な目つきの割には、人の心を引きつける力、カリスマ性さえ感じられるとケヴィンは思った。笑顔といい、親しげな手の動きや、滑らかに踏み込んでくるボディランゲージといい、ラディックは誰であれ何であれ、自分の意のままにする資質を完全に備えているようだ。

「君もわかっていると思うが」とラディックは言った。「タイピング、受付、電話番、それじゃもう駄目なんだよ。我々が求めるのは、重要な点を見抜き、きちんと要約できるようなバイリンガルの派遣社員だ。顧客のために企業概要を作成する、アカウントを更新する、そして美人のノータリンがコピー機を詰まらせても、マニュアルを読んで解決できる、そんな女の子たち」彼は黒田をちらりと見た。「どこに派遣してもすぐに実践で使える、そういう人材だ」

黒田は頭を上下に振って同意を示し、何か言おうと口を開いた。

ラディックはそちらを見ずに、「その上で聞きたいんだが、ケヴィン、君は一般的な英会話を教えているのか、それとも派遣社員が勤務先で必要とする語学力を与えようとしているのか、どちらだい？」

「後者のつもりです」

ドアが開き、三十代後半の日本人男性が入ってきた。ラディックよりも小柄だが、アスリートっぽい筋肉質の体格だ。彼は、戸口に近い端の席に腰を下ろした。

「彼はロン・早見。出身はシアトルだ」とラディックは言った。「日本企業との技術提携やマーケティング協定などを望むアメリカ企業にコンサルティングサービスを提供している。こういう企業の多くは社員の語学研修を必要としているのでね、君がスタッフ・セントラルで実績を出せば、そうした会社にも君を推薦してくれると思うよ。そうだろ、ロニー？」

「もちろん。誰もがいい英語講師を探してますから」

無理なく背筋を伸ばして座る早見の姿からは、軍人のような雰囲気が感じられた。自分に視線が向けられるたびに笑顔を作る黒田と対照的に、早見はほぼ笑みを見せない。

「うちが派遣する人材の仕事は」とラディックは言った。「適切な事務的サポートがあるかどうかにかかっている。じゃあ、ちょっと研修内容について話そう」

ラディックはビジネス英語教授法のあれこれについて語り始め、ケヴィンが授業で標準的なビジネスの場面を想定したロールプレイを採用しているかどうか尋ねた。そして徐々に「何か意外なことがあったか？」「どう対応したか？」「生徒が理解してくれないと苛々《いらいら》しないか？」など、質問の対象がカリキュラムから講師に移行した。早見は会話に口を挟まず、ノートにメモを取りながら、時折頷《うなず》くだけだ。そして段々とメモを取らなくなり、今ではただ横で見ている。

ラディックは椅子の背に凭れ、頭を一方に傾けた。感心したような表情だが温かみは伝わってこず、依然として彼の目からは何も読み取れない。

「明らかに」と彼は言った。「君のおかげで、社員の翻訳と通訳のスキルは向上しそうだ」

「ありがとうございます」何が言いたいのか？

「いやあ、どうやって日本語がこんなに上手になれたのか」とラディックは笑った。「私は何年間も日本語を勉強したけど、いまだに昼飯を注文するのが精いっぱいだよ」彼はまた前のめりになった。無感情の目が射すくめるように自分を直視している。「友人がいろいろ助けてくれたのだろうね？」

無数の針先が背筋を這《は》い上がった。「友人とは？」

早見の眉《まゆ》がいったん上がってから下がった。顔に浮かんだわずかな笑みは、秘密を知る人間の顔だ。

「君の飲み友達だよ」とラディックが言った。「たとえば、大学時代の旧友とか」

居酒屋で土井やカズと会っていることか？　ラディックがそれを知るはずがない。餌《えさ》に食いつくかどうか、試しているだけだ。「確かに酒が入ると、外国語も話しやすくなりますね」ケヴィンはリラックスした声で、何も表情に出さないように応じた。「言い間違えても、余り気にならないので」

「君はこちらで大学に行ったんだよね？　それは当たってるだろ？」

「そうです」

「どこ？」

「W大です」

「エリート校じゃないか」とラディックは晴れやかに言った。「特に六〇年代のW大と言えば、いろいろ面白い経験をしただろう」

ケヴィンは瞬《まばた》きもせず、鼻でゆっくりと息を吸った。スタッフ・セントラルの誰にも六〇年代の話などしたことがない。「面白いというのは？」

ラディックの口が歪《ゆが》み、歯が剝《む》き出しになった。「おいおい、W大にいたのは君のほうだ。何の話かはわかっているはずだ」狼《おおかみ》のような笑みが少し穏やかになり、「だが、当時君が何をしてたか、何に関わっていた可能性があるかなんてどうでもいい。私が関心を持つのは今だ。たとえば、なぜ君がうちの会社にそれほど興味を持っているのか。君がいろいろ聞き回っているとケニーの耳に届いている」

「好奇心、でしょうか。プレースメント・インターナショナルは未来のビジネスの在り方を具現している気がするので」

「お褒めいただいて光栄だ」ラディックは肉付きのいい腕を胸の前で組んだ。「お礼として一つ言わせてもらおう」彼は返事を待ったが、反応がないので続けて言った。「好奇心が強過ぎるのは、時として危険だよ」

とうとう、ラディックが本性を現した。「どういう意味かよくわかりませんが」

「ゆっくり考えたまえ。思い当たる節があるはずだ」一瞥《いちべつ》されて黒田が椅子の上で凍りついた。「ミーティングがあるのでこれで失礼する」とラディックは立ち上がった。「いつかまたこれほど堅苦しくない場で、君と私と二人だけで会おうじゃないか。もっとリラックスできる所で、物事をほじくり返さないことの賢明さを君がとことん理解できるように説明させてもらうよ。じゃ、また」ラディックはケヴィンをじっと見た後で部屋を出て行った。

早見が立ち上がり、「出口までお送りします」と言って、ケヴィンを連れて受付まで戻り、ガラスドアを開けた。『賢者への一言。ライルが言うことは本気にしたほうが身のためだ」

「警告をありがとう」

ケヴィンはエレベーターに向かって、いつもより大股《おおまた》で歩いた。数々の質問、ケヴィンが当時「関わった可能性」への何げない言及、そして警告。ラディックはケヴィンとW大の革青同、そして恐らく秀夫を含む仲間たちとのつながりを確信したに違いない。だがその懸念に気を取られて、この顔合わせの収穫を忘れてはいけない。ラディックが、プレースメント・インターナショナルの「事業」を詮索《せんさく》されたくないと思っていることは明らかだ。それが何なのか、それはラディックとその一味が六〇年代にやったことと関係があるのか。その関わりを説明できるのは、エリオット・ポーリング以外にはいない。

第十章　秀夫の日記

部屋の窓から外を見ると、徐々に明るくなる朝陽《あさひ》の中で、三日月が霞《かす》み始めていた。昨夜、江戸川公園でエリオット・ポーリングに会えたものの、その代償は大きかった。二度と彼に連絡しないと約束させられてしまったのだ。その一方で、ラディックが企業機密を盗むために「コンサルタント」を企業に派遣しているだけでなく、クラブホステスを使った「ハニートラップ」で被害者を脅迫するなど、産業スパイ活動を行っていることをポーリングに確認できた。

ドラックステンでラディックの配下であったクライド・マトリーとロン・早見は進んでそれに加担している。特に、ロン・早見。「哀れなロニー」とポーリングが言った。太平洋戦争中に、12万人の日系アメリカ人が強制立ち退きをアメリカ政府に命じられて、収容所に入れられた時に、ロニーの父親が政府の命令に応じなかった。そのため、ポーリングが続けて、ロニーは幼少期を両親と一緒に特別のハイセキュリティの強制収容所で過ごしたという。戦後も受けた差別を父親のせいにした彼は、ポーリングの言葉を借りるなら「米国への愛国心を実証することに必死」だった。その感情をラディックはやすやすと利用したのだ。

ラディックには忠実な信奉者だけでなく、権力者の擁護もあった。また、脅迫の被害者の中には大使館職員もいた。ラディック、マトリー、早見が資金横領の罪で何年も前にCIAを免職されたにもかかわらず、当局がラディックの活動を黙認するのは、東京支局の職員にとってラディックが盗み出す機密ネタが貴重だからだ。ラディックの後ろ楯《だて》の中でも一段と有力な人物は、保守政党最大派閥のリーダーであり、警察庁や警視庁の幹部に顔が利く金山士郎《かなやましろう》だ。ポーリングによると、一九六〇年代、金山は内閣調査室、いわゆる内調の上層部にいた。毎日のようにCIA東京支局に報告を行い、支局長とともにCIAから内調に流れる金が然《しか》るべき人間の手に渡るように工作した。しかし、金山が知らないところで、支局長は別の工作員を金山の見張りにつけた。それを知ったラディックは絶好のチャンスとばかりに、金山に見張り役の正体をばらし、その結果、金山はCIAから内調へ流れる資金の上前をピンハネしたいだけピンハネし、その金で政界への足がかりを得た。

今でもラディックに恩義を感じる金山は、自分の影響力を使って警察をラディックから遠ざけているのだ。

ケヴィンはデスクに戻った。状況は厳しい。だが感謝したいこともある。昨夜、「これまで隠してきたことがある」とポーリングは言った。「君の友人が亡くなった翌朝、クライド・マトリーが誰かの部屋を家捜ししたと私に話してきた。マトリーはいろいろな書類が詰まった鞄《かばん》を私のデスクに置いて、中身を翻訳しろと言うんだ。彼が去ってから中身を読み始めた時、これを見つけた」と、渡されたノート。

九年間も行方《ゆくえ》不明だったものが、今自分の目の前にある。秀夫の日記だ。ぎっしり文字の詰まったページを捲《めく》り、一九六二年のページを開いた。初めて京ちゃんに会った時の秀夫の印象などは読まずに飛ばした。それは秀夫と京ちゃん以外が読むべきではない。その一方で、何度か読み返した箇所もある。例えば、秀夫が楽しんで書いたと思われる、この記載。

今朝、学生センターで共産党青年部のリーダーに勧誘された。僕が考え方を改めて、マルクス主義者の観点からスーパーパワー間の闘争を見られるようになれば、ぜひとも重要な仕事を任せたいらしい。彼曰《いわ》く、ソ連は『平和の原動力』で、共産・社会主義国による大気圏での核実験は、「世界の労働者を守る」ための『きれいな核』（大真《おおま》面目《じめ》にそう言った）として必要だって。必死で真顔を保ったけど、とうとう「労働者に降りかかる放射能の雨は社会主義なんですか？」と突っついてしまった。相手は笑いごとじゃないと言って話題を変えた。僕の言葉で、ちょっと疑問が湧いたかも。もっと時間をかけて説得したら、他の面々みたいに、彼も共産党から離れて僕たちのデモに参加してくれるかな。

ああ、この揺るぎない信念。いつも人に考えさせる道を探そうとする。どうしようもなく楽観的。まさに秀夫だ。ケヴィンは次のページを開いた。自分にとって何よりも大切な記載だ。

逮捕や国外退去の危険を顧みず、今日もケヴィンはデモの最前列にいた。読書会を含め、僕らがやることすべてに精力的に参加してくれる。ただ、階級闘争への理解を深めたり、史的唯物論を分析ツールとして習得したりするためというよりも、僕らを喜ばせるためって感じが気になる。京ちゃんは、ケヴィンが僕らに依存し過ぎてるのが心配だって。京ちゃんは（僕もだけど）ケヴィンの勇気を尊敬している。ただ、親に酷《ひど》い扱いをされた彼は、十分な自信が持てないまま今に至ってる感じだ。過去の苦しみに自分で立ち向かえるまでに、ケヴィンが強くなれるよう励ましてやりたい。

ケヴィンは立ち上がり、デスクから離れて、明けゆく空を見た。彼らは本当に自分のことを思ってくれていた。これから何があろうとも、それは揺るがぬ事実だ。もうこの先は読まず、このまま一九六二年時点にとどまっていられたら……。でも、そうはいかない。デスクに戻り、日記を捲り、悲劇の幕開けとなった一九六六年のページを開けた。

四月二十八日――事務所にあまり来ていないので、気づくのに時間がかかったけど、委員長の石田は、毎木曜の午前十時頃、行き先を言わずに事務所からいなくなる。戻るのは正午あたり。今日、どこに行ったのか本人に聞いてみた。W大の学生自治会だという返答。あの自治会は午前中に集会などしないし、自治会長はつい最近長崎に行ったはずだ。学生センターで自治会の連中に、今日石田を見かけたか聞いたら、見かけてないと言う。だったら、木曜の午前中どこに行くんだろう？　奴の実力行使隊の暴漢たちが、一メートルはありそうな、平たい刀のような鉄の棒などの武器を集めてるという噂《うわさ》を聞いた。何かを企《たくら》んでるようだ。

ケヴィンは五月五日のページを開いた。また木曜日だ。実力行使隊には触れていない。秀夫は、石田の後をつけて混《こ》み合った喫茶店まで行き、衝立《ついたて》の陰になっているテーブルに座った。

ＵＣＬＡのアスレチックジャケットを着込んでいて、革の鞄《かばん》を持った小太りの男が店に入って、石田のテーブルに座った。雑誌を取り出し、石田に渡した。石田は記事には目もくれず、素早くページを捲《めく》り、あるページで何かを見つけてニヤリとした。近くのテーブルの客たちをチラッと見て、雑誌を自分の学生鞄に滑り込ませた。デブが店を出た後で、石田に近づいた。石田はまるで、賽銭箱《さいせんばこ》から金を盗んだところを見つかったみたいに驚いた顔をした。奴の鞄に手を突っ込んで雑誌を取り出したら、中から封筒が滑り落ちた。奴が拾い上げる前に拾って見たら、中には現金が十万円入っていた。我々の運動に毎週寄付してくれる支援者からのカンパだと石田は言い張った。それは誰だと聞いたら、J大生で、親が銀行家の「イトウヤスヒロ」だと言う。銀行家の息子か何か知らないが、学生にはあり得ない金額だと言い返したが、石田はだんまり。それでこちらから、金の本当の出所がどこか、なぜ誰にも言わず黙っていたのか聞いた。それには答えず、僕が今ここで見たことを見逃したら、分け前をくれると言いやがる。僕はそれに同調するフリをして、いくら分けてもらうのが妥当かは僕が決めると言って店を出た。

うちの委員長は、僕らに他党派との内ゲバをけしかけて、自分はその裏でわけのわからない現金を受け取っている。これは偶然だろうか？　僕の勘では偶然じゃない。でも、それ以上探る術《すべ》がない。伊藤の家を突き止め、来週木曜日に彼を尾行して、誰が彼に封筒を渡すかを確かめよう。

ケヴィンの親指に力が入り、ページがへこんで、手の中の日記が歪《ゆが》んだ。秀夫が亡くなった後で、カズと一緒に革青同の事務所に行き、伊藤について石田に尋ねた。あの野郎は「え、誰？」と言いやがった。真相はここに書いてある。伊藤が言った「ドラックステンの人間」

の正体も。ケヴィンは五月十二日の記載を見た。
秀夫は、伊藤が「頭が丸くて禿《は》げた巨体の外国人」と車に乗り込むのを目撃した。一分もしないうちに、伊藤は車から降りて、例の喫茶店の方向に歩いていった。秀夫は伊藤にはかまわず、タクシーを拾って、外国人の乗った車が止まった駐車場まで追跡し、そこからは徒歩でオフィスビルのロビーまで尾行した。ロビーにいた別の外国人はこの大男を「ライル」と呼んだ。二人は一緒にエレベーターに乗り、「エレベーターは三階で止まった。あの島津ビルの三階には、ドラックステン・アソシエーツ一社しか入っていない。同ビルの入居者によると、ドラックステンはコンサルティング会社らしいが、パンフレットには過去の実績が明記されてないし、クライアント名も載せられてない」と記し、さらに「ドラックステンは普通の会社ではなさそうだ」という結論に達していた。ああ、それがどんなに正しかったか、秀夫がその時点で察していたら……。ケヴィンは日記の最後、五月十八日(水)の記載に目を移した。

明晩、支部リーダーが集まる。ドラックステンからの金の封筒を手に入れて、皆に見せないと。あの巨漢ライルが先週と同じ手を使うなら、午前中に同じ場所に駐車して、運び屋の伊藤に封筒を渡すだろう。伊藤が一人になるのを待って、封筒を奪おう。あいつは歯向かってくるような男とは思えない。石田の「前衛党としての純化」キャンペーンの財源がアメリカ企業だと知ったら、支部リーダー連中は石田を除名する。僕は、支部リーダーたちが他党派のリーダーと会って話し合えるようにお膳立てし、石田が運動に及ぼしたダメージを修復し、以前のように他党派とともに皆が大衆運動においては、一致団結できるようにする。そしたら、それで僕の役目は終わりだ。

革青同を辞めて、ちゃんとした仕事を探し、京ちゃんと赤ん坊のために働こう。彼女の口から「私たち三人」という言葉、彼女のもろもろの出産に向けた準備を見たりすると、京ちゃんはきっと素晴らしい母親になると思う。僕も同じくらい良い父親になれるだろうか。わからないけど、精いっぱいがんばるぞ。

新しい家庭を築く希望と喜びでいっぱいだった秀夫。ケヴィンは固く目を閉じた。秀夫の最後の言葉が京ちゃんを讃《たた》えるものだったことを彼女に知らせてやりたい。でも、彼女に日記を見せてしまったら、迫り来る危難に彼女を引きずり込む恐れがある。

一方で、土井とカズは既に関わる覚悟をしてくれている。できるだけ早急に、彼らにも日記を見てもらわなければ。まず土井。

****

また夜が来た。近づくタクシーのヘッドライトを受けて、ケヴィンは目を細めた。土井を見つけて日記を手渡すのに丸一日かかった。今から新宿駅に向かい家路を辿《たど》るわけだが、夜が更《ふ》けてから、東京で最も賑《にぎ》やかで最も治安の悪い歓楽街を歩くはめになった。前方にはショッキングピンクに、蛍光グリーンなど、毒々しい色合いのネオンが煌《きら》めき、バー、ポルノショップ、ストリップ劇場、ラブホテルが建ち並んでケヴィンを待ち受けている。

背後でタイヤの軋《きし》む音がした。ケヴィンの肘《ひじ》すれすれに車が寄ってきた。酔っ払い運転か？　ケヴィンはそれを避けて路地に入った。袋小路だ。グレーのホンダが停車して、通りを行き交う人々からケヴィンを切り離した。車の窓ガラスは下りていて、乗っているのは前に二人、後部に二人。ソープランドのネオンの灯《あか》りが運転手の短く刈り込んだ髪を紫に染めた。スタッフ・セントラルで、クライド・マトリーと一緒にエレベーターの外で待ち受けていたチンピラのようだ。あの挑発的な睨《にら》みには見覚えがある。

後部座席の二人が車から降りてきた。ガタイのいい日本人だ。股上《またがみ》の深いズボン、丈の長い上着、そして派手なネクタイの組み合わせはいかにもその筋の男たちだ。激しい動悸《どうき》のせいで指先までピリピリした。逃げ道はない。何とかできる限りやり合うしかない。

「そんなに痛い目に遭いてぇのかよ?」と運転席の男が言った。

二人の男のうち体の大きいほうが、半身《はんみ》の構えで近づいてきた。ケヴィンは腕でブロックしようとしたが遅かった。低めのパンチをくらい、息が詰まった。前のめりに喘《あえ》ぎながら腹部を押さえていると、もう一人に背後から両腕を後ろ手につかまれて、上体を起こされた。そいつの向こう脛《ずね》を靴で蹴《け》ったり、肘《ひじ》で腹を狙《ねら》おうとしたり、何とか逃れようと足掻《あが》いたが、片膝《かたひざ》を上げたところで、次のパンチがケヴィンの腹部を襲った。「あぅーっ!」と大きな唸《うな》り声が出た。前屈《まえかが》みになることも息継ぎすることもできないまま、連続で殴打され、やがて痛みを感じなくなり、膝の力が抜けた。背後の男が締めあげていた手を緩めると、ケヴィンの重い体はガクッとくずおれた。コンクリートに膝を、そして強く額を打ちつけた。

「手を引かないとこうなるんだぜ、覚えとけ」と運転手が言った。

ケヴィンの脇腹に痛烈な痛みが走った。喉《のど》の奥の叫びを抑えながら、蹴りを入れてきた足にしがみついた。だが、足は後ろに下がり、違う方向からまた蹴ってきた。ドスッという鈍い音以外には何も聞こえない。目の奥がチカチカした。体がゴロリと裏返り、頭がぐったりと垂れ、そして世界が真っ暗になった。

第十一章　危険は山分け

消毒液の臭《にお》いが漂うと、何もかもが清浄に感じられる。ケヴィンは目を開けた。誰かの顔、髪の長さからすると女性らしき人の顔がぼんやりと見える。彼女は横に立ち、ケヴィンを上から覗《のぞ》き込んでいる。自分はというと……、いや待てよ、硬めのベッドに仰向《あおむ》けになり、体の上には掛け布団、頭の下には枕《まくら》がある。

頭も肋骨《ろっこつ》も痛いけれど、視力が回復してきて、あの女性が日本人だということが識別できる程度に、視覚が良くなっている。女性は彼のすぐそばに立ち、彼の腕に優しく手を添えている。それは素敵な感触だった。もっと素敵なのは、自分を見つめる女性の眼差しだ。特徴的な切れ長な目元は、自分がこれまでに見たどんなものより美しい。唯一の例外は……。ケヴィンはその人から目を背け、ベッドの端の自分の足元に焦点を合わせた。夢じゃない、彼女は現に今ここにいる、彼のすぐ隣に。もう一度視線を戻した。

「京ちゃん?」

「私がわかる?」彼女はケヴィンの腕にキュッと力を込め、すぐに緩めた。「話せる?」

「うん、大丈夫」いや、大丈夫ではないが。でも、今この瞬間それはどうでもいい、京ちゃんに会えた幸せを感じていたい。

「自分がどこにいるかわかる?」

ケヴィンは枕から頭を起こして周囲を見回した。ベッドのサイドレール、調整可能なベッドサイドテーブル、金属製キャビネット。「病院、のようだね」

「お医者さんが言うには、肋骨《ろっこつ》にひびが入って、脳震盪《のうしんとう》を起こしたそうよ。幸い、頭の骨に損傷はないみたい。何があったか覚えてる? もう二日間も経《た》つのよ」

頭がガンガンする。静かに少し呼吸しただけで肋骨に鋭い痛みが走る。ケヴィンは目を閉じた。けばけばしい色のネオンが浮かんだ。道を歩いていた、そうしたら後ろからタイヤの軋《きし》みが聞こえ……「歌舞伎町《かぶきちょう》にいたのは覚えてる。新宿駅に向かう途中だった。車に当てられたんだろうか。その後は何も覚えてない」言わずにはいられない。「また会えるとは思ってなかった」

京ちゃんは細い眉毛《まゆげ》を引き上げて「『また』って言ったけど、その前に会った時のこと思い出せる？」

「もちろん。バス停で、京ちゃん、カズ、僕の三人で」

「そうよ」京ちゃんは、教師が生徒にするような頷《うなず》き方をした。「短期記憶を失くしただけのようね。お医者さんによると、時間をかければ、それも必ず戻るって」と言って、掛け布団を少し直してくれた。「とにかく今は休むこと。明日か明後日《あさって》、カズと土井を連れてまた来るわ」彼女は病室を出て行った。

ケヴィンは、廊下を遠ざかる京ちゃんの足音を聞いていた。彼女に再会できて天にも昇る心地のはずなのに、不吉な予感が深まるばかりだった。目を閉じると、ガラス張りのテーブル越しに鋭い目を向ける無表情の大男が瞼《まぶた》に浮かぶ。そして今では名前と顔が一致する。自分を襲って病院送りにしたのが誰の差し金かもわかっている。一刻も早く京ちゃんを説得して山形に帰ってもらうんだ。

＊＊＊＊＊＊＊

京ちゃんが面会に来てからわずか二日しか経っていないが、ケヴィンはかなり回復していた。痛みも薬なしで我慢できる。ケヴィンはベッドに戻り、胸の辺りまで布団を引き上げた。廊下を歩いて往復するなんて大したことではないが、それができたことはやはり嬉《うれ》しい。足がふらつかなくなったら、すぐに退院して、調査を続けよう。あのヤクザ野郎のおかげで、ラディックをブタ箱に放り込む理由がまた一つ増えた。

「頑固を絵に描いたような顔してるわよ」京ちゃんが入り口に立っていた。ゆったりしたブラウスとプリーツスカートから、彼の記憶にある彼女のしなやかな体つきが微《かす》かに窺《うかが》える。「何かとても重要なことを考えてたのね」彼女の笑顔は彼をからかっている。

京ちゃんはいつも上手に悩みを忘れさせてくれた、とケヴィンは思った。「何にせよ、京ちゃんの面会に比べたらどうでもいいことさ。来てくれてありがとう」

「土井とカズもこっちに向かってるわ。たぶん渋滞にぶつかったのね」京ちゃんは病室に入ってきて、ベッドの横の椅子《いす》に座った。「まだ顔が少し腫《は》れてるわね。気分はどう?」

「だいぶマシさ。記憶もほとんど戻ったし」正義も何もうっちゃっておいて、このままずっと彼女の優しさに溺《おぼ》れていたい。でも「その記憶によると、京ちゃんはすぐにでも山形に帰るべきだ」

京ちゃんの頭の傾け方と、怯《ひる》まない眼差《まなざ》しを見ると、彼女は彼のこの言葉を予想していたようだ。「あとの二人もあなたと同じ意見よ。私が東京に残るとわかっていたら、カズはあなたが入院したことを知らせなかったって。土井は土井で、私に日記を見せることも、あなたが元アメリカの外交官と接触したことを話すこともなかったのにって、二人ともそう言ってたわ」

日記？　土井は気が狂ったのか？「ダメだ、京ちゃん。君もラディックと奴の手下にマークされてしまう」

「あなたたち三人はもうマークされてるんじゃない。どうして私一人が例外でいられるのよ？　『危険は山分け』って、いつも秀夫が言ってたでしょ」

彼女が秀夫の名を口にした。彼女の説得は後にしよう。「秀夫のこと、話せるようになった？」とケヴィンは尋ねた。

京ちゃんは膝の上で手を組み、下を向いた。が、すぐに頭を上げてケヴィンと目を合わせた。目尻《めじり》に光る涙が、彼女の意志の強さをむしろ際立たせていた。「長い間」と彼女は話し始めた。「過去を忘れようとしたわ。いいえ、過去を抹消して、完全に逃げようとしたの。もちろん、そんなこと不可能よね。そのうち気づいたの、過去はこれからもずっと自分に付きまとう、だから受け入れるしかないって。そして、気持ちの整理もついて、また皆に会いたいとさえ思うようになったの。そしたらカズが電話をくれて、あなたが怪我《けが》したって言うじゃない。それで上京したら、土井が秀夫の日記を見せてくれた。日記を読んだ今、私も次のステップに進める。秀夫への愛と恩返しに私も一役買わせてもらうわ」

「でも、他にも方法があると……」

「ケヴィン、これからも友達でいたいなら、私にハンディなんてつけないでちょうだい。お金の出所について秀夫が書き残したものを読んだわ。秀夫が封筒をどうするつもりだったか、彼を殺したい理由を持っていたのは誰か、私にもわかる。あなたが提案した、秀夫を殺した犯人捜しについても土井から聞いたわ。勝算は低いけど、私もほかにアイディアが浮かばない。私も皆と一緒にやるわ」

ケヴィンは、京ちゃんを引き寄せて守りたい衝動と戦った。彼の行くところ暴力がつきまとう。でも、そう言ったところで効果はないだろう。頑固は彼女のほうこそだ。何と言っても、革青同女性メンバーのリーダーだったのだから。いったんこうと決めたら、彼女は最後までやり遂げる。彼女が彼女らしさを取り戻したのは嬉しい、けれど、どんな危険に巻き込まれてしまうか、彼女にわかってもらうよう努力しなければ。

土井そしてカズが続けて入り口に現れた。病室内まで入ってきた土井が「これじゃあ、恋人ができなくて当然だ」と言った。「サンドバッグでさえ、今のお前のツラよりマシだぜ。京ちゃん、よく近くに座ってられるな」

「相変わらずねえ」と京ちゃん。「土井の慈悲深さには、観音さまもかなわないわ」京ちゃんと挨拶《あいさつ》を交わした後で、カズはまた廊下に出て左右を確認し、その後でやっと土井に続いてベッドの足側に近づいた。「いやあ、土井の言う通りだ。ケヴィン、酷《ひど》い顔してるぜ。痛みはどうだ？」

脇腹がズキズキするものの、酷くないと言いたかった。ケヴィンは仲間を一人一人順番に見た。みんなで再び集まる、この情景を何度思い描いたことか、それがとうとう目の前にある。彼は誰にも気づかれないほどに、ほんのわずかに首を振った。ああ、今はノスタルジアに浸っている場合ではない。

「痛みは大丈夫だ」とケヴィンは言った。「次の作戦を考えられるくらいに頭も冴《さ》えてる」と言って、再びゆっくりと仲間を順番に見回した。「僕らの名前はラディックの手元の資料に載っている。だけど僕ら全員が奴にマークされる必要はない」

京ちゃんは椅子の上で姿勢を正した。「何を言おうとしてるかわかるわ。あなたこそ、考えを改めていただきたいわ」

腹を立てている時ほど丁寧な言葉遣いになる、これも昔からの彼女の癖だ。変わっていない。「秀夫は君を巻き込みたくなかったはずだ」とケヴィンは言った。「彼の気持ちを尊重すべきじゃ……」

「ナンセンス。皆で、なすべきことをなすまでよ」京ちゃんは掌《てのひら》を太腿《ふともも》にぴたりと押し付けて、ケヴィンに上体を寄せた。「きっと秀夫にも同じことを言ってたと思うけど、それをあなたに言わせてもらうわ。女が男より三歩下がって歩き、男に言われた通りにしてた時代は、とっくに終わってるのよ。古臭い考えを持ち出さないでちょうだい」

「心配してるだけなのに、封建的だって言うのかい？」

「心配はありがたいわ。でも差別はお断りよ。その違いがわからないなら、申し訳ないけど、もっと端的に言わせてもらうわ。秀夫を殺した犯人を裁きたいっていう、あなたの気持ちは、私の気持ちよりも正当だと思ってるの？」

ケヴィンは歯ぎしりして、頭の後ろにある枕を二つ折りにした。土井かカズに彼女を説得してもらえないものか？　でも二人ともケヴィンの視線を避けている。

「土井やカズを見ても無駄よ」と京ちゃんは言った。「二人とは既にこの話を済ませてあるんだから。二人は私の覚悟を知ってるわ。ケヴィン、あなたの言った通り、次の作戦を練って実行に移しましょう」と言うと、彼女はケヴィンににっこり微笑《ほほえ》んだ。その笑顔の温かさに引きこまれまいとしたが無駄だった。「ところで、ケヴィン、あなたは頭数に入ってないからね。まずしっかり回復しなきゃ」

「それは違う。ちょっと動きが鈍いだけだよ」

「それを言うなら『ちょっと頭が鈍い』だろ？」と土井が言った。「まあ黙れ、反論は許さない」

「まずは」とカズが言った。「ケヴィンへの闇討《やみう》ちについて考えよう。何が引き金だったのか？　誰がケヴィンの動向をラディックに通告したのか？」

三対一じゃ、このまま従うしかない。「ラディックに呼び出されて以来、かなり注意はしてたんだけど」とケヴィンは言った。「奴は、僕がエリオット・ポーリングに会ったことは知らないと思う。ただ、奴の会社が派遣する管理職やコンサルタントについて、僕の英語クラスの生徒たちと話してることは確かに知ってる。会った時、奴は僕に詮索《せんさく》をやめろと警告したが、僕は手を引かなかった。もしかすると生徒の一人が、ラディックの手下の、ある営業チームリーダーにそう告げ口したのかもしれない」

「ラディックが隠したがってる秘密を暴くまで、誰かがケヴィンの生徒への聞き込みを続ける必要があるわね」と京ちゃんが言った。

「その誰かって、まさか……？」

「もちろん、私よ。土井もカズも、ケヴィンのクラスの女生徒になんて、どうアプローチしていいか見当もつかないだろうし、ましてや彼女たちの信用を得るなんて無理」

「彼女たちと話した結果がこれ、なんだよ。こんなふうになりたくないだろ？」と言って、ケヴィンは頰《ほお》の絆創膏《ばんそうこう》に触れた。

「生徒さんたちの氏名を教えてちょうだい」と言いながら京ちゃんは帳面を開き、ペンと一緒にケヴィンに手渡した。「あなたが教えてくれないなら、スタッフ・セントラルに行って聞き回るまでよ」

こけ脅しではなさそうだ。京ちゃんの石頭は秀夫より硬い。ケヴィンは、クラスの後で飲みに誘ってくれた女性の名前を帳面に書いた。彼女は、同僚たちが派手な二人組と対立するように仕向けた張本人で、ケヴィンを裏切る可能性が最も低いと見ていい。「これしかないよ」と帳面を京ちゃんに返した。

彼女は、こぼれそうな微笑をこらえて、うやうやしく頷くと、土井に向かって「で、土井は次に何をするつもり?」と聞いた。

土井は口を開けて、すぐ閉じた。この男の中の男は、どうやって彼女が主導権を握ってしまったのか、まごついているようだ。それは土井だけじゃない。「土井は京ちゃんのボディガードだ」とケヴィンは言った。

「それと、伊藤捜しもやるよ。ここに来る途中でカズとも話して意見が合ったんだけど、ケヴィンが以前提案した通り、アメリカかぶれが集まりそうな場所で伊藤の写真を見せてみよう。案外、うまくいくかもしれない」

「今の伊藤は、学生時代の写真ほど太ってないからね」とケヴィンは言った。「病気なのかもしれない」

「わかった。覚えとく」と言って、カズが京ちゃんに視線を移すと、彼女の表情が翳《かげ》っていた。

京ちゃんはまずカズに、そして次に土井とケヴィンに眼差しを向けた。「もう一人、検討すべき人物がいるわね」と彼女は言った。「革青同全国本部の元委員長よ。五月十二日の日記によると、学生運動を分裂させるためのドラックステンのラディックからの支払いのことを秀夫に暴かれたら、石田にとっては大きな痛手だったはず」

「石田はまだ海外にいる」とケヴィンは言った。「来週まで戻ってこないだろう」

土井は眉根を寄せて怒りをあらわにした。「奴が戻ったら、大いに歓迎してやろうじゃないか。どこかで奴を一人にして、知ってることをすべて吐かせてやる」

横目で土井を睨《にら》みながら、京ちゃんが「土井が言わんとしてることは、石田にプレッシャーをかける方法を考えるってこと」と言って立ち上がった。「ご覧の通り、すべて役割分担はできてるのよ、ケヴィン。何かわかり次第、連絡するわ」

「頼むよ。だけど、もう病院には来ないでほしい。あと一日か二日で元気になるよ。そしたら、どこか安全な場所でまた会おう」

「場所を考えておくわ」と京ちゃんは言った。「それまで、とにかく養生してね」

「君たち三人が危険に身をさらして動き回っているっていうのに?」ケヴィンは体を傾けてベッドで座り直そうとしたが、肋骨の痛みが動きを止めた。「相手が手段を選ばない、危険な奴らだってこと、絶対忘れないで」

「京ちゃんの言う通りだ。とにかく休め。ほんとに酷い顔してるから」とカズが言った。

土井が頬を膨らませ、「熟れすぎたトマトみたいだぞ」と言ってドアに向かった。「おい、看護婦さんに可愛《かわい》がってもらえよ。特に俺がさっき廊下で見かけた別嬪《べっぴん》さん、ほら、ショートヘアで眼鏡をかけた、可愛いお尻《しり》の子。わかってるくせに。彼女に、マッサージをお願いしてみな」土井は入り口で立ち止まり、振り返って京ちゃんに「廊下に不審な奴は見当たらない。先に行きな。カズと俺は待合室で別れることにする」

ケヴィンは仲間たちが出ていくのを目で追った。秀夫の日記、そしておそらくケヴィンに対する暴行が、皆をその気にさせたのだ。自分一人こんな所で横たわり、誰の役にも立てない間にも、仲間たちは危険を顧みずそれぞれに動いてくれている。体力が回復次第、すぐに加勢する。全快にはまだしばらく休養が必要だという医師の忠告なんかクソ喰《く》らえだ。

第十二章　脅迫ビデオ

　ケヴィンは、古風な庭園に囲まれた茶房の竹の庇《ひさし》の下で木のベンチに座っている。単に人目につきにくいだけではない、こういう場所で京ちゃんと会えるのは嬉《うれ》しい。ツツジ、ナラ、高さの揃《そろ》った松の樹々の間を緩やかに起伏する芝生に、雨が音もなく降り注いでいる。最後に皆に会ってから十一日経《た》つ。その間の彼らの動きを京ちゃんから聞く時、この静かな景色のおかげで、ケヴィンの神経は過敏にならずに済みそうだ。

　梅雨《つゆ》に入ってから、彼らがこれまで以上に警戒して動いていると思いたい。目に入るのは傘ばかり、後ろを見知った人物が歩いていたとしても、わかるだろうか？　ケヴィンも今日ここに来る途中、いつも以上に迂回《うかい》と方向転換を繰り返した。そのせいで疲れてしまい、湿気が重く感じられたけれど、今はもう大丈夫だ。ここ一週間、自分のアパートで養生しながら、近所を散歩して過ごし、体力はかなり回復した。次に何が起ころうと、真正面から向き合う準備ができている。

京ちゃんと二人きりで会うことも？　その問いが不意に浮かんだ。彼女は友であり、秀夫が愛した女性だ。彼女をそれ以外の目で見るなんて、二人への裏切り行為だ。けれど、あれこれ空想してしまう。彼女の安全だけを考えるべきなのに。

青鉛色の池の水面《みなも》に、垣根や石灯籠《いしどうろう》、そして形よく剪定《せんてい》された松の枝が映っている。さっと風が吹くと、池に映る影が揺れ、雨が渦のように水面を過《よ》ぎって、小径《こみち》をふちどる木々を踊らせた。ショルダーバッグを持つ女性が近づいてきた。顔は傘で隠れて見えない。ミニスカートに、袖《そで》なしブラウス姿が美しい。女性が傘を後ろに傾けた時、風で彼女の髪が舞い上がったが、またすぐに撫《な》で肩の上に落ち着いた。京ちゃんだ。

「前に会った時より、ずいぶん良くなったようね」と、竹庇に入りながら彼女は言った。

「気分はどう？」

最高さ。君が目の前にいるんだもの、と言いそうになるのを堪《こら》えて「体力もかなり戻ったよ」とだけ言った。

「良かったわ」

京ちゃんは傘を畳んでベンチに腰を下ろした。彼女が思いのほか近くに座ったうえ、座ったとたんにスカートの裾《すそ》が少しずり上がったので、ケヴィンはどぎまぎして、思わず腰をずらしかけた。が、我慢して、彼女の目だけを見るようにした。

彼女のふっくらした唇に微《かす》かな笑みが浮かんだ。「ごめんね、ちょっと窮屈？」

「窮屈なんかじゃないよ、全然」彼女は僕をからかってるのか、それとも単に僕の動揺を面白がってるのか？「いや、ここに来る途中、十分気をつけたか聞こうと思ってさ」

彼女の顔から笑みが消えた。「尾行されない方法を、土井が私とカズに教えてくれたわ」と彼女は言った。「きっと服役中に学んだ技の一つなんでしょうね」

ケヴィンは満足げに頷《うなず》いた。気持ちを集中して本題に入ろう。「スタッフ・セントラルの派遣社員とはどうなった？　話す相手を間違えたら、黒田に筒抜けになって、ラディックに君の動きを知られてしまう」

「そのことは追々話すわ。心配してくれてありがとう」

「どこか安全な住まいは見つかった？」

「大学時代の友人の所」と京ちゃんは言った。「彼女は学生運動に関わってなかったから、ラディックのリストにも載ってないわ」

「僕ら四人が集まる場所は？」

「土井がアジトになる所を探してる。それが見つかるまでは個室のある店で会いましょう。カズがね、裏道を使って行けるような店を選んでくれたの。私が連絡担当。盗聴されていないのは、私の友人宅の電話だけだと思う」

雨脚が強まり、竹庇に打ちつける音が心地よく響いた。いや、これは嵐《あらし》の前兆だろうか。ケヴィンは空気が重くのしかかるのを感じた。「これまで君ら三人で話し合ったことを聞かせてほしいな」

京ちゃんはベンチの上で彼の方に体を向けた。自分の膝《ひざ》がケヴィンの脚に触れたことなどまるで意に介しておらず、真剣な表情だ。「一つは、元革青同の事務局長のことよ。秀夫は遠藤を信頼していた、だから伊藤や現金入りの封筒について遠藤に打ち明けたに違いない、ということで三人の意見が一致してるの。だから、できるだけ早く土井が仙台に行って遠藤に会い、革青同事務所であなたとカズが尋ねた時に、なぜ黙ってたのかを問いただすべきだという点もみんな同意してるわ」

「それはいい。僕とカズは遠藤から何も聞き出せなかったけど、土井ならうまくいくかも」と言った後で、ケヴィンは待ちかねたように切り出した。「僕の生徒への聞き込みについてそろそろ話してくれる？」

京ちゃんは庭を眺めた。「最初はいいけど、最後は悲惨なのよ。あなたから名前をもらった女性に電話して、一緒に飲みに行くようになったの。ところで、彼女、あなたに気があるわよ。あなたが殴られて怪我《けが》したって聞いたら、ものすごく怒り出して、あなたがラディックの会社についていろいろ質問していたことを、チームリーダーの黒田が誰かにチクったに違いないって言ってた。できる限り私に力を貸すとも言ってくれたから、例の黒田の派手な女性二人について噂話《うわさばなし》をする代わりに、彼女たちに同情するふりをして、信頼を得て、黒田に何をさせられているのかを探るように勧めてみたの。そしたら彼女、まんまとそれをやり遂げたわ。二日前の夜、二人のうちの一人、山田美紀っていう女性が彼女にひどい話を打ち明けたそうよ」

山田美紀。顔が思い浮かぶ。濃い口紅とセクシーな服装をした、二人組の一人。他の生徒から毛嫌いされてはいるが、気だては良さそうで、会話レッスンを楽しんでいた。「美紀に何かあったの？」

「ええ、酷《むご》いことよ。美紀が打ち明け話をしたのは、彼女が日本を出るほんの数時間前だったらしい」京ちゃんは知り得た情報を語り始めた。チームリーダーの黒田には、デザイン・

グラフィックス・ジャパンという外資系企業で管理職についている、ブランドン・フレッチャーというアメリカ人の友人がいて、黒田はそこへ美紀を派遣社員として送った。フレッチャーは美紀に惹《ひ》かれて、どうやらその旨を黒田に伝えたようだ。黒田は美紀に買い物の金が欲しいか尋ね、二十万円を貸してやった。その返済については、美紀がフレッチャーとどこまで親密になるかによる。美紀はその取り決めに応じた。フレッチャーからいろいろ贈り物を貰《もら》い、最初は彼女も嫌な気はしなかった。「というか、美紀は彼を哀れに思ったのかも」と言って京ちゃんは肩を竦《すく》めた。「だって、彼は彼女の倍以上の年齢だったらしいから」

「『最初は』ってことは、美紀はこの男に飽きてしまったの？」

「すぐにね。二、三度ラブホテルに行った後で、美紀はフレッチャーに、もう会いたくないって言ったらしいわ。すると、すべてが急変したの。男は激昂《げっこう》して彼女を怒鳴りつけ、『お役目が済んだから、サヨナラってことか？』美紀がそれはどういう意味か聞くと、フレッチャーは、二人の情事を撮影したビデオテープをある男に見せられて、妻にばらすと脅されたんだと、そして『君がそんな女だとは……』って、美紀もグルになって盗撮したと決めつけたらしいわ」京ちゃんは目を見開いて「美紀がフレッチャーを罵《ののし》ったら、フレッチャーは彼女を誤解していたと気づいて、許してほしいって懇願したそうよ」

色仕掛けか。エリオット・ポーリングの予想通りだ。「美紀は、黒田のことや、黒田から受け取った金について、フレッチャーに話さなかったの?」とケヴィンは尋ねた。

「話さなかったそうよ。もうそれ以上関わり合いたくなかったみたい」京ちゃんの言葉がゆっくりになった。「ただ、黒田に対する怒りは収まらなくて、美紀は黒田のマンションに乗り込み、黒田にビデオテープを渡せ、さもないと警察に届けるって詰め寄ったそうよ」

ケヴィンの顔が引き攣《つ》った。ああ、美紀は、黒田の陰で糸を引くのが誰か知る由もなく……。「黒田は美紀に何をした? 脅したのか?」

「もっと酷《ひど》い」京ちゃんが大きく息を吸うと、彼女の肩もそれと一緒に上下した。「黒田はかなり酔ってたらしい。ソファで自分の隣に美紀を座らせ、彼女のビデオテープを再生して、警察に通報したら、彼女の親にテープを送りつけるって。その上、他の若い女性と年配の男のビデオもどんどん見せて、『ほら見ろ、お前なんか、たくさんいる中の一人にすぎない。お前もあいつらも、ただのオモチャだ』って。そして美紀を力ずくで寝室に連れて行くと、彼女に暴行し、その挙句、『誰かに言いつけてみろ、俺の仲間が黙ってないからな』って脅したそうよ」

ケヴィンは拳骨《げんこつ》をもう一方の掌《てのひら》に押し込んだ。ケニーの野郎め、ラディック一味が後ろについているからやりたい放題だ。いつか奴も含め、あいつら全員まとめて叩《たた》きのめしてやる。「美紀のために何かできることはないかな？　日本を出てどこに行ったんだろう？」

「怯《おび》えきってて、行き先は言わなかったらしいわ」

そりゃ怯えただろう、無理もない。「でも、京ちゃんは役に立ちそうなモノを見つけてくれた」とケヴィンは言った。「だから、これ以上女性社員と話さなくていい」彼は京ちゃんの腕に触れた。「誰かが黒田に君のことを告げ口する前にやめてくれ」

彼女は彼の手を軽く叩いて「わかった、考えとくわ。それより『役に立ちそうなモノ』って何のこと？」

ケヴィンは手を引っ込めた。「黒田のマンションにあるビデオさ。あれは脅迫、強要の意図を示す証拠として使えると思う。いつかマンションに忍び込んでビデオを手に入れよう。その前に、被害者のブランドン・フレッチャーに関する情報、特に、なぜ彼が狙《ねら》われたのかを調べ上げる必要がある。その後で、フレッチャーに脅迫者を特定してもらい、それがラディックの手下の一人だったら、そこで初めて僕らにも取引手段ができる。秀夫に関する情報を何か引き出せるかもしれない」

「どうしてフレッチャーが私たちとの話に応じると思うの?」

当然の質問だ。大した答えを返せなくて京ちゃんには申し訳ないが仕方ない。「奴らがフレッチャーに何を望んだのか、なぜ彼が標的にされたのかはわかってない。でも、相手の弱みを見つけて、それにつけいるという、ラディックの手口はわかっている。僕の勘と、京ちゃんが今話してくれた内容から察するに、このフレッチャーっていう男は操られやすい人物のような気がする」

半信半疑の顔で京ちゃんは言った。「で、フレッチャーを操って、知りたい情報を聞き出す役目を……あなた、が?」

「同じアメリカ人が一番適役だろ?」

「どんなふうに近づくつもり?」

「フリーランスのジャーナリストを装い、英字新聞向けと称してインタビューを申し込んでみる」とケヴィンは言った。「そして、『これまでのご経験から、日本で働く外国人にどのようなアドバイスがありますか?』って投げかけてみる。彼に自分のことをいろいろ話させて、その後で飲みに誘うんだ」

「本題に近づけば近づくほど、フレッチャーは不安になるわよ。『ちょっと失礼』と席を立たれて、脅迫者本人からラディックの手下に電話されたらどうするつもり？」

「フレッチャーを連れて行くバーの外に土井に車を停《と》めて待機してもらうよ。必要だったら僕は急いでその場から逃げられる」ケヴィンは立ち上がった。「もう行ったほうがいい。京ちゃんが先に」

竹庇に打ち続ける雨音は、ケヴィンの頭の中で一層激しく鳴り響いた。京ちゃんはなぜあんな思いやりの眼差《まなざ》しで僕を見たのだろう？　それとも、思いやり以上の感情だろうか？　自分の見たものは何だったのか、その眼差しはどれくらい長く自分に向けられていたのか、そして彼女は彼の瞳《ひとみ》に何を見たのか、どれも確かではない。雨の中で二人が交わしたものは友情だけだっただろうか？　空想している。こんな夢物語に耽《ふけ》っていると、自分の果たすべき役割を仕損じてしまいそうだ。

第十三章　カズの知らせ

バーから出て、近隣のナイトクラブやレストランのネオンサインに照らされた坂道に立つと、湿った空気がケヴィンを包んだ。道の向かい側のディスコの前に、土井のＢＭＷが停《と》まっていて、運転席に土井が、助手席にカズが乗っている。後部ドアを開けて乗り込むと、前の二人が振り向いてこちらを見た。

「首尾はどうだった？」と土井が聞いた。

「何時間も、ラディックの被害者の一人に嘘《うそ》をつき通してたんだ。ヘドが出そうだ」本当はそう言いたかったが、代わりに「フレッチャーは脅迫者の人相を話してくれた。六〇年代からラディックと組んでた、クライド・マトリーにぴったり当てはまる」

土井はエンジンをかけた。「フレッチャーが出てくる前に消えたほうがよかろう」車はナイトクラブの前を離れ、坂道を下っていった。ＢＭＷのボンネットの上をさまざまなネオンの色が流れていく。

カズは前腕を背凭《せもた》れに休ませて「フレッチャーはマトリーに何を要求されたんだい？」

「彼の証券取引口座を使わせろと言われたらしい」とケヴィンは言った。「ラディックが手下を送り込んだ企業の株が、その口座で取引されてるとしたら意味深長だ」

「インサイダー取引を疑ってるのか？　盗んだ機密情報を使って？」

「あれこれ疑って時間を潰《つぶ》す必要はない」と土井が言った。「今夜のケヴィンのおかげで、ラディックがスタッフ・セントラルをカバーに使って脅迫してるってことがわかった。それこそ、元委員長様と話をするのに必要なネタだ。あの会社は石田の親父《おやじ》のものだからな。スタッフ・セントラルの評判を台無しにするような盗撮行為を犯罪組織にさせてるのが当の息子だと親父さんに言いつけるぞって脅したら、奴はきっと知ってることを吐くだろうよ」

カズは前に向き直った。「フレッチャーが自分の身に起こったことを証言してくれないと、大した脅しにはならないな」

妻にバレるのを承知で？　「彼は証言しないな」とケヴィンは言った。

「じゃあ、もっと情報が必要だ。ラディックがコンサルタントなどを送り込んだ企業のうち、彼らの所業について文句を言ってた企業をいくつか特定してある。証券会社に勤める人も何人か知ってるけど、顧客の口座明細を見せてもらうには時間が掛かるな」

ハンドルを握る土井の手に力が入り、腕の筋肉がぴくついた。「九年も待ったんだ。あと数週間待つくらい何でもない、何でもない」

「皮肉るなよ」ちょっと気を悪くしたようにカズが言った。「やり方を間違えたくないんだ」

「それは僕もだ」とケヴィンは言った。

土井がバックミラー越しに睨《にら》んだ。「つまり何だっていうんだ？」

「土井、君は、秀夫から伊藤や現金の封筒について聞いてたことを隠してないかどうか、遠藤を問い詰めるために仙台に行く予定だって京ちゃんが言ってた。それをやってくれるのはありがたい。石田に会う前に、集められるだけの情報を集めておくべきだと思う。これはやり直しができないんだから。石田に接触したが最後、ラディックは僕たちが諦《あきら》めてないことを知り、僕たち全員を潰しにかかる」ケヴィンはみぞおちが引き攣《つ》るのを感じた。

「京ちゃんは何してる？」

「伊藤を探してるよ」

「えっ、君らと同じように、街頭に出て伊藤の写真を見せて回ってるのか?」

「どうしろってんだよ?」と土井。「派遣社員への聞き込みにストップかけたのはお前だぜ。だから彼女、他のことをやってんじゃねえか」

彼女は止めようがない。「だったら僕は超特急で調べ上げるしかない。遅くとも一週間後に集まろう。どうやって石田を一人にして、情報を聞き出すか、四人で考えるんだ」ケヴィンは気持ちを落ち着かせようと腕を組んだ。一週間は長過ぎる。


****

料理屋の狭い通路を、仲居に導かれてケヴィンは進んだ。一段高くなった畳敷きの個室がそれぞれ壁で仕切られ、通路の両側に並んでいる。ほぼ突き当たりに近い板戸の前で彼女は頭を下げ、ケヴィンを残して立ち去った。靴を脱いで、脇腹に走った痛みを感じながらケヴィンは戸を右に滑らせた。

ベルト付きのサマードレスを着た京ちゃんが、長方形の座卓の端で座布団の上に正座していた。卓上には、伏せて置かれたガラスのコップの周りに烏龍茶《ウーロンちゃ》のボトルが数本並んでいる。ケヴィンは畳に上がって、戸を閉じた。京ちゃんは立ち上がって迎えてくれた。

「ちゃんと来られたのねぇ」京ちゃんは、彼がまるで凄《すご》いことを成し遂げたかのように、いたずらっぽい口調で言った。その彼女の笑顔が、彼一人のための特別な笑顔だと思えたらどれほど幸せか。

「僕が数字のコードを忘れるとでも思ったの？」と言った後で、ケヴィンは「そのドレス姿、凄く素敵だよ」と英語で言い足したかった。だが、たとえ日本語で「そのドレス、よく似合ってるね」と言ってしまっただけでも、とてつもない方向に脱線してしまいそうだ。

京ちゃんは入り口近くの座布団に移動し、「あなたはまだ全快してないわよね」と言って、壁際の座布団を勧めてくれた。ここなら壁に凭《もた》れることができる。「ブランドン・フレッチャーどうだった？」

ケヴィンは京ちゃんの真向かいに座って、バーでその夕方何があったかを話し出して、「フレッチャーの脅迫者がラディックの仲間の一人だとわかったよ」と最後を締めくくった。

いる」


「危ないことしたんじゃないの」

「心配しなきゃならないのは君のほうだ。街頭で伊藤の写真を見せて、人の目を引いている」

京ちゃんが苛《いら》ついた顔つきをした。「また、話を蒸し返すつもり？」

「京ちゃんに何かあったら、僕は自分を許せないよ」ケヴィンは、瞼《まぶた》の回りの筋肉が引き攣《つ》るのを感じた。言っていることを自覚できる前に、言葉が口をついて出ていた。もう引っ込めようがない。

京ちゃんはじっとケヴィンを見ている。笑顔は戻らなかったが、表情はさっきより柔らかい。「やるべきことを真剣にやり遂げたいなら、そういう考え方はやめてちょうだい」

板戸が開いたが京ちゃんは続けた。「私を特別扱いしないで」

土井が廊下に立ったまま「おぉ、哀れな奴だなあ」と面白がって言った。「全部は聞いてないけど、ケヴィン、京ちゃんに説教されてるようだな。説教は京ちゃんの十八番《おはこ》だ」そう言うと、筋肉質の脚で座敷に上がり、先程まで京ちゃんが座っていた座布団に熊《くま》のような体を沈めた。それら一連の動作を滑らかにこなす間に、土井はちゃんと戸を閉めていた。板戸が木枠に当たった時のカタッという音が室内に残っている。「だからカズも俺も彼女に従ってんのさ。やり込められるのが大好きだから」

これが柔道黒帯五段で、刑務所で暴力団とやり合ったこともある男の言うことか。「土井ほどの経歴の持ち主から、そんな台詞《せりふ》が飛び出そうとは」とケヴィンは言った。

土井は、怯《おび》えきった目を京ちゃんに向け、体の前で手を震わせた。「いやもう、京ちゃんの前ではヘビに睨《にら》まれたカエル同然……」

京ちゃんは呆《あき》れたように天井を見上げ、「自分のスポーツジムで主婦を相手にしてる時は、もっと堂々としてるんでしょうに」

「それはもう、奥様方に楽しく過ごしてもらいたい一心で」と、悲劇的に誤解されて傷ついた男の声を出した。

土井は見えすいた冗談を飛ばしている。しかし、誇張気味の話し方や身振りには気遣いが感じられる。土井は会話を耳にして、京ちゃんとケヴィンの言い合いを鎮火しようとしているのだろうか？　ケヴィンが言った「今、京ちゃんに提案しかけてたんだけど、彼女は……」ブリーフケースを脇に抱えたカズがしかめ面《つら》で入ってきた。後ろ手で戸を閉めて、皆と挨拶《あいさつ》を交わして、京ちゃんの隣に座った。京ちゃんは、ケヴィンが言おうとしていたことを言う前に、「カズ、いいタイミングだわ。土井に仙台に行ったことについて聞くところだったのよ」真剣な表情を土井に向けた。「遠藤から何かつかめた？　彼はずっと革青同の事務所にいたんだもの、石田の動向を知ってたはずよ。秀夫に何か隠してたの？」

ケヴィンは壁に凭れた。京ちゃんの素早さに負けた。さっきの話はお預けだ。

「隠してたこともあるし、隠してないこともある」と土井は言った。「遠藤は、石田が毎週木曜日の同じ時間帯に事務所からいなくなるって気づいたことは認めた。石田に直接それについて聞いたこともあるそうだ。石田はあるビジネスマンの妻と浮気してるんだと答えやがったらしい。石田はその手の自慢話をしたがるほうだったから、いかにもあの野郎らしいよな。遠藤は、別に誰かに話すほどのことじゃないと思ったそうだ」

「伊藤とドラックステンからの報酬の封筒については？」とケヴィンが尋ねた。「遠藤はやはり、秀夫から何も聞いてなかったと言ってるのか？」

「きつく問い詰めてみたけど、支部リーダー会議で何を言うか、秀夫は何も教えてくれなかったと言い張るんだ。遠藤が言うには、秀夫はこの会議のことでかなりピリピリしていた、でも、それが何故なのかは打ち明けてくれなかったと言っていた。本当のことなのかもしれない。遠藤は秀夫が話してくれなかったことを怒ってたように見えた。秀夫は何も言わないことで、遠藤を守ろうとしたのかもしれん。俺たちを庇《かば》ったように」

「今、僕たちがやってることを遠藤に話したのか？」

「最初は黙ってたんだけどな、暫《しばら》く話をしてみると、遠藤も秀夫の死が事故死だとは思ってなくて、罪悪感さえ抱いてると感じた。秀夫がどれほど危険な状態にあるか気づかなかったことで、自分を責めていたふうだった。だから、かつての秀夫の仲間たちが殺人犯を捜してるって教えてやった。名前や詳しいことは何も言ってない。遠藤も加わりたいって言ってくれたけど、父親の機械工場が人手不足なうえ、経営不振らしくて、仙台にいて手伝わなきゃいけないから、こっちに時間を割けるのはせいぜい二、三日だってさ」

「彼の助けが必要だわ」と京ちゃんが言った。「そう思っているでしょう、カズ。心配そうな顔をしてる」

「皆に見せたいものがあるんだ」とカズが言った。

京ちゃんが烏龍茶を注ぐ間に、カズは一枚の紙を取り出して机に置いた。見出しの下に数字の列が印刷されていた。「ブランドン・フレッチャーの証券取引口座の取引明細だ。野坂証券に勤める友人がコピーしてくれたんだ。取引された株のほとんどは、ラディックの会社からマネージャーやコンサルタントが少なくとも一度は派遣されたことのある企業の株で、新商品ラインアップ、社長などの経営陣の人事、技術提携契約、合併とか、株価に影響を与える重大な発表が行われる一、二日前、時には数時間前に、株の大量売買が行われてる」

京ちゃんがデータをじっと見た。「どういうタイミングで株を売買すればいいかがわかるような極秘情報を、ラディックがコンサルタントなどから受け、フレッチャーに資金を渡して、彼の名義で取引させる。そういうこと?」

「そうに違いない。フレッチャーは単なる一介の管理職なのに、彼の年収の百倍の株の売買をしてるわけだから」

「インサイダー取引なんて誰か興味あるかな?」

「検察の一人か二人、それと正義派のジャーナリストかな。けど、これを見ろよ」とカズは二枚目の口座明細を取り出し、最初の一枚と並べた。「同じ株、同じタイミング、しかももっと大口だ。この口座の名義は金山士郎の親戚《しんせき》だ」

ラディックの後ろ楯《だて》。ケヴィンは明細書を読むというよりも睨みつけた。もともとラディックのおかげで政界での栄達を果たせた、この与党の最大派閥の陰の親玉は、今も引き続きラディックから儲《もう》け話を貰《もら》っているようだ。

「困ったわね」と京ちゃんが言った。「石田にプレッシャーを掛けるには、警察を動かせるくらいのネタが必要、だけど私たちにはそれがない。たとえ何かあったとしても、石田がラディックに泣きついたら、ラディックは『心配するな。調査を打ち切れる有力者を知ってるから』と言って、それまで。今は石田には手を出さず、伊藤捜しに専念すべきだわ」

ケヴィンの肩が緊張した。地下鉄の駅前で、京ちゃんが通行人を呼び止めている姿が目に浮かんだ。ラディックの手下が彼女に気づくのは時間の問題だ。「現時点でわかってることは」と言った。「石田の父親とスタッフ・セントラルは実業界でそれなりに評価されている。一方、息子のほうは、脅迫とインサイダー取引をする会社を子会社としてラディックに使わせてる。企業秘密の窃盗もだな。父親にばらすと脅したら、息子は降参して、現金の封筒の差出人が誰か、そいつらが石田に何を命じたか、そいつらが秀夫を話題にしたことがあったたか、知ってることを僕たちに白状する」

土井はケヴィンの腕を殴るフリをして「まるで俺みたいなこと言うじゃねえか」

「うん、だけど石田を一人にするのは難しい。あいつはいつも取り巻きに囲まれてるし、移動する時は運転手が一緒だ」

「方法はあるかもしれない」と、カズが感情を込めずに言った。何となく、彼の言葉と表情には乖離《かいり》があった。「俺の同僚が、今週末グランド・パレス・ホテルでのパーティに招待されてる。その主賓がなんと石田で、何か賞を貰《もら》って、祝賀会をやることになってるらしい。君らでそのホテルの一室を予約して、コンシェルジュを通して石田に伝言を渡すというのはどうかな？」

「誰からの、どんな伝言だい？」ケヴィンは仲間を見回したが、みんな座卓を囲んで思案顔だ。

土井が閃《ひらめ》いた様子で「パーティに出席していた女子大生からの伝言っていうのはどうだ？　その子は経営学専攻ってことにして、受賞時の石田の男っぷりが印象的で、ぜひとも彼女の部屋で石田に会って『成功の秘訣《ひけつ》』を教わりたいってな内容だ」そう言うや、土井は舌を突き出して、前屈《まえかが》みになり、嘔吐《おうと》する真似《まね》をしてみせた。「あり得ないと思うだろ？　けどな、石田は自惚《うぬぼ》れ屋《や》だから真に受けるって」土井は京ちゃんの方を向いて、「伝言を書いてもらえる？」と聞いた。

「土井以外に」と京ちゃんは言った。「こんな作戦は捻《ひね》り出せないわねえ。ええ、もちろん書くわ。でも、このやり方はうまくいくかどうかわからないから、私はこれからも伊藤を捜し続けるわね」ケヴィンがそれに反応する前に、彼女は続けて言った。「カズ、さっきホテルの部屋の予約を『僕らで』じゃなく『君らで』って言ったけど、私の聞き違い？」

カズは烏龍茶を飲みながらうなだれて座卓を見た。「俺たちに、やらなきゃいけないことがあるのはわかってる」彼は京ちゃんと目を合わせた。「だけど、俺ができるのはここまでだ」

他の座敷から、男性の歌声と手拍子が聞こえてくる。廊下を隔てた向かいの部屋の戸が開いて閉まった。京ちゃんは居住まいを正して待った。

「俺の嫁さんに……」とカズは言った。「俺たちのやってることを話したんだ。そして、しばらく生まれ故郷に、実家に帰ってろって言ったら、あいつ、怖がっちまって。できるだけ早く実家に行くけど、それだけじゃ駄目だ、この一件が落ち着くまでもう仲間とは会うな、さもないと別れるって言うんだよ」

京ちゃんはカズのコップを取って烏龍茶を注ぎ足し、両手で彼に差し出した。「結婚してるのはカズだけだものね。あなたの状況は私たちよりずっと複雑よ。わかるわ」彼女が土井を向くと、土井も頷《うなず》いた。

「京ちゃんの言う通りだ」とケヴィンは言った。胸を強打されたかのように、感覚を失った。秀夫のための四人組がもうすぐ三人になる。「石田のことは土井と僕に任せて」

「これで決まり」と京ちゃんは言って、座布団から立ち上がった。「明日は早朝から伊藤捜しを新しい場所で試そうと思ってるの」

ケヴィンは畳に両手をついて体を持ち上げ、立ち上がった。「そんな急に行かないで。この件はまだこれから話さないと」

「話すことはないわ」京ちゃんはカズの肩に触れ、「奥さんのこと大切にしてあげてね。カズの心はいつも私たちと一緒だって、わかってるから」と言うと、土井に会釈して部屋を出た。

ケヴィンは慌てて土井とカズに別れを告げ、彼女の後を追うべく戸に手をかけた。しかし、こんな金髪の外国人が横にいるより、一人で歩くほうが彼女にとってよほど安全かもしれない。これまでの経験から、自分は状況を良くするよりも悪くする確率のほうが高そうだ。

第十四章　石田の告白

ホテルの一室。部屋の照明は全部つけてある。ケヴィンはカーテンを閉じ、椅子《いす》を机の前から窓際に動かして、ベッドに対面するように置いた。土井は、机上の電気スタンドとベッドサイドランプをその椅子に向けて照らした。

「『良い警官と悪い警官』戦法でいく?」とケヴィンが聞いた。

土井が笑った。「それは映画の中の話だ。俺がしょっぴかれた時、取調官は四人いたけど、『良い警官』なんて一人もいなかったぞ」土井はベッドに腰掛け、椅子を自分の方へ引き寄せた。「まあ、お前のやり方でやろう。で、『悪い警官』役はどっちだ?」

「そりゃあ、見た目からして君が」

「ええっ、そうかあ?　そのボコボコに殴られた痕《あと》を見たら、俺のムショ仲間でさえビクつくんだけどな」

ケヴィンは「土井は、今みたいに、あいつの真正面に座ってくれたらいい」と言うと、ベッドの足元にある布張りの椅子を動かして壁に押しつけた。「僕はここに座って、あいつの横から話すことにする」

誰かがドアをノックした。

土井が素早く近づいてドアを開けると、そこには、かつての革命的青年同盟全国本部の委員長がスーツにネクタイ姿で、手にシャンパンボトルを持って立っていた。その口がポカンと開いた。石田が動くより先に、土井は相手のベルトをつかんで室内に引き入れ、ドアから遠ざけた。

シャンパンボトルが石田の手からカーペットに滑り落ちた。石田は体を捻《ひね》って土井の手を払い、後ずさった。「き、貴様は誰だ？　何のつもりだ？」

「よぉ〜く見てみろ」土井はドアをロックして、シャンパンボトルを脇に蹴飛《けと》ばし、石田の真正面に立った。「俺はそんなに変わってねえぜ」

石田の背中がぴったり壁にへばりついた。

「思い出してもらえて光栄だ」土井は、一語一語に威嚇を込めた低い声で言った。「こっちに来い。旧交を温めようぜ」土井は石田の腕をつかみ、部屋の奥に連れ込んだ。

石田の目がケヴィンを見つけた。石田は、いったん目を細めてから大きく見開き「これは……」と言うや目を逸《そ》らした。「ひ、久しぶり」

土井は、石田を突いて椅子の方へ押しやり、石田の肩に両手を当てて力任せに座らせると、自分はベッドに腰を下ろし、石田に真正面から向き合った。

「お越しくださり、どうも」とケヴィンは言った。「いくつか質問させてもらいます、いいですね?」

石田はケヴィンを睨《にら》んだ。

ケヴィンは余裕の態度で椅子に座り、「お宅の子会社、プレースメント・インターナショナルって、すごく儲《もう》かってるようですが、その収入源は何ですか?」

「PIだと? お前なんかに関係ないだろ。自分を何様だと思ってるんだ?」

土井が勢いよく前に乗り出し、足指に体重をかけて、腕を振り上げて殴る素振りを見せた。

石田は、咄嗟《とっさ》に椅子の前脚が浮き上がるほど後に反り返った。「待ってくれ」手を前に押し出して「その必要はない」

「僕が石田さんの立場だったら、コンサルティング業務からの収入だ、なんてことは言わないようにしますよ」とケヴィンが言った。

石田の目が、ケヴィンと土井の間を忙しく行き来した。「ＰＩの帳簿を見てないから、詳しいことは知らない。でもすべて真っ当に儲けたものに違いない。彼らは仕事ができるから」石田は椅子の前脚を床に戻した。

「よし、それじゃあ」と土井が言った。「奴らのやってることについて話そうぜ。お前のダチのライル・ラディックは、お前の親父《おやじ》さんの会社を違法行為のカバーに使ってるよな。首を振っても無駄だ。例を一つ挙げてやろう。ＰＩのシニアコンサルタントはある会社の役員を脅迫して、ラディックが盗み出した極秘情報を使い株式のインサイダー取引をしている。被害者は、脅迫者がクライド・マトリーだと証言する覚悟ができてるんだ」

フレッチャーが証言する覚悟だって？　土井の大ボラだ。石田には通じないかもしれない。ケヴィンは相手の反応を見た。

「マトリー？」石田は硬直した。「そ、そんな名前、聞いたことがない」

「僕が書いてる特集記事」とケヴィンは言った。「それも見出しが『スタッフ・セントラル：悪の巣窟《そうくつ》』っていう記事の中心人物です。英字新聞社に記事を送ったら、全国的に広まるでしょう。そうしたら、石田さんは至る所でリポーターに待ち伏せされますよ。彼らにも、子会社のマトリーなんて知らないって言い通すつもりですか？」

石田の離れた目が、またキョロキョロ動いた。「いや、会ったことはあるかもしれないけど、確かじゃない」

「いいぞ、その調子だ」と言って、土井は石田と膝《ひざ》がぶつかり合うくらいまで前に出た。「それじゃ、聞くがな、今の俺たちの話をお前の親父さんに伝えたら、親父さんはどんな反応をすると思う？」

石田の体が椅子の上で縮こまった。「なんのために、そんなことを？」

「なんのためだとぉ？」土井の声が高まった。「毎週木曜日の午前中、喫茶店で伊藤に会っていたのは何のためか言ってみろ」

石田は両手で椅子の肘掛《ひじか》けをつかんだ。

「その名前は知ってるでしょ」とケヴィンが言った。「J大学の伊藤康弘。ラディックの金の運び屋だった。言っときますが、僕は伊藤本人と話したことがあります。彼をここに連れてきて、報酬の封筒を渡した相手はあなただと証言してもらいますか？」

「あいつが何と言おうと、他に裏付けはないだろうが」

「それは違う」と土井。盛り上がった胸筋で、ポロシャツが引き攣《つ》った。石田は自分の靴に視線を落とした。

「もう一人、封筒のことを知ってた人物がいる」とケヴィンは、震えを抑えきれない声で言った。「その人物は、封筒を開けて、中の十万円を実際に見たこともある」

「お前は……森のことを言ってるのか?」石田は上目遣いにこちらを見たが、すぐまた目を靴に戻した。「森は死んだ」

「そうだ」と土井が言った。「森秀夫だ。なぜ秀夫が死ななきゃならなかったのか、今ここでお前の口から聞かせてもらおうじゃないか」

「俺だって、みんなが知ってる以上のことは知らないんだ」石田の指が、蜘蛛《くも》の足のように慌ただしく椅子の肘掛けの端を動き回った。

「ここにお父上の電話番号がありますが」とケヴィンが言った。

「俺が何か喋《しゃべ》ったら、あいつらは……」蜘蛛の足が動きを止め、肘掛けをつかんだ。「もうたくさんだ」石田は跳ねるように立ち上がり「帰らせてもらう」と叫んだ。

ケヴィンは石田の前に立ちはだかった。「知ってることを白状してからだ」

「どけ、外人。お前には関係ないことだろ。アメリカに帰れ。さもないと、お前が会って後悔するような相手を呼び出すぞ」

「僕には関係ない、だと?」目の前がぼやけ、線路上の傷だらけの顔や生気のない体、そして錬鉄門の横で蹲《うずくま》る京ちゃんの姿が再び脳裏に浮かんだ。ケヴィンは石田の肩をつかむと、石田の体をくるりと回し、窓のカーテンを開けた。「お前を頭からこの窓に突っ込んで、そのまま突き落としてやろうか」ケヴィンは石田の首根っこをつかんで、鼻をガラス窓に押し付けた。「見ろ、空港リムジンバスがこっちに向かってる。ここからだと小さいけど、うまく狙《ねら》いをつけたら、その上に着地できるぞ」

「『良い警官』が聞いて呆《あき》れるな」そう言う土井は、驚いたというよりも楽しんでいるふうだ。彼も立ち上がって石田に近づき、耳に口を寄せて「モノは考えようだ」と宥《なだ》める口調で言った。「来世では鳥に生まれ変われるかもしれん」

ケヴィンは石田の頭を後ろに引いてしゃがみ、勢いよくガラスを突き破る構えをし、土井は掌を石田の背中にぴたりと押し当てた。

「わかった、わかった」石田の叫びはすすり泣きに変わった。

土井は石田を椅子に押し戻し、自分も再びその真ん前に座った。石田は土井の視線を避けながら、指で鼻先を拭《ぬぐ》った。ケヴィンはカーテンを閉めて、椅子に戻った。落ち着け、石田は話す気になってる、焦るな。

「ちょっと話を戻そう」ケヴィンは息を整えた。「いつから伊藤は君に金を運んでくるようになったんだ？」

「あれは……一九六五年の九月か十月……だったと思う」

「ライル・ラディックに最初に会ったのは？」

「ずっと後だ。革青同を出てからだ」

そしてラディックの思惑通りの会社を運営し始めた。「ラディックの言いなりになったのは、どうして？」

「他にチョイスはなかった。ヤツは同じことを……」

「同じことって」

「クライド・マトリーが僕に言ったのと同じことを言ったんだ。マトリーは僕に、ある国の政府の後ろ楯《だて》と別のある国の政府の協力を得ている連中と一緒に仕事をしている、彼らに言われた通りにしていれば大事にしてもらえるが、そうでなければ罰せられる。まず僕が秘密の支払いを貰っていたことを公表する、それから必要とあれば、気が進まないが、もっと酷《ひど》い方法を取ることもできるって。僕はマトリーの脅しを真に受けた。ラディックの脅しはなおさらだ。あいつらはＣＩＡ絡みだろうと思ったので、なぜか反抗できなかった、これでわかるだろう?」

土井の顔にゆっくりと軽蔑《けいべつ》の色が浮かんだ。「マトリーにはどうやって会ったんだ?」

石田の手が膝の上に落ちた。「伊藤が金の封筒の運び屋をやめてから、マトリーがその役を引き継いだんだ」

「マトリーを見たのはそれが最初か?」

「違う……その前に一度」

「それはいつだ?」

石田は唇を結んだ。

土井はカーテンに向かって顎《あご》をしゃくり、「また開けてもらいたいのか?」

「森がプラットホームから落ちた日だ」

ケヴィンは、血管内で急に沸き立つものを必死で鎮めた。「その日の何時だ?」

「午後だった」石田の額に玉のような汗が吹き出している。「Ｎ大学で地元の革青同と会議があったんだ。そこにマトリーが現れて、外に呼び出された」

「奴は何の用だったんだ?」

石田は胸ポケットからハンカチを取り出して目を拭《ふ》いた。「森に電話して、実力行使隊が手のつけられない状態になってる、俺が許可してない金属のゲバ棒とか武器を隠し持ってるから、秀夫の力で何とか廃棄してもらいたい、手遅れにならないうちに、今すぐ……そう言えとマトリーに頼まれた」

「今すぐ？」

「それと……」石田の手はハンカチをくしゃくしゃに丸めていた。

「それと何だ？」

「八時十五分に新大久保駅のプラットホームで会いたいと伝えろとも指示された……」

拳からはみ出たハンカチの角が、石田の前で震えている。「でも、あいつらが何をしようとしてたかは知らなかったんだ」

「高田馬場はW大の最寄駅《もよりえき》だ。秀夫がそこから電車に乗るっていうのは、みんな知ってたことだ。お前のおかげで、秀夫を殺そうとした奴らの思惑通り、秀夫は八時にあの駅にやって来た」

土井は石田のストライプスーツの襟をつかみ、石田を椅子から立たせたかと思うと、無理やりカーペットに跪《ひざまず》かせた。「法律ではお前を裁けなくてもなあ」土井は真っ直ぐ石田の目を見下ろして言った。「俺たちには裁けるんだぜ」土井は石田を再び引き上げて立たせ、ケヴィンと目を合わせて、ドアの方を目配せした。ケヴィンは立ち上がり脇によって二人を通した。

「今日のこのことを誰かに喋ってみろ」ドアに向かう途中で土井が石田に言った。「すぐに親父さんに電話させてもらうからな」

「記事も編集長に送る」とケヴィンが言った。

土井は石田をつかんだまま部屋を横切った。ドアを開けて石田を廊下に放り出すと、ドアを乱暴に閉めた。

「あいつは、この足でラディックに泣きつくだろうな」とケヴィンが言った。

土井がこちらを振り向いた。「だからこそ余計、さっさと動く必要がある。ブランドン・フレッチャーの話と今聞いたことを使って、クライド・マトリーを脅したら、秀夫を高田馬場駅におびき寄《よ》せるよう奴に指示したのが誰かを吐かせることができるかもしれん。実際に秀夫を突き落とした張本人が誰かも」

「そうかもな」

「何だよ、物足りなそうだな」

ケヴィンはドアの方をチラリと見た。「マトリーは石田ほど簡単に怖気《おじけ》づかないだろう。奴を脅すなら、よほど確かな決め手がないと駄目だ。だけど、京ちゃんが言ってたように、僕らにはそこまでのものがない。石田は、自分が殺人に関与したと思われるようなことは絶対に警察に白状しないし、フレッチャーもマトリーを脅迫犯だとは認めないだろう。もしフレッチャーが脅迫者を名指すかも、なんて僕らが仄《ほの》めかしでもしたら、ラディックは手下を送ってフレッチャーを黙らせるだろう」

土井は親指をポケットに突っ込んだ。「真相に近づきつつあるってのに、この先は進みようがないって言うのか？」

「もう一度フレッチャーと話してみる。彼の身を守れるように何とかするよ」

「そうだなぁ」土井は間延びした口調で言った。「奥さんを置いて奴だけ身を隠す、ってか。そんなわけないだろ」

ケヴィンは土井の注視から目を逸《そ》らした。「明日の夜、また集まるんだろ、三人寄れば文殊《もんじゅ》の知恵さ、何か思いつくよ」言うことだけは楽観的だ。しかし、カズを失った上に、目の前は壁、それが現実だ。

第十五章　伊藤の暴露

今回も、ケヴィンは狭い通路を通って、板戸の個室の前で止まった。他の部屋で客の歌声がしない分、先週の場所よりも静かだ。ケヴィンは靴を捜した。靴棚に一足見つかった。土井が早めに到着したようだ。ちょうどいいチャンスだ。どうすれば京ちゃんに彼女のやっていることをやめさせることができるか相談しよう。

ケヴィンは戸を開けた。壁に背を向けて座卓の向こうからこちらを見たのは土井ではなかった。同年代で、見覚えがある。九年前にカズと一緒に革青同の事務所で石田に詰め寄った際、この男は事務所の机に向かっていた。

「びっくりさせてしまったようだね」遠藤は明るい声で言った。「土井に電話したんだけど、彼は僕が来ることを皆に連絡する暇がなかったみたいだな」遠藤の視線がケヴィンの顔に移ると、陽気そうな表情が翳《かげ》った。「君が酷《ひど》い目に遭ったたって土井から聞いたよ。大丈夫かい？」

「まあ、大体。本当に久しぶり」ケヴィンは靴を脱いで部屋に入った。見たところ、遠藤は以前より肉付きが良くなり、社会人らしい髪型になったほかは、大きく変わっていない。彼は革青同の事務所で週七日間働き、委員長の石田との反目では秀夫側につき、秀夫の死後は同盟を脱退した。こうして見ると、遠藤は味方と言える。街頭での抗議デモには滅多に、いや恐らく一度も、参加したことはなく、カズの代わりが務まるわけではないが。

「土井が言ってたけど、お父さんの事業が大変なんだってね」ケヴィンは遠藤の向かいに座りながら言った。「なのに、こっちに時間を割いてくれてありがたいよ」

遠藤はちょっと眉《まゆ》を顰《ひそ》め、「二、三日しかないから、大したことはできないと思う。申し訳ない」

「やってもらえることは何かあるさ。ご両親はお元気？」

「あ、うん、ありがとう」遠藤の笑顔が戻った。「君のご家族は？　会いに帰ることはあるのかい？　その感じじゃ、君は日本で暮らすことにしたようだけど。ところで、君の日本語は以前にもまして凄《すご》いな、全然訛《なま》りがない」

「家族はいないんだ」とケヴィンは言った。遠藤を信用したい。彼は秀夫の告別式にも参列していた。遠藤を疑っていた土井でさえ、話をしてから彼に対する見方を変えた。しかし、まだ不明な点がある。彼のバックグラウンドにしても、革青同に関わることになったきっかけにしても。

戸が開き、京ちゃんが、続いて土井が入ってきた。「遠藤さん」と京ちゃんが言った。「お久しぶりねえ」あんな目で歓迎されたら、ときめかない男はいないだろう。そして、ケヴィンにはついでのように「こんばんは」と言った。

ケヴィンは返事の代わりに会釈し、遠藤の向かいの席を京ちゃんに譲った。土井は例によって座卓の端に座った。話題はすぐに秀夫のことに移った。ケヴィンが「ある元ＣＩＡ工作員とその手下」について発見したことを、エリオット・ポーリングと秀夫の日記には触れずに、要約した。土井は、前夜ケヴィンと共に得た石田の自白について、報告した。

「俺たちはやっぱり次にマトリーを攻めるべきだと思うな」と土井が言った。「石田の時みたいに、マトリーを一人だけにして、奴が脅迫者だと証明できると脅して、石田に秀夫を駅のホームにおびき出すようマトリーに命じたのが誰かを白状させる」

この議論は長引きそうだ。「その前に」とケヴィンが言った。「ラディックの金の運び屋だった伊藤捜しと正しい役割分担について話したいな」

「もったいぶった言い方してるけど、要は誰が何をすべきか、すべきじゃないかってことね」京ちゃんは唇をきゅっと結んだが、微《かす》かに笑みも浮かべている。「まあ、確かに話し合うべきことね。検討の価値ありよ」

いったいどういうことだ？　ケヴィンは座り直して京ちゃんを直視した。彼女は、なぜいつものように、この話題をはぐらかそうとしないんだ？

「伊藤捜しはもう必要ないわ」と、京ちゃんの勝ち誇った目が男性三人を一人ずつ見回し、ケヴィンで止まった。挑むような目つきだ。「だって、もう見つけたんだもん」

ケヴィンの手がピクリと動き、あわやお茶を溢《こぼ》しそうになった。

それを見て、京ちゃんが軽やかに笑った。それは、こういう状況でさえなければ、大好きな笑い声だった。「伊藤の同窓生の一人が写真を見て『伊藤だ』って。二人には学生時代からお気に入りのスナックバーがあって、今でも行くことがあるそうよ。ただ、伊藤の健康が優れないから、最近はあまり行かないらしいけど。私も二、三度そこに行ってみたわ。そうしたら二日前の夜、とうとう伊藤が一人で飲んでるのを見かけて、彼を家までつけたの。彼の住まいは中央線の日野駅から十五分の所よ。偽名を使って暮らしてるわ。昨日近所の人から聞いた話では、一人暮らしのようよ」京ちゃんは、わずかに顎《あご》を上げて、もう一度座卓を見回した。「明日また日野に行くつもりよ。朝早く、伊藤が出掛ける前にね」

「一人じゃ駄目だ」とケヴィンが言った。

遠藤が乗り出して、「僕、一緒に行けるよ」

素早い。仲間の一人として認めてもらいたいのか？　ケヴィンは土井の反応を待った。

「俺は無理だ」と土井。「明日はアジト選びだ。俺の知り合いに家主がいて、明日の朝はそいつの案内で三軒を見て回る予定だ。どれか一つ選んだ後は、俺たちが移り住めるようにいろいろと揃《そろ》えないといけない。ま、京ちゃんのお供はケヴィンが一番だな。なんせただ一人伊藤に会ったことがあるし、その分、奴について他の誰よりも鼻が利くだろうから」

「三人で行ったらどうだろう？」と遠藤が言った。「彼が口を割るまで三人でプレッシャーをかければいい」

「その気持ちはありがたいわ」と京ちゃんが言った。「でも、三人は多過ぎるわ。ケヴィンの話では、伊藤は既に弱腰で怖気《おじけ》づいてるようだし、現に偽名を使って暮らしてるくらいだもの。ここは優しく接するのが得策だと思うの。遠藤さんは、東京で時間の許す限り、かつての革青同メンバーを当たって、石田が現金の送り主を知っていたこととか、どんな指示を受けていたか、秀夫について何か言ってたか、その辺りのことでわかりそうな情報を何でも集めてもらいたいの。あいつも共犯として罰したいから」そしてケヴィンの方を向いて、「伊藤に関する私の考えは間違ってると思う?」

「いや、正しいと思う」とケヴィンは言った。「じゃあ、明日の朝八時に日野駅で会って、そこから一緒に行こう」ついに、京ちゃんを危険に晒《さら》さずに並んで歩くことができる。日野は都心からも、ラディックの手下からも離れている。


****

雨戸の閉まった、茶色っぽい塗装の住宅が、細く曲がりくねったアスファルト道路に覆い被《かぶ》さるように密集している。ケヴィンと京ちゃんは、朝顔が咲き誇るプランターの列を、さらに菱形《ひしがた》の透《す》かしがあるコンクリートブロック塀を通り過ぎた。

「伊藤の家はあそこよ」と京ちゃんが指差す先は、道から少し引っ込んだ、淡褐色の二階建て住宅だった。「うまく話して、中に入れてもらえればいいんだけど」

「京ちゃんならできるよ、絶対」ケヴィンは京ちゃんと一緒に駐車場を通り抜けた。駅からの道すがら彼女が出したアイディアは、自分にはとても思いつかない見事なものだった。ケヴィンは鉄柵門《てっさくもん》を開いて彼女を先に通し、続いて玄関ポーチに立った。ドアの横の表札に住人の名が表示されている。

「彼の偽名よ」と言って、京ちゃんはインターホンを押した。返事がない。少し待って、再度ボタンを押した。

「どなたですか?」男の声が聞こえた。寝惚《ねぼ》けた声だ。

「こんな朝早くに申し訳ありません」と京ちゃんは言った。「町内会の者ですが、今夜の会合に出席予定の市役所の職員さんに、会議の場所が変わったことを知らせないといけないのですが、通りの向こう側、私の家の近辺の電話回線がつながらなくなってしまったんです。一番近い公衆電話もかなり遠いものですから、ご迷惑をお掛けしますが、お宅のお電話をお確かめくださいませんか? もしつながっているようでしたら、ちょっとお電話をお借りできないでしょうか?」

「うちの電話を使いたいってことですか?」

「そうなんです。こんな早い時間に本当に申し訳ないんですが、もしお差し支えなければ、ほんのちょっとお宅にお邪魔して、一本だけ市役所に電話をかけさせていただけたらと……。本当にすみません。どうぞよろしくお願いいいたします」

敬語――日本語の中で最も丁寧な言葉遣いが、かつて国家の転覆を目指した女性革命家の口から、完璧《かんぺき》な形で流れ出ている。ケヴィンは首を振って、笑みを押し隠した。

「ちょっとお待ちください」眠そうなインターホンの声が返ってきた。

スリッパの音が床を摺《す》り足で近づいてくる。ロックがカチャリと鳴った。ケヴィンはドアの取っ手を握って引こうとしたが、その必要はなく、ドアが開いた。まず京ちゃんが、そして、そのすぐ後にケヴィンが滑り込んだ

皺《しわ》くちゃのパジャマ姿の伊藤は、スリッパを脱いで、玄関に置いてあった靴の上に裸足《はだし》で突っ立っている。驚いて口を開けたまま後退《あとずさ》り、上《あ》がり框《かまち》にぶつかって、よろけて尻餅《しりもち》をついた。ケヴィンはドアを閉めた。施錠すべきか？　いや、鍵を締めたら相手をもっと怖がらせてしまう。伊藤は息が詰まったように叫び、立ち上がった。くるりと体の向きを変えようとして躓《つまず》き、よろめきながら廊下を抜けて向こうのドアに逃げ込んだ。あちら側にも出口があるのか？

ケヴィンは慌ててローファーを脱ぎ捨て、リビングルームのカーペットを走り抜けて台所に飛び込んだ。伊藤の肩に手をかけた。が、伊藤は体を躱《かわ》して、乱暴に引き出しを開け

たかと思うと、鳥の足のような指で包丁を取り出した。ケヴィンは相手の手首を押さえつけて包丁を振り落とした。伊藤の瘦《や》せこけた両腕をつかみ、京ちゃんの待つリビングルームまで連れ戻し、ソファに座らせた。

「伊藤さん、あなたに危害を加えたりはしません」と言うと、ケヴィンは手の力を緩め、片膝《かたひざ》をついて伊藤を真正面から見た。

「そんなの信じない」と伊藤は英語で返した。「約束します」「第一、人違いじゃないか」伊藤の声は落ち着いているが、口元の強張《こわば》りは残っている。「名前を間違えてる」

「墓前で会った後で、名前を変えたんですね？」

「何のことかわからないね。警察に通報する前に出て行ったほうが身のためだぞ」

「あなたは、伊藤康弘さん、よね」京ちゃんが日本語で言った。「あなたが警察を呼ぶわけないわ。もし警察が来たら、その後で他の人たちも嗅《か》ぎつけてやって来るでしょうから。例えば、現金入りの封筒をあなたに渡して、喫茶店で石田に手渡すように指示した人物とか」

伊藤は両手をソファにつき、肘《ひじ》を伸ばして立ち上がろうとしたが、ケヴィンに肩をつかまれ押し戻された。伊藤はもがき、足をバタバタさせたが、ケヴィンから逃れることはできなかった。苦しそうに息をしながらソファに沈み、京ちゃんを見上げた。

「君は誰だ？」伊藤は日本語に切り替えて尋ねた。「なぜこんなことを？」

「私は森秀夫の友人よ」と京ちゃんは言った。「この彼もね。秀夫のお墓の前で会った時に聞いたでしょうけど。私たちね、あなたが秀夫のお墓参りしてくれたことにとても感謝してるの。それでお願いがあってやって来たのよ」

ケヴィンは頷《うなず》いて同意を示した。そして、テーブルから椅子《いす》を二脚運んできて、伊藤に対面するように置き、京ちゃんの隣に座った。伊藤は体を引き、ソファのクッションに痩せ細った体を埋めた。

「以前、話したことに戻りましょう」とケヴィンが言った。「一九六六年五月十九日木曜日の朝のことです」

伊藤は薄い唇をきつく引き結んだ。口角も下がっている。

「秀夫はあなたの後をつけて公園まで来て、あなたの鞄《かばん》の中に何が入っているか知ってる、現金の入った封筒だ、と言ったんですよね。秀夫に殴られて十万円入りの封筒を奪われた後で、あなたはドラックステンのある男に電話した。前に会った時、その男の名前は言ってくれませんでしたね」

「それ以上のことは言えない。出て行ってくれ」

「手荒いことをするつもりはまったくないんです」と京ちゃんが言った。

伊藤の体が硬直した。今にも京ちゃんに飛びかかりそうだ。「わかったもんじゃない。君らは奴の……」伊藤は頭を振って腕を組んだ。

「ドラックステンの男の手下かもしれないって？　もしそうなら、あなたは今頃とっくに死んでるはずよ、そうでしょ？」京ちゃんの細い眉《まゆ》が上がった。「その男はあなたが日本に戻るのを望んでないはず。なのに、あなたはここにいる。なぜそんな危険を冒したの？」

伊藤は腕の力こそ抜いたが、脚は強張り、踵《かかと》が浮いた。「あいつの手先じゃないなら、どうしてそんなにいろいろ知ってるんだ？」

「秀夫はね、日記をつけてたの。それに誰がどんなふうに関わってたか書いてあった」と京ちゃんは言った。「だから、いくつか詳細を確かめたいのよ」と言うと彼女はちょっと頭を下げた。「お願い、力を貸してちょうだい」

「はるか昔の話だ」伊藤はソファの上で重心を移して座り直した。「ほとんど何も覚えてない。ほんとなんだ」

「じゃあ、一つだけお聞きするわ」と京ちゃんが言った。「五月十九日の木曜日のことよ。

あなたと同年代の男子学生が高田馬場駅で電車に轢《ひ》かれたことを、あなたはどこで知ったの？　覚えてる？」

伊藤はたじろいだ。「その日の夜。僕は自分のアパートでテレビを見てた」

「十時のニュース？」

「うん」

「列車がホームに入ってくる映像を見たのね？」

伊藤は頷いた。

「私もそのニュースを見たわ」と京ちゃんが続けた。「それ以前に事故のことは知ってたのよ。一人でいたくなくって、友達の家に行ってたの。彼女はテレビをつけていた。アナウンサーが森秀夫と言う人物がその夜八時頃に電車に轢《ひ》かれて死んだと言っていた」京ちゃんの口調は相手を責めていない。「それを聞いて、あなたは何を思ったの、伊藤さん？」

伊藤は息を吸い、口を開けて何か言いかけたが、何も言わずに閉じた。

京ちゃんは、まるで伊藤と不幸をわかち合うかのような瞳《ひとみ》で微笑《ほほえ》みかけた。「その時、私が思ったのはね」

伊藤は自分の膝を見つめた。背中は背凭《せもた》れのクッションに埋まっている。

京ちゃんは自分の腹部に手を当てて、「お腹の中の赤ちゃんは、一生父親を知ることはないんだって」

伊藤の頭が跳ね上がった。「なんて申し訳ないことを……」伊藤の落ち窪《くぼ》んだ目が信じてほしいと彼女に哀願している。「僕は酷いことをした。僕がどんなに詫《わ》びたって、君には無意味だよね。何度墓参りしようと、森君は浮かばれない……」

「それは違うわ」と京ちゃんが言った。「実際、そんなふうにあなたが……」

「実は、僕」血色の悪い唇の間で言葉が一瞬途切れた。「医者からがんだって言われて、あと二、三ヶ月の命なんだ。一年ほど前にもう手の施しようがないって宣告された時、自分の人生を振り返ってみた。自分がやったことをじっくり見直したら、君の友達に謝りたくなって」骨と皮になった両手が絡みあっている。「それと、自分の生まれ育った日本で死にたいって思ったんだ。だけど、あいつには見つかりたくない。あんなふうには死にたくないんだ」

ケヴィンは、伊藤の手が震えるのを見た。「あんなふう」の持つ特別な意味が伝わってくる。

「あなたの気持ちはわかるつもりよ」と京ちゃんが言った。「だけど、それでも教えてもらいたいの。テレビのアナウンサーが森秀夫って名前を言った時、それがその日の朝、公園で会った男と同一人物だって、どうしてわかったの？　あのニュースでは秀夫の写真は公開されなかったわ」

伊藤はゆっくりと頭を左右に揺らした。「そう、公開されなかった」喉《のど》をゴクリとさせて「でも、前にも彼の写真を見てるし、誰かが彼の名前を言うのも聞いた」

ケヴィンの呼吸が一瞬止まった。彼は体を硬くして、京ちゃんの方を見ないようにした。「伊藤さん、約束するわ」と京ちゃんが言った。「誰が私たちに情報をくれたかは、あなたが恐れる人物に絶対知られないようにする」

「それは僕も確約する」とケヴィンが言った。

伊藤の頭の動きが止まった。「クリニックに」伊藤は単調に話し始めた。「森君に殴られて、まずクリニックに駆け込んだんだ。その話したかな?」彼の目は依然として自身の萎《しな》びた手を見下ろしている。「鼻を折られたと思ったんだ」話を続ける許可を求めるように、顔を上げた。京ちゃんが頷いた。

「思ったほど、怪我《けが》は酷くなかった。それで、公衆電話を探して、あの男から渡されていた番号にかけて、事の次第を伝えてから、公園であいつを待ったんだ」伊藤はきつく目を瞑《つむ》った。「僕が車に乗り込んだら、あいつはもの凄く怒ってて、『野郎一人にしてやられるとはどういうことだ？』と怒鳴ってきた。たくさん写真の載ったシートを何枚も見せて『どいつだ？　封筒を奪ったのはどいつだ？』って。僕は最後の一枚に森君の写真を見つけた」

「その男はどんな風貌《ふうぼう》だった？」とケヴィンは尋ねた。

「でかくて、筋肉質、背は君より高い。首が太くて、頭はボウリングのボールみたいに丸く、てっぺんが禿《は》げかかってた」伊藤はまた喉をゴクリとして、指で喉に触れた。

ケヴィンは台所の流しに行き、コップに水を入れて戻り、伊藤に手渡した。伊藤は窶《やつ》れきった様子で、両手でコップを包み、水を飲んだ。喉仏がピクピク動いた。ドラックステンの男に関する伊藤の描写と、「ライル」という大男に関する秀夫の記述は、ぴったり合う。

「その男の名はライル・ラディック。そいつは自分のことをそう呼んでいた？」

「いや、別の名前を使ってたよ」

「あなたが秀夫の写真を見つけた後、そいつはどうした？」

「僕を車内に待たせて」と伊藤は言った。「電話をかけに行った。その後、ラディックだっけ？　そいつは僕を乗せて本郷まで行ったんだ。着いた先は、戦前に建てられた、周りを高い塀で囲んだ和風建築の家だった。中に通されて、廊下を進んでいくと、その家に不似合いな板張りの床の、見るからに新しい大部屋があって、壁際に長いソファが並べてあった。他の部屋はすべて普通の広さの和室だった。和室を次々通った後、ある一室で待ってろと言われたんだ」ここで伊藤はまた一口水を飲み、コップを下ろして膝に乗せた。

「その部屋で、一人で十五分か二十分くらい待ったら、誰かが『金山《かなやま》が着いた』って言うのが聞こえたんだ。そしてラディックの足音がした。大きな重い足音だから奴だってわかった。ラディックは玄関まで出て、着いたばかりの人物、多分それが金山なんだろうけど、そいつと挨拶を交わしてたようだ。二人の足音が廊下を伝ってきた。一人は金山という男だろう。話し声がだんだん大きくなったから、こちらに近づいてきてるんだとわかった。興奮してるみたいだったけど、何を言ってるかは聞き取れなかった」

水の入ったコップは、今度は腹部の辺りで抱きかかえられている。伊藤が息を大きく吸い込むとコップが揺れた。彼は天井を見上げ、息を吐き出した後で、京ちゃんを見た。

「襖《ふすま》の開閉が聞こえて、彼らが少なくとも二間離れた部屋にいるようだった。だから……」

伊藤は、片手をコップから離して自分の心臓の辺りに動かし、「あの大男ともう一人の男は、僕を酷い目に遭わせるつもりだと思うと恐ろしくて、二人の会話を盗み聞きすることにしたんだ」伊藤は肩を窄《すぼ》めた。「恐る恐る襖を開けて、すごく静かに歩いた。音は一切立てずに」伊藤は承認を求めるような目を向けた。「二人がいる部屋の前まで来たら、中の話し声が襖を通して聞こえた。もう一人は日本人だったけど、かなり英語がうまかった」

伊藤はコップの水を飲み干した。「ラディックが『これは彼の写真です』って言うのが聞こえた。そしたら、日本人の方が『森秀夫か。革青同のメンバーだ。経験豊かで、あの中で最も有能なオーガナイザーだ』って言った。ラディックが『話のわかりそうな奴か？　少し分け前を渡したら靡《なび》くだろうか？』と聞くと、相手がそれは無理だろうと答えてから、『森は今、革青同の事務所にいて、今晩開かれる会議に人を集めようとして電話をかけまくっている。マズイな』と言うと、ラディックもそれに同意して、英語でこう言ったんだ『ドラックステンが木っ端微塵《こっぱみじん》になるぜ』って」そう言いながら、伊藤は手で爆発のジェスチャーをした。

「ラディックの言葉をそのまま覚えてるの？」と京ちゃんが聞いた。「九年も前の件なのに」

「何か僕の話をするんじゃないかと怖くて、凄く注意深く聞いてたから」か細い首の上で、伊藤の頭が上下に揺れた。「信じてくれ」

ケヴィンは前腕に鳥肌が立つのを感じた。伊藤の言うことは信じる。しかし、もう一人の男は、秀夫がどこで何をしていたかをどうやって知り得たのだろう？　それが、六〇年代に内調とＣＩＡの仲介をしていた金山士郎だとして、手下に革青同の事務所または電話を盗聴させていたのだろうか？

「ラディックはドラックステンについて他に何か言ってた？」と京ちゃんが尋ねた。

「いや」と伊藤は言った。「あいつは別のことを気にしてて、こう言ったんだ『森が会議で、伊藤がいくら運んでいたか、実際の金額を喋《しゃべ》ろうもんなら、俺にとってもやばいことになる。なんせ運ばれた額は、支局長から受け取った額より少なかったわけだから。我々で始末をつけるしかない』ラディックは『We』と言ったけど、口調は相手を重んじてる感じだった。相手のほうが年上だったんだろうと思う」

「ラディックが『我々で始末をつけるしかない』って言った時、その目上の男は何て言った？」

「最初は何も言わなかった。他の車が家の前に止まって、誰かが玄関まで来た。そしたら、その年上の男は、やむを得まい、だが自分は関われない、って。ラディックは了解し、もし森が革青同の事務所を離れたらどこにいるのかだけ知らせてほしいと言った。相手は『もし奴が事務所を出たら、どこに行ったかを電話で知らせる』というようなことを言って、部屋を出て行った」伊藤は顔を顰《しか》めた。「廊下から足音が聞こえたから、多分部屋を出たんだと思う。二人分の足音がしたけど、一人は玄関に向かい、もう一人はこちらに向かってきた」

「さっき到着した人物？」

「そう。ラディックはそいつを『ロニー』って呼んだ」

ケヴィンは目を閉じて、体に生じた衝動も、心に湧いた考えやイメージも、すべて深い息とともに吐き出した。暗闇《くらやみ》の中に男の顔が浮かび上がった。ガラストップの細長いテーブルの席に着き、ノートにメモを取りながら、こちらを観察している、ロン・早見の顔が。

「ラディックとロニーはどんな話をしたの？」京ちゃんは興味本位のような軽い口調で聞いた。

伊藤は目を背けた。「ラディックが声を低めたから、全部は聞き取れなかったんだけど、ラディックはロニーに、何かロニーがやりたくないことをやらせようとしてるみたいだった」

「何かやりたくないこと？」ケヴィンが言った。

「ラディックが、ネイトリーかメイシーか、よく思い出せないけど、誰かの名前を口にするのは聞こえた」

「マトリー？」

「ああ、そうかもしれない。ラディックは『森が今晩八時頃、山手線の高田馬場駅のホームにいるように、マトリーがうまく仕向けるから、その後はお前次第だ』って言うのが聞こえた」

「ロニーは何て答えたの？」そう問いかける京ちゃんの声には微《かす》かな緊迫感があった。

「『できない。俺にはできない』とか。まるで泣きそうな声だった」

「で、ラディックは？」

「苛立《いらだ》っているふうだった。森はアメリカを憎み、日本に忠誠を誓う敵、つまりロニーの父親と同類だって、それから、ゆっくりとこう言ったんだ。『自分の国を守るか、それともあの父親の息子で終わるのか？』その言い方にぞっとしたからよく覚えてるんだ。その後、ロニーは何も言わず、ラディックも沈黙。それで僕は自分がいるべき部屋にいたほうがいいと思って引き返したんだ」

京ちゃんは伊藤の後ろの壁を見上げた。数回瞬《まばた》きをした後で、目尻《めじり》をちょっと手で撫《な》でながら顔を下げた。

伊藤はソファから滑り落ち、床に膝をついた。両手と額をカーペットにつけて、京ちゃんに対して土下座した。「森君を写真で特定したのは僕だ。僕は奴らと同罪だ」伊藤は顔を上げた。目は濡《ぬ》れて光っている。「許してもらえるだろうか?」

「辛い日々だったでしょうね」と京ちゃんは言った。「こんなに長い間」と言うと、彼女はソファを指して「どうぞ座って」と言った。

ケヴィンは伊藤をソファに座らせてやった。昨夜の集まりで、懐柔策でいこうと決めたが、京ちゃんの伊藤への労《いたわ》りは作戦ではなく本物だ。彼女と同じ体験をした人のいったい何人が、彼女ほどの思い遣《や》りを示すことができるだろうか。

「あなたに約束したことは」とケヴィンは言った。「もちろん、僕たちは守る。でも、それだけじゃ、あなたの身を守りきれない。今から提案することを、考えてみてくれないか?」

伊藤は不安げな眼差《まなざ》しを斜めに向けて、そして逸《そ》らした。

「今、僕たちに話してくれたことをあなたが警察に伝えたら、ライル・ラディックは逮捕され、殺人の容疑で告発される」ケヴィンは伊藤が再び目を合わせてくれるのを待った。

「あいつを刑務所に送れるんだ」刑務所という言葉が暫く室内に残った。

伊藤は唇を結んで首を振った。

「せめて考えるだけでも？」

伊藤の顔の筋肉が弛緩《しかん》して、表情が消えた。目は何も見ず、床の上を泳いでいる。

「伊藤さん？」

「奴は……」伊藤は顔を上げた。涙で濡れた目は虚《うつ》ろだったが、やがて焦点が定まりケヴィンを見た。「ラディックは僕のいた部屋に戻ってくると、僕を立たせて、廊下の突き当たりの裏口から出た。そこには別の小さめの家があった。洋風で、凄く新しかった。僕は中に入るよう言われ、デスクやファイルキャビネットのある仕事場を通り抜けて、階段を下りたら、クローゼットより少し大きいくらいの部屋があった。天井は低くて、壁は剝《む》き出し、床はリノリウム。そこにあった家具らしいものは、何かの装置が付いた金属製キャビネットと椅子だけだった」伊藤は骨張った腕をさすり身震いした。「椅子は大きく頑丈そうで、革のストラップが椅子から垂れ下がってた」

ケヴィンは恐怖が脈打つのを感じた。太腿《ふともも》に手を置き、姿勢こそリラックスして見えるが、肘《ひじ》は硬直している。

伊藤はケヴィンを、そして京ちゃんを見た。顎《あご》を上げて息を吸い込むと話を続けた。「ラディックに『座れ』と言われたけど、尻込《しりご》みしたら、奴は僕の腕をつかんで体を持ち上げ壁に押し付けた。宙ぶらりんにされて、僕は足をばたつかせるしかなかった。奴の指がぐいぐい腕に食い込んで、腕の感覚がなくなっていった。僕が抵抗しなくなっても、奴は僕を壁に押し付けたまま、何も言わずただじっと僕を見るんだ。そのうち奴の顔がだんだん近づいてきた」伊藤の首の筋肉が震えた。「ようやく下ろしてくれたものの、すぐに片手で僕の顎をつかみ、もう一方の手を頭の後ろに回して、僕の首を捻《ひね》り始めたんだ。もう痛くて痛くて……。それから」伊藤は目を閉じて首を振った。「奴の唇が僕の耳に近づいてきて、こう言ったんだ『今度、たとえ一瞬でも躊躇《ためら》ったら、首をへし折るからな。わかったか？』」

「その後はまったく抵抗しなかった」伊藤は目を開いたが、どこも見ていない。「その椅子に座って、ラディックにされるままに、胸、手首、足をストラップで縛られたんだ」伊藤は骨張った足首をくっつけた。「『伊藤、ここに座ったのはお前が初めてじゃないぜ』って言いながら、奴は微笑みやがった。これまで封筒の受け渡しで見せた明るい微笑みとは全然違ってた。僕は思わず目を瞑った、そしたら『おい、俺が話してる時には目を開けてろ！』って怒鳴って、僕の頬を平手打ちした。そして『いいモノを見せてやろう』と、キャビネットの引き出しを開けたんだ。そのキャビネットにつながっていた装置っていうのは、多分ウソ発見器だったろうと思う。たくさん線の入った紙が二本のローラーの間にセットされてたから。奴は引き出しからカラー写真を取り出して、僕の顔の真ん前に持ってきてこう言ったんだ。『お前の前にこの椅子に座った男だ。存分に楽しませてもらったら最後はこんな具合だ』それは顔のクローズアップだった。日本人の男性で、年齢は僕と同じか、少し若いくらいだったけど、口はまるで老人そのもの。歯がまったくなかったんだ」伊藤は指で唇に触れた。「顎に血が滴り落ちていたけど、まだ生きてた。罠《わな》に捕らわれた獣のように、目が血走ってギラギラ光っていた」

伊藤は腕を交差させて、鉄の罠に挟まれたかのように肘をがっしり握った。ケヴィンは京ちゃんの方を見た。彼女は頭を引いたが、目は逸らせなかった。

「ラディックは別の引き出しを開けて、ツールボックスを取り出したんだ」と伊藤が言った。「金属製のツールボックスだった。奴は蓋《ふた》を開けて、ポンチと金槌《かなづち》を取り出して『こういう道具を使ったのさ』と言った。僕は無言で、嘘《うそ》だ、そんなの脅しにすぎないと自分に言い聞かせた。そしたら、まるで僕の心を読んだかのように、奴は金槌でポンチを打ってみせた。カンカンっていう金属音がした。僕の耳元まで持ってきて、またカンカンと。『いろんな道具があるんだぜ』と言うと静かに笑った。これまで誰からも聞いたことがない笑いだった。そして、気がついたら僕は泣き出してた。だって」伊藤は体の正面で両手を握り、「わかってくれるだろうけど、殺されると思って発狂寸前だったんだ。ラディックはしつこく、自分は好色で、二人きりになれるのを待ってた、とか言って僕を触るんだ。とてもここでは言えないようなことを言い続けるから、やめてくれ、やめてくれ、何でも彼の言いなりになるから、もうそんなこと言わないでくれって必死で頼んだ。

そしたら、奴はスイッチが切り替わったように、まったく別人になって『伊藤、お前のことは気に入ってるから、この辺で許してやろう』って言うんだ。奴は微笑んでた。今度はあの愛想のいいドラックステンのラディックの笑顔だった。ストラップを外して、僕の肩を揉《も》んでくれた後で奴は『大学に行って、退学届を出せ。銀行口座を解約して、アパートに戻って荷造りしろ』と命じた」伊藤の両手は力なく彼の両側に垂れている。「翌朝、ラディックが車で僕を空港に連れて行った。アメリカのパスポートと仕事が見つかるまで食いつなげるだけの現金をくれて、『これだけしてやったんだから、その見返りに、お前は二度と日本に戻ってくるな。日本の知り合いにも一切連絡を取るんじゃない。昨日のあの椅子にまた座りたくなければ、今日までのことを含め、俺に関する何もかもを忘れることだ。いいな？』とラディックは言った。もちろん、僕は承諾したよ」

何と言って伊藤を慰めればいいのか、ケヴィンにはわからない。運が良ければ、この気の毒な男は最期に医師にモルヒネを打ってもらい、ツールボックスや椅子とはまったく無関係なことを夢見ながら死を迎えられるかもしれない。

「疲れたよ」と伊藤が言った。クッションを自分の脇に引き寄せて「ちょっと休ませてくれ」

「そうね、すっかりお邪魔しちゃったわ、ごめんなさい」と京ちゃんが言った。「いろいろとどうもありがとう」

ケヴィンも立ち上がり、京ちゃんがしたように伊藤に頭を下げて、彼女と一緒に家を出た。鉄柵門を閉じて、京ちゃんと一緒に駐車場を横切り、アスファルトの道を駅に向かって下り始めた。

「少なくとも、これでわかったわね」と京ちゃんが言った。「秀夫を殺すにあたって、実際に手を下したのはロン・早見。それを指示したのはラディック。お膳立てをしたのがマトリーと石田」

「それはわかったけど」とケヴィンは言った。「伊藤が警察に行って、供述調書に署名して、法廷でも証言すると約束してくれない限り、僕らにはどうしようもない。たとえそこまで漕《こ》ぎ付けても、金山士郎がいる。必ず邪魔してくるはずだ」

「そうね、それはどうしようもないわ。でも、伊藤の説得は続けるべきだと思うの。一日休ませてあげて、また話をしに行きましょう。大丈夫だと思わせなければならない」

ケヴィンは京ちゃんの腕をつかんで止めた。「そうか、そうだったのか。僕ら、見落としてたよ」

京ちゃんがケヴィンを見上げて「見落としてたって、何を?」

「金山がラディックに、秀夫がどこで何をしてるか知ってると言った時、僕は革青同の事務所に盗聴器が隠されてるんだと思った」

「ええ、もちろんそうでしょ。じゃないと、どうやって?」

「器械じゃなくて、人が盗聴してたとしたら?」

京ちゃんが一歩後退《あとずさ》りした。「遠藤さんのこと? あの事務所にいつもいたから? 彼がスパイだとは思えないわ。秀夫も彼を信頼していたのよ」

「僕だって彼を疑いたくはない」とケヴィンは言った。「けど、伊藤の言ったことを思い出して。秀夫がもし事務所を出たら、いつどこに行ったかを、金山はラディックに電話で知らせるって約束したんだよ。金山は、その情報を必ず入手できるって確信してたんだ。でもどうやって?」

「私にはわからないわ」

「僕にはわかる。あの事務所内で秀夫のスケジュールを知ってたのは一人だけだ」

「そんな筈《はず》ないわ」京ちゃんは、ケヴィンにというよりも自分に言い聞かせるように言った。

「でも、その可能性は認めるだろう?」とケヴィンは言った。「最悪の事態を想定しよう。当時のことだけじゃなく、昨夜はどうだい?」と言いながら顔を京ちゃんに近づけて「そして、今も」

初めて京ちゃんの目に恐怖の色が浮かんだ。「どういうこと?」

「昨夜、遠藤を含め皆に、僕らが今朝どこで落ち合うかを話してある。都心から日野までの道中、僕はかなり注意したつもりだ。恐らく京ちゃんもそうだろう。だけど、ここに着いてからは、安全圏に入った気でいた。もし駅から尾行されていたとしたら?」ケヴィンはくるりと向きを変えた。「伊藤の家に戻る。彼をあそこから連れ出さなきゃ」

「私も一緒に行くわ」と京ちゃんが言った。

ケヴィンは立ち止まった。「駄目だ。明日アジトで会おう。土井のおかげで準備できてることだろう」彼は彼女の前に立ちはだかった。「でも、僕らは場所を知らないから、京ちゃんはいつも通り友達のアパートに戻ってほしい。これまで通り、その人の自宅の電話だけが頼りだから。そして、土井から電話で連絡が来るのを待ってて。僕も後で電話するよ」

京ちゃんはケヴィンの横をすり抜け、今来た道を戻り始めた。ケヴィンは彼女の腕をつかんで、彼女を振り向かせた。

「Listen to me！（聞いてくれ）」ケヴィンの口から英語が飛び出し、京ちゃんは眉を吊り上げた。ケヴィンは息を整えて気持ちを落ち着かせ、日本語で続けた。「わざわざ二人で引き返して、伊藤に警告するのは労力の無駄だと思う」ケヴィンは両手で京ちゃんの髪に触れ、両側から彼女の頭を包みこむと、彼女が動けなくなるくらいにしっかりと押さえた。「ラディックは土井と僕が奴に目をつけてるのを知ってる。そして遠藤のせいで、今では京ちゃんのことも伝わってしまっただろう。京ちゃんがこれからも役に立ってくれるには、細心の注意が必要なんだ」ケヴィンは彼女の髪を撫《な》でた。「僕に何か起こったら、伊藤から聞いたことを土井に伝えることができるのは京ちゃんだけなんだから」ケヴィンは手を放した。「まず身の安全、でないと誰も助けられないよ。さあ、今すぐ帰って」

京ちゃんはケヴィンをじっと見つめた。瞳は戸惑い、もの問いたげだが、怒ってはいない。彼女は彼の腕に触れ、駅に向かって歩き始めた。ケヴィンは、暫く彼女の後ろ姿を目で追い、彼女が本当に去ったことを見届けると、くるりと向きを変えて駆け出した。

朝顔のプランターと菱形の透かしがあるコンクリートブロックの塀にさしかかる辺りで、息切れがして肺が痛んだ。ここから伊藤の家の二階が見える。駐車場の向かい側の路上にグレーのホンダが駐車している。もしや、あの夜、歌舞伎町で後ろから近づいてきて、自分を小路《こうじ》に追い込んだ、あれと同じ車か？　エンジンをかけたまま、運転席に誰かが座っている。ケヴィンは垣根を通って門に身を隠した。駐車場から男が現れた。スポーツ刈りの白人だ。あの晩、バーやポルノショップなどのネオンで髪が紫に光った、あの男。ホンダの運転席から、「そんなに痛い目に遭いてえのかよ？」と言って、暴力団員の二人の殴る蹴《け》るの暴行をただ見ていた男だ。その男がアスファルト道路の左右を確認してから、助手席に乗り込むと、車は走り去った。

ケヴィンは伊藤の家に向かって全力で走った。出た時に閉めたはずの鉄柵門は開いている。玄関ポーチでインターホンを押した。返答はない。もう一度押してみた。伊藤が出掛けた筈はない。さっきまでパジャマ姿だったし、休みたいと言っていたのだから。やはり応答はない。ケヴィンは指が痛くなるまでインターホンを押し続けた。玄関ドアの取っ手を握って引いてみた。鍵がかかっている。伊藤に異変が起こっていても助けようがない。

ケヴィンは急いで家から離れて、駅に向かって駆けた。警察に通報しよう。変な物音がしたと言って、是が非でも警察に家に入ってもらうんだ。ただ、この近辺に留まって警官と直接話をするのはまずい。こっちが疑われてしまう。走る速度を少し落として息を継いだ。京ちゃんが先に東京に帰ってくれていて良かった。明日からアジトに移れるというのも、タイミングがいい。京ちゃんと土井と三人で次の対策を練ろう。何か対策が残っていればの話だが。

第十六章　警部補は味方か

台所兼居間のテーブルの上には、ほぼ満杯のダッフルバッグが開けられたまま置かれている。他に何をアジトに持っていくべきか？　ケヴィンはバッグの中に手を入れた。必需品は入っている。バッグにはまだ少し余裕があるが、登山靴が入るほどではない。早急に登山靴が必要になるとは思えないが、置いていきたくはない。いつもこの靴と共に歩いてきたのだ。人生も、曲がりくねった山道も。

屋外の階段から足音が聞こえた。踊り場で方向を変え、金属製の廊下をこちらに向かってくる。ケヴィンはデスクの下に手を伸ばし、退院した日に購入した野球のバットを取り出した。ラディックやその手下が所持しているような武器にはとうていかなわないが、何もないよりはマシだ。足音は彼の戸口で止まり、ブザーが鳴った。ケヴィンはバットを握りしめて、玄関でサンダルに履き替えた。

「誰だ？」日本語で叫んだ。

「東京ガスの者です」男の声がした。「年一回の点検に伺いました」

前回の点検から、もう一年も経っただろうか？　ドアの覗《のぞ》き穴から覗いてみた。確かにガス会社の制服だ。ドアノブのロックを回し、少しだけドアを開け、後ろに下がった。上がり口に戻ると、バットを脚に引き寄せて構えた。

プラスチック製のツールボックスを携え、クリップボードを脇に挟んだ二十代後半の男性が入ってきた。バットを見て驚いたように少し眉《まゆ》を上げたが、不安げではない。「いくつか確認したい点がありまして、この用紙にご記入願えますか？」と言い、ドアを閉じて、クリップボードをケヴィンに差し出した。

ケヴィンは空いている方の手で受け取った。去年はアンケートなんてなかったぞ。それに文字は日本語だ。客は明らかに外国人なのに、日本語が読めるかどうかをなぜ確かめないのだろう？　もっと驚いたのが、受け取った用紙には質問もなければ回答欄もなく、その代わりに、……。

注意。会話を聞かれています。私は警視庁の者です。私の上司、刑事部捜査第一課の吉村警部補があなたと面談の上、支援を申し出たいと考えています。

警戒は不要です。吉村警部補はエリオット・ポーリング氏の友人で、あなたの味方です。できるだけ早く、地下鉄有楽町線の飯田橋から二駅目の護国寺駅で下車し、護国寺に行って下さい。尾行されないように気をつけて。私が帰ってから数分後に出掛けてください。


警視庁。日野警察署から連絡を受けたのか？

いや、それはあり得ない。日野の警察官は通報者の名前を知らないはずだ。ケヴィンはクリップボードから顔を上げた。ガス会社の社員を装った男性は、人差し指を唇に立てた。彼は手で壁を指差し、もう片方の手を耳の後ろに当てた。ケヴィンは頷《うなず》いて了解したことを示した。男性は警察手帳を見せた。

本物のようだ。アパートが盗聴されているという警告。公共の場所で会おうという誘い。偽装して近づいてきたが信頼していいのかもしれない。ケヴィンは男性に礼を言って送り出した。

エリオット・ポーリングに吉村という友人がいること、その吉村が実際に警察官であることが確認できたら、バッグをコインロッカーに入れ、護国寺に向かおう。ポーリングには途中の公衆電話から連絡しよう。彼にはもう電話しないと約束したが、名乗り方や質問の仕方を暗号風にして注意すれば許してもらえるかもしれない。

****

護国寺の仁王門の両脇に立つ二体の金剛力士像が、囲いの中から睨《にら》みを利かせて見下ろしている。ラディックや奴の手下がこの門を潜《くぐ》ろうとした時に、これら二体がもし蘇《よみがえ》ったらと想像すると痛快だ。雄々しい木像の間を通り抜けると、再び青空が見え、階段に向かって石畳を歩いた。

半袖《はんそで》のワイシャツと夏ズボン姿の白髪《しらが》混じりの男性が、上着を腕にかけて、参道の片側に立っている。男性は蓮《はす》の花の形をした巨大な鉄器に見入っていたが、顔を上げて、「警視庁の吉村青治です」と言った。

「警察手帳を見せてもらえますか？」

男性は警察手帳を見せた。名前以外は、アパートに来た若い警察官のものと同じだ。「君の顔の傷痕《きずあと》といい、バット片手の挨拶《あいさつ》といい、うちの部下はとても感心していたよ。誰か来る予定だったのかな？」

開口一番に質問とは警察官らしい。「エリオット・ポーリングがよろしくと言ってましたよ」

吉村は階段の先にある二つ目の瓦葺《かわらぶ》き屋根の門を見上げた。「せっかくだから寺を見物しようか。きっと彼もそれを望んでいるだろう」

ケヴィンは警部補と一緒に、階段を上り、内門をくぐって、箒目《ほうきめ》の砂紋がある広大な境内で立ち止まった。片方には多宝塔がある。目の前には、本堂の荘厳な入母屋《いりもや》造りの屋根が広がり、正面の柱や古びた壁は栗《くり》色だ。いつか京ちゃんと来るには良い所だ。そんなことが可能になればの話だが。

「一緒に日本建築を鑑賞するために僕を呼び出したわけじゃありませんよね、警部補」

「その通り。来てもらったのは、伊藤康弘が死んだからだ」

瞬《まばた》きをしてしまったのが自分でもわかった。吉村の目は彼を捉えて、何も見逃さない。

「昨日の朝、九時過ぎだ」と警部補は言った。「隣人の安否が気になるという匿名の通報を受け、日野署の警官がその家に様子を見に行ったところ、部屋で首を吊《つ》っているのを発見した。自殺とは考えられない。自分でつけたとは考えられない傷があった」ケヴィンをじっと見ながら吉村は、今、口にした言葉を風に漂わせるかのように、暫《しばら》く黙ってから、「彼らが提供してくれた現場の写真を見て、被害者を伊藤さんだと特定したわけだ。実はこの伊藤さんについては以前からマークしていたのでね。その理由についてぜひ君と話がしたいのだ」

「申し訳ありませんが、何の話かさっぱりわかりません」

「君は容疑者じゃない、ブラニガンさん。今井京子さんも、W大時代の他の友人も」吉村は少し顔を歪《ゆが》めた。「疑っているようだね」

当然だろう。クリップボードのメモには、警視庁刑事部捜査第一課とあったが、革青同に何気なく触れた感じからすると、吉村警部補はむしろ公安関係者のようだ。

「状況が状況だけに、わからないではないがね」と年長者らしく言った。「もっと早く会って話をすべきだったたな」

「すみませんが」とケヴィンは時計を見て、「余り時間がないんです」

「君に残された時間はもっと短いと考えたほうがいい」

「それは、つまり？」

「ま、ぐるりと一周してみようか」吉村は、多宝塔から本堂の方に向かった。

石畳の道は、欄干のついた回廊に沿って続き、角で直角に曲がって建物の後ろに消えている。ケヴィンは回廊側を、吉村は墓地側を歩いた。警部補は会話のペースを落として主導権を握ってしまった。侮ってはいけない相手だ。

「君と君の仲間は危険に向かってまっしぐらなのだよ」と吉村は言った。「警察と協力しない限り」

その通り、間違いない。しかし、もしエリオット・ポーリングが吉村警部補を見誤っていて、彼が実際は金山士郎と通じていたらどうする？「まだ、よくお話がつかめませんが」とケヴィンは言った。

「じゃあ、アメリカ式に単刀直入に行こう」吉村は立ち止まりケヴィンに向き合った。「私は、ライル・ラディックを告発するための証拠を集めたいのだ。彼こそが森秀夫と伊藤康弘の殺害を仕組み、指示した張本人だと、私は見ている。それだけじゃない。政治家の金山士郎についても、これら事件の一方あるいは両方の共犯者としての証拠固めをしているところだ」

今回は瞬きをしなかった。ケヴィンは「ありがとうございます。ご明察通り、まさにそれこそ僕が聞きたかったことです」と本当は言いたかったが、「警部補、ずっと『我々』ではなく、『私』という言い方をされてますね」

「ブラニガンさん、注意深く聞いてるのだね。確かに今のところ、私は単独で動いている」吉村警部補の警察手帳は本物らしく見えたし、話し方もいかにも警察官だ。しかし、いったいどこの世界に単独行動する警察官がいるだろう？　ましてや、日本の警察では考えられない。「つまり、刑事部捜査第一課の与《あずか》り知らぬところで動いてるってことですか？」とケヴィンは言った。

吉村は頷《うなず》き、悲しげな笑みを見せて、再び石畳を歩き始めた。

「かなり異例のやり方ですよね？」とケヴィンは言った。「なぜわざわざ上役を怒らせるようなことを？」

「その質問に答えるには、ちょっと話を遡《さかのぼ》る必要があって、時間がかかるのだが」吉村は片方の眉毛《まゆげ》を上げながら、こちらを見て、「君はさっき余り時間がないって言っていたよね？」

魚に食いつく気があると察したベテラン釣り師が釣り糸を垂れるというところか。ケヴィンは笑みを湛《たた》えた。釣り針が口に入るのさえ気づかなかった。「お話を伺う時間はあります」

石畳の道は曲がって本堂の後ろ側に出た。「コトは内調の青チームに勤務していた頃に端を発する」と吉村は言った。「チームは数年前に解散したが、聞いたことはあるかな？」

「内閣調査室、略して内調は」とケヴィンは言った。「六〇年代に金山士郎を介してCIAとつながっていましたよね。青チームというのは何だったんですか？」

「非共産党系左翼を担当していた部署だ。私はそこで、革命的青年同盟に対する諜報《ちょうほう》活動に携わっていた」

ケヴィンは淡々と歩き続けた。吉村はなぜここまで信用してくれるのだろうか？「たとえば？」

警部補は探るような目つきで見て、「私を試しているのだね？」角を曲がると、多宝塔が見えた。「いいだろう。一九六六年五月十九日の正午頃、つまり君の友人が亡くなる八時間ほど前に、私は内調事務所で勤務中だったが、革青同に送り込んだ情報員から電話で連絡を受けた」

「それは、誰？」

「遠藤敏行。革青同の事務局長だ。ところで遠藤だが、金山の裁量でいつでも復帰させて、ラディックに使わせることができるから、なるべく早く君の仲間に遠藤の素性を知らせるに越したことは……」吉村は顔を顰《しか》めた。「君の表情から察するに遅過ぎたようだね。申し訳ない」

ケヴィンと警部補は本堂前に戻り、ベンチのある東屋《あずまや》に入った。ケヴィンは本堂の方を向いて腰を下ろし、警部補は墓地を背にして座った。

「エリオット・ポーリングは、私がもっと早く君に助け舟を出すことを望んでいた」と吉村は言った。「だが私は、自分が規則を破るほどには状況が切迫していないと判断した。今にして思えばその判断は間違っていた」吉村は上着を畳んで自分の横に置いた。「君さえよければ、一九六六年五月十九日の話を続けたい」警部補は語り続けた。革青同の事務所にいた遠藤が電話をかけてきて、その夜の支部リーダーの会議で森秀夫という同盟きってのオーガナイザーがドラックステンの資金工作を明るみに出すつもりだと報告した。上司の金山士郎に電話のことを話すと、金山は動揺し、オフィスを飛び出した。一時間後、金山は内調に戻り、「我々のアメリカ人の同僚である工作員ラディック」に森のその日の行動予定を伝え、革青同事務所の外で張り込み、森が事務所から出たら金山に直接報告せよと命じられた。

「言われたままに行動した」と吉村は言った。「革青同の事務所を見張り、支部リーダー会議の始まる三十分前に森が出掛けるのを見て、金山に電話した。金山はそこで張り込みを中止して、オフィスに戻るように命じた」

ケヴィンが質問を控えていると、警部補は、その晩十時のニュースを見た時の彼のリアクションを語り始めた。森の死因の捜査に当たった警官たちはなぜあれほど性急に事故だとの結論を下したのだろうか、吉村にとってそれが疑問だった。翌日金山は、「国家の安全を考慮し、またアメリカ当局との友好関係を維持するために」本件は捜査の打ち切りと言い渡した。吉村は、革青同の情報源である遠藤から聞いた秘密資金の封筒について、報告書に何と書くべきかを尋ねた。金山は、現金の入った封筒など森の所持品にはなかった、従っていかなる報告書も必要ないと答えた。また金山は、吉村の昇進を後押しする気でいるものの、吉村が本件に関してさらに詮索《せんさく》するようであれば、吉村の内調でのキャリアは危うくなるかもしれないと仄《ほの》めかした。

「何か変だった」と警部補は言った。「手続きに違反していた」彼は額に吹き出す玉のような汗を手で拭《ぬぐ》った。「だが、当時の私は一介の下級職員、かたや金山は最高位に手が届くほどの上役だ。数週間後、私は内調を辞めて、警視庁に入庁した。それ以来、普通の警察官だ」

境内の塀に遮られてよくは見えないが、近くに小学校があるらしい。その二階の窓からリコーダーの奏でる素朴な曲が聞こえてくる。こんな無残な話を、こんな無垢《むく》な音色のもとに聴こうとは。ケヴィンは吉村を信じたかったし、吉村の助けがぜひとも必要だった。しかし、彼の動機が読めない。「あなたは秀夫の死に疑問を感じたわけですね」とケヴィンは言った。「エリオット・ポーリングも同じです。ポーリングとはどうやって知り合ったんですか？」

二人は青チームとドラックステンの合同会議の後、一緒に飲みに行くことが何度もあったと吉村が語った。高田馬場駅での「事件」に至る数時間のラディックと金山の行動について、共に疑惑を抱いていた。あの日、吉村が張り込みの解除を命じられたと聞くと、ポーリングは森秀夫の日記を吉村に貸した。日記の最後の記述を読んだ両者は森が死んだのは単なる偶然ではないと確信した。

「森秀夫への良心の呵責《かしやく》を感じながらも、私は私なりに全力で仕事に打ち込んだ」と警部補は言った。「森君は、人間性が試される、あの激動の時代を生きた素晴らしい青年だ。

昨今、大学のキャンパスで見かける若者ときたら、快楽と物欲以外には無関心な奴らばかりだ。彼らは、戦後間もなくの日本がどんなふうだったかを知らない。それまで教え込まれてきた信条をすべてゴミ同然に捨て去って、何もない状態から始めなきゃならないってのがどういうことか……。現人神《あらひとがみ》として崇めた天皇も、滅私奉公の精神も、指導者への盲目的な忠誠もすべてだ。焼け野原に立って、空《す》きっ腹の六歳児がネズミを追い掛ける姿を目の当たりにするとね、そりゃもう捨て去るしかなかったよ、ブラニガン君。それが私の戦後の記憶だ。その当時まだ幼かった者の現実はもっと過酷だったろうと思う。彼の胸に刻み込まれた記憶もね」

吉村の口調が和らいだ。「私はね、森秀夫という青年がわかるのだ。彼の幼少期がどうだったかも、親の古い価値観を捨てたものの、それに代わるものが見つからなかった時に彼がどう感じたかも。それは彼のジレンマだった。そして彼は、全身全霊を懸けて、そのジレンマから脱出しようと努力した」吉村の目が秀夫への賛美の気持ちで輝いている。「森君は自分をマルクス主義者と呼んでいたけど、一つのイデオロギーで満たされることはなかった。常に自分に挑戦し続け、同時に自分の行動が自分の大切な人々に、特に愛する女性に、及ぼす影響を心配していた。彼の苦悩が私の目の前に綴《つづ》られていた」警部補は片手でページを捲《めく》る仕草をした。「疑問も、不安も、苦悩も。彼を知る友として、君はきっと私と同じ思いだと思う」

吉村の目の下の皺《しわ》がより深くなった。「森秀夫殺しのことは忘れようとした。自分のキャリア大事さに沈黙を守ってきた。キャリアと言ってもこの程度だがね。何度も昇進の対象から外されたよ。上司や部署に違背したことが、尾を引いた。そうは言っても、私には仕事しかなかった。仕事をさせてもらえている限り、沈黙を守り通した。だが……」警察官の目になり、「エリオット・ポーリングが連絡をくれて、君の計画を話してくれた。その時、私なりに調べてわかったのだが、君と君の友人たちに関する青チームの記録は、金山の息のかかった課長の命令で保管庫から持ち出されていた。それらの情報はラディックの手に渡り、君たち四人とも、奴の手下に見張られていると考えて間違いない。ここらで私と力を合わせたほうがよくないか?」

「あなたの部署で正式な捜査を始められますか?」

吉村はハンカチで額の汗を拭《ふ》いた。「今、満足な証拠もない状態で上司に捜査を申し出ようものなら、金山が私を異動あるいは退職させようとしても、誰も止めに入ってくれないだろう。正直なところ、君たちが何か役に立つ情報をつかんでないかと、それに期待していたのだ」

ケヴィンは警部補の顔をじっと見つめた。本能的には彼を信じるほうに傾いているが、京ちゃんと土井に相談せずには決めることができない。「もしも、あくまでもしもの話ですが、警部補の言う通りにしたら、ラディックを逮捕できますか？」

「殺人の容疑で、かい？」吉村は首を振った。「すぐには無理だ。捜査を進めて共謀者の一人から供述を取れたら、令状が出るだろう」

「その勝算は？」

「ある。最終的には、必ず。君の力を借りて、ラディックの一味が何に関わっているかを洗い出せた暁には必ず。ポーリングから君がやっきになってそれをやろうとしてると聞いたよ」また警官の表情だ。「もし犯罪行為の証拠を、どんな証拠であろうと、つかんでいるなら、私に提供してくれたまえ。どうだろう？」

「警部補、できるかもしれません」京ちゃんと土井、特に土井を説得できたら。できるまでは何も約束できない。

吉村の陰鬱《いんうつ》な目つきが鋭くなった。「君もわかっているだろう。昨日の朝、日野で起こった事件からも明らかだが、ラディックはあれほどの危険を冒すくらい脅威を感じている。

君も君の友人も極めて危険な状態だ。だけど、このままでは私には君たちを守ることができない。私が職務をまっとうするために、君たちがつかんでいることをぜひ教えてほしい」

何を教えてあげればいいのだろうかとケヴィンが思った。ラディックが工作員を使って企業秘密を盗み、インサイダー取引で莫大《ばくだい》な利益を上げているという噂は、証拠がなければ何の価値もない。ブランドン・フレッチャーが脅迫されたことを認めるとは思えない。山田美紀は、囮《おとり》として利用されていたことを証言できたかもしれないが、もはや日本にはいない。となると、残るは美紀の上司だった黒田のマンションにあるビデオテープか。その幾つかを黒田は美紀に見せ、その挙句に彼女を犯した。

「すみませんが、仲間たちに相談するまでは応じられません。でも、もし物的証拠をお渡しできたら……」

「具体的に、どんなことを考えているのか話してくれたまえ」

「まだ具体的なことは言えません。でも、もしそれができたら?」

「その物的証拠は君の手元にあるのかね?」

「どこにあるのか知っているつもりです」

「ブラニガン君、何を考えているのか話してくれたほうがいいのだが」

「ですから」

「もし法律に違反するようなことなら、当然ながらそれは勧められないし、違法に入手した証拠は法廷で認められないことは言うまでもない」

「もしも捜索令状を持って警部補が証拠を見つけたらどうなんですか？」とケヴィンは言った。

「それが理想的だが――」

「僕がその証拠が何で、それがどこにあるかをはっきり言えます。捜索令状はすぐに取れますか？」

「まあ、裁判官による。そして犯罪が起きたと信じるに足る理由を提示できたらの話だ。もちろん、被害届は必要だ。それを出せるかね？」

「今すぐは無理です」とケヴィンが言った。「でも、被害者との会話に基づく僕の陳述書ではどうですか」

「裁判官はそれを『伝聞証拠』と呼んで、捜索令状依頼に関する規約は裁判の規約よりも緩やかだけど、受け入れられない可能性がある」

吉村は、参道を本堂に向かって軽やかに逃げていく鳩と、その後を腕をばたつかせて追いかけていく小さな男の子を見ていた。「捜索令状というのは、原則として、捜査開始が命じられた後に請求するもので、前にするものじゃない。私は年配だし退職も近いから、上司は大体いつも私の好き勝手に捜査させてくれるが、異例の手続きを見逃してくれるわけじゃない。上層部を唸《うな》らせるような結果を出せれば別だが」

「僕の見つけたものはそのリスクの価値があります」

「それはラディックのオフィスに隠されている物かい?」吉村の目がケヴィンの反応を伺っている。「それとも、誰かの自宅か?」

「一日か二日待ってください。今現在、僕から吉村さんに言えることは全部言いました」

ケヴィンは腕時計を見た。「すみませんが、これで失礼します。行く所があるので」

「君からの連絡を待つよ、ブラニガン君」吉村は上着を取り上げ、名刺を取り出した。「日中はこの番号で連絡がつく。夜は私の自宅に電話、または来てくれたまえ」と言うとシャツのポケットから紙片を取り出した。「誰にも見せないように」

「わかりました」ケヴィンはベンチから立ち上がり、警部補にお辞儀した。

「一日か二日と言ったね」と吉村は言った。「つまり明日か日曜日だね? そう願いたいものだ。本当に君にはもう時間がないんだよ」鳥の影が本堂の屋根の曲線を滑降し、地面を横切り、墓地の方へ消えた。「君たちには誰一人として時間がないのだよ」

第十七章　奪取計画

綺麗《きれい》に舗装された道の両端には電柱と街灯が立ち並び、家々の壁は板壁ではなく漆喰《しっくい》だ。日暮れの柔らかな光の中で見ると、この辺りが戦前どのような姿だったのか想像もつかない。京ちゃんがくれた番地を探してみると、一戸建ての玄関横に見つかった。集団住宅だと、入り口付近や廊下で他の住人に出くわし、彼らの好奇心を煽《あお》る恐れがあるということか。京ちゃんに言われた通り、ドアのベルを短く二度押し、さらに二度押した。小走りに近づく足音が聞こえ、ドアが開いて、京ちゃんが目の前に現れた。

「心配してたのよ」と言いながら彼女は後ろに下がり、上《あ》がり框《かまち》に戻った。「随分と時間が掛かったわねえ」彼女は笑顔で迎えてくれたが、その微笑《ほほえ》みは弱く、安堵《あんど》より心配のほうが目立っていた。「きのう電話をくれた時、日野署の警官は伊藤さんに何があったか教えてくれないと言ってたでしょ。その後、また話してみたの？」

土井が部屋から廊下に出てきた。「俺もそれを聞きたい。京ちゃんが言うには、伊藤はひどく怯《おび》えていたそうじゃないか」

「伊藤は死んだ」ケヴィンはバッグを下駄箱の上に置いた。「だって、僕らが……」

「やめて」京ちゃんは片手を前に押し出して項垂《うなだ》れた。「私たちのせいね。余命幾許《いくばく》もなかったのに、私たちはその気の毒な人にラディックを招き寄せてしまったのね」

「それもこれも遠藤を信用しちまったからだ」と土井が言った。「ところで、あの野郎はホテルを既に引き払ってた」土井のバリトンの声が沈んだ。「俺があいつでもそうしてただろうな」土井はケヴィンの方を向き、「伊藤が死んだことをどうやって知ったんだ？」

「ある警察官が話してくれた」ケヴィンは屈《かが》んで靴を脱いだ。「でも、この警察官は日野署の人じゃない」

「こっちだ」と土井は、板の間の部屋に入った。窓はカーテンで隠れ、テーブルの周りには椅子《いす》が四脚ある。

カズがいないから一脚余分だな、と思いながらケヴィンは部屋を見回した。ドアの向こうに台所がある。寝室となる部屋は二間あり、それぞれが二枚一組の襖《ふすま》で仕切られている。

京ちゃんが友人のアパートを出なければならなくなったら、一間を土井と自分が共有し、別の一間に京ちゃんが寝ることになる。これまで京ちゃんが用心深かったならば、彼女の居所がラディックにバレてしまったはずはないが。

京ちゃんがお茶の支度をする間に、ケヴィンと土井は向かい合ってテーブルに座った。京ちゃんもテーブルに着くと、ケヴィンは吉村警部補との面談について語り、最後に「もし僕らが、脅迫に使われたビデオを黒田のマンションで見つけたら、そして吉村さんが捜索令状を取れたら、乗り込み、ビデオを押収する。僕がブランドン・フレッチャーから聞いたことを使って、ビデオをラディックの右腕クライド・マトリーに結びつけ、奴が仕組んで秀夫を駅におびき出したこと、それを命じたのがラディックだったことを、マトリーに認めさせる」

先に口を開いたのは土井だった。「その警部補さんとやら、いたく好意的じゃねえか。けどお前の話じゃ、そいつはかつて内調で金山士郎直属の諜報員《ちょうほういん》で、革青同に対する諜報活動を担当してたんだろう？」

「そうだ、でも今じゃ、ただの警察官だ」

「そいつがそう言ったのかい？　さぞかし涙を誘う人情話だったんだろうな。格下げされ、減俸され、地位を失い、嫁さんや子供に苦労をかけっぱなしってな具合で。そいつが今も金山の手駒《てごま》じゃないってどうしてわかるんだ？」

「吉村さんが秀夫を語る時の感じさ」とケヴィンは言った。「彼は秀夫の日記を読んだことがある。秀夫を理解したようだったし、秀夫に対する尊敬の念まで見せてくれた」

「騙《だま》し方を仕込まれた男の演技だろうが」

「僕らに関する青チームのファイルがラディックの手元にあることも、遠藤がスパイだってことも教えてくれた」

「考えてみろ、ケヴィン」と、土井は指で顳顬《こめかみ》を軽く叩《たた》いた。「そいつはなあ、俺たちがうまく逃げ回ってきたのを見て、俺たちがラディックの追跡に気づいていると悟ったのさ。もしかしたら遠藤が吉村にそう言ったのかもしれん。遠藤の素性をばらしたのも、お前に伊藤の死を伝えたとたん、遠藤がスパイだったことをお前に勘づかれると考えたからさ。その警部補さんは、俺たちが既に知ってると想定したことだけをお前に話したに過ぎない」

ケヴィンは、京ちゃんが気づくほどの力でギュッと湯呑《ゆ》みを握りしめた。追い詰められた我々三人は、援助が得られるなら何でも受けるべきだという現実を、土井はわかっていないのか？

「私たちが直面している状況を考えると」と、穏やかな口調で京ちゃんが土井に言った。「吉村さんのこと、一か八か信じるしかないんじゃない？」

土井は疑い深そうに目を細めて京ちゃんを一瞥《いちべつ》し、ケヴィンに向き直った。「どんな計画なのか、具体的に言ってくれ」

「君が一緒に考えてくれるのを当てにしてたんだ」と言ってケヴィンはお茶を啜《すす》った。「現時点でわかってることを話そう。警部補と別れてから、電話帳で黒田の住所を探して、あいつが住むマンションのビルまで行ってみた。マンションを見ながら、僕の英語クラスの生徒たちと飲みに行ったとき、彼らが言ってたことを思い出した。社員が土曜日でも朝の八時や九時から出社して一所懸命働いてるっていうのに、黒田自身は土曜日は決まって正午まで出社しないって、黒田の営業チームの連中が愚痴《ぐち》っていた。金曜の夜、黒田はくどき落とした女性とラブホテルで過ごし、その後マンションに帰って寝る。それは営業チーム内や派遣社員の間では共通認識になってた。明日は土曜日だ。あいつは正午まで一人で自宅にいる。奴の扱いは難しくないはずだ。俺たちを中に入れさせる方法さえあれば」

京ちゃんは急須《きゅうす》を持ち上げ、自分の湯呑みにお茶を注ぎかけて止めた。「中に入って、ビデオテープを見つけ、警部補に知らせることができたとして、家宅捜索令状を取るには何時間もかかるかもしれないのよ。その間、黒田は何をしてるかしら？」彼女は急須をテーブルに置いた。

「特に何も」とケヴィンは言った。「黒田の手元にあるビデオは、あいつが山田美紀や他の派手な女性社員を思い通りに手なずけておくために、ラディックが使わせているコピーだと考えて間違いない。美紀には彼女が写っているビデオだけを見せるはずで、黒田が自分の快楽に利用してはいけなかったのに、ラディックの悪事がばれるくらいのビデオを次々見せてしまったってわけだ。ビデオに写っている人々について、また彼らがどんなふうに嵌《は》められたかについて、知ってることを全部白状しろ、さもないとお前がしでかしたことをラディックにばらすぞと、黒田に詰め寄る。そうして入手した情報をすべて吉村さんに伝える」

土井は椅子から立ち上がり、窓のカーテンの端を少しだけ摘まんで外を覗《うかが》った。「それには異存ない」と、こちらに振り返りながら言った。「それと、どうやって中に侵入するかのアイディアはある。だけどなあ、警部補さんがお前の思った通りの人間じゃなかった時に備えて対策がいる」

ケヴィンは頭を垂れ、掌《てのひら》を上に向けて差し出した。土井がその気になってくれるなら、彼の好きなように計画を練り直してくれたらいい。

「俺は黒田の電話番号を調べておく」と土井は言った。

「あいつのマンションの傍《そば》に公衆電話はあったか?」

「道の向こう側の薬局の表にあった」

「よし。建物にはいくつ入り口がある?」

「二つ。正面に一つと、裏道側に一つ」

「好都合だ。じゃあ、こうしよう。お前をうまく侵入させたら、俺は外に出て薬局の傍で待機する。車が近づいて、誰かが車を降りてマンションに向かったら電話する。お前はビデオテープを持って、裏口から逃げろ。俺が迎えに行く。これで、たとえ吉村が裏切っても、こっちにも用意があるってもんだ」

「ケヴィンは黒田と対決」と京ちゃん。「土井は電話の横で、ラディックの手下が来ないか見張ってる。私の役目は?」

土井は自分の湯呑みをじっと見た。

ケヴィンは彼女の目を正面から受けて言った。「京ちゃんはここで待つ役だ。二時までにどちらからも連絡がなかったら、警部補に電話して、僕らがやばいことになってると伝えてほしい」

「たとえ、やばいことにならなくても、もし黒田の自宅にビデオがなくて、黒田が何も白状しなかったらどうするの？」

「京ちゃん、偉い！」と土井が湯呑みを高く掲げた。「空振りだった場合を考えてみようぜ。もっと面白いことを思いついたから」

ケヴィンは冷やりとした。土井の場合、面白いと危険は同義語であることが多い。

「確かに明日は土曜日だ」と土井が言った。「ラディックは土曜の夜に、伊藤が話してたあの家の母屋の方で、パーティを開いてクライアントを接待する。ケヴィン、これはお前が入院中に、京ちゃんがお前の生徒から聞き出した情報だ」

「そうよ」と京ちゃんが言った。「黒田は派遣社員の何人かを、そうしたパーティに同伴したことがあったわ。彼女たち、二回目は拒否したそうよ。だって、そのパーティにいた他の女性たちは売春婦で、ラディックのクライアントを上の個室に連れてったらしいの」

彼女は土井に向かって、「これと、脅迫に使われたビデオのコピーが見つからない場合と、何の関係があるの？」

土井は両手を広げた。「オリジナルはどこにあると思う？　手下が盗んできた機密情報をラディックはどこに隠してると思う？　ノートに記録したにせよ、印字したにせよ、または、ほらコンピュータからファイルをコピーする時に使う、例のプラスチックのフロッピーディスクにせよ、何か読める形で保管されているはずだ」

ケヴィンは額を擦《こす》った。「僕らが求める証拠は奴の屋敷内にあるってことか？」

「その通り。忍び込んで、証拠を奪い、お前が言うようにそれをうまく使おうぜ。警部補なんぞうっちゃっといて」

「警部補の協力がなければ、僕らの影響力なんて高が知れてるよ。それに、塀を登って越えなきゃならない」

「お前なら朝飯前だろ」土井は励ますような明るい声で言った。「秀夫と一緒にあれだけ山登りしたんだから」

「それはそうとして」と京ちゃんが言った。「ラディックの手下がいるかもしれないわ」

「奴らは母屋のパーティで、客を楽しませるのに忙しいだろうさ。母屋の裏側にある小さい家、地下に訊問用の椅子とウソ発見器のある、あの家こそラディックの仕事場に違いない。伊藤の話からするとそうだろう？　ドアをこじ開けて、ラディックのデスクとキャビネットを虱潰《しらみつぶ》しに捜し、奴が何を持ってるか見てやろうじゃないか」

「僕らの欲しいものが金庫に入ってたらどうする?」とケヴィンは言った。「または、スタッフ・セントラルビルにある奴のオフィスに保管されているとしたら?」

「だが、そうじゃないかもしれない。それを確かめる方法は一つしかない」

京ちゃんが椅子を後ろに押した。「収穫は疑わしいのに、危険は確実。これは馬鹿げてるわ」

土井は不快そうに彼女を見た。「ケヴィンの提案と五十歩百歩だ。俺の車で一緒に偵察に行ってみようぜ。それから決めればいい。どうだ、ケヴィン?」土井の助けがなければ行き止まりだ。不必要に彼を怒らせることはない。「まず吉村の家に行って、僕が今から書くフレッチャーに関する陳述書を……」土井は警部補に会うことを嫌がるだろう。「郵便受に入れよう。それからラディックの所に行ってもいい」

「二人とも、頭がおかしくなったんじゃない」と京ちゃんが言った。「でも本気でやるつもりなら、素早く逃げるために運転手が必要よ」

ケヴィンは掌《てのひら》をテーブルに押し付けた。「京ちゃん、君にはここの電話の傍《そば》で待機して、僕らが戻らなかったら吉村さんに連絡してもらいたいんだ」

「いつから」と土井が割り込んだ。「車を運転できるようになったんだ?」

京ちゃんは俯《うつむ》き、ゆっくりと上目遣いになり、突き刺すような目で土井とケヴィンを順番に見た。「そうか、二人とも私は何もできないって決めつけてるのね。九年間もの間、買い出しから、従姉《いとこ》の旅館のお客の送迎までやってきたのよ。運転の腕前では二人のどちらにも負けないわ」そう言うと、彼女は立ち上がり、土井に向かって手を突き出した。「車の鍵を貰《もら》っとくわ」

「俺の車の大きさじゃ裏道や路地は難しいぜ。ＢＭＷは運転したことある？」

「ないわ。ワゴン車いっぱいに酔っ払いの観光客を乗せて、山道を運転したことある？」

京ちゃんは眉を吊《つ》り上げた。「それにしても、かつてのプロレタリアの闘士がＢＭＷなんかに乗って何してるのよ？」

土井は顔を顰《しか》め、自分のスポーツジムに客を呼び込むためだとブツブツ言いながら、ポケットに手を突っ込んだ。京ちゃんは仰々《ぎょうぎょう》しく腰を折ってお辞儀し、両手で車の鍵を受け取った。

彼女の魅惑的な口元に浮かびつつあるのは、勝利の微笑《ほほえ》みだろうか？　誰か彼女の肩をつかんで、状況の危うさをわからせる必要がある。明晩、彼女はただ一人車中で待つことになる。どれほど長く待つことになるかは誰にもわからず、ラディックの手下の殺し屋が傍を通りかかるかもしれないというのに。ケヴィンは我知らず、勢い良く立ち上がった。そして、その勢いで倒れ、壁にぶつかりそうになった椅子を、かろうじて受け止めた。何とか土井に彼の案を撤回させなければ。

＊＊＊＊＊＊＊＊＊

ケヴィンはＢＭＷの後部座席に座り、その前には土井が座った。ハンドルを握り、夜道の二車線の上り坂を運転するのは京ちゃんだ。彼女の真後ろに座らなくてよかった。ここからなら彼女が顔をミラーに向けるたびに、髪がわずかに揺れ、その横顔がちらりと見える。

前方の小高い丘の上に、小さな屋根瓦《やねがわら》を乗せた塀で四方を囲まれた二棟の家がある。それら家屋は伊藤が言った通り、正面の家は、黒塗りの壁板に目板打ちという伝統的な建築で、その裏側にある小さな家は、アルミサッシの窓とスレート屋根という特徴のない建物だった。街灯に照らされた路地は、車道から外れて屋敷の表側の塀に沿って続き、その先で行き止まりになっている。京ちゃんが車のスピードを急に落としたので、後続車はあわてて避けていった。

「ラディックの棲家《すみか》だ」と土井が言った。「明日、あの袋小路はパーティ客の駐車場と化すわけだ。一晩中、大勢が行き来するだろう」土井は、木製の両開き門で守られた入り口を指差した。「簡単には入れない。裏に回らないとダメだ」

車は路地を過ぎて、屋敷の瓦塀に沿って坂を下った。上面に平らな瓦を乗せた塀が、彼らの頭上に聳《そび》えている。塀が道路に対して直角に曲がる地点で、京ちゃんは車を路肩に寄せて停《と》めた。

土井は振り返ってケヴィンを見た。「よう、どう思う?」

敷地の裏側の塀は、高さが六メートル以上もあり、厚みが下から上に向かって少しずつ薄くなり、楔形《くさびがた》の控え壁で支えられている。この斜面の部分は石垣で、その上の数メートルは煉瓦《れんが》とモルタルだ。濃緑の蔦《つた》が煉瓦部分の大半を覆っている。「下の方の石は角が落ちてしまってる」とケヴィンは言った。「足の引っかけようがない。その上の方も足掛かりはないいな。鉤《かぎ》付きロープが必要だ」

「よしよし、いいぞ。お前は自分が登る情景を描いてるんだな。登るとすれば、この場所か?」

今は話を合わせておいて、後で思い止まらせよう。「もう少し道から奥まった所のほうが暗くていい」ケヴィンは、坂下の二棟のアパートと瓦塀の間にある木立を指差した。「まだ明るすぎるな。ロープを垂らしておいたら、誰かに見つかるかもしれない。それと鉤が塀の屋根に当たったはずみに音を立てて、誰かに気づかれたらどうする？」

「俺の大好きな英語の表現を使わせてもらうなら」と言って土井は英語に切り替えた。「We will cross that bridge when we come to it.（その時になったら考えよう）」

「その時では手遅れかもよ」と京ちゃんが日本語で返した。「あなたたちが、黒田のマンションで欲しいものを見つけ出すことを祈りましょ」彼女は車の往来が止むのを待って、Uターンした。

「見つからなかった場合に備えて」と土井は言った。「俺は鉤付きロープを用意しとく。お前ら二人はアジトでゆっくり休みな。が、その前に晩飯にしようぜ。この辺りに飯屋くらいあるだろう」

ケヴィンは座り直した。「えっ『お前ら二人』って？」

「突然の話なんだけど」と、面白い話でもするような口調で京ちゃんが話し始めた。「私が身を寄せてた友達ね、新しいボーイフレンドができて、一緒に住みたいらしいの。私はお邪魔虫ってわけ。私が事情を話せば、彼女は彼に待つように言ってくれると思う。でも、彼女は事情を喋《しゃべ》っちゃうでしょうし、彼が信用できる人物かどうか私も確信を持てないから、彼女を巻き込みたくないのよ」

「じゃあ、三人だ」とケヴィンは言った。

「暫《しば》らくは二人だけだ」と土井。「最近俺はジムに寝泊まりしてるんだ。ドアにはダブルロックがあるし、組のダチも屯《たむろ》してっから、いざとなったら守ってくれる」

ヘッドライトがバックミラーに反射した。ケヴィンが顔を上げると、一瞬目に映ったのは京ちゃんの悪戯《いたずら》っぽい目だった。いやそれとも、これまで自制心が夢想に負けた時、空想の中で何度となく抱き寄せた彼女が見せた表情を、今も想像してしまっただけだろうか？　いつものように今夜も、厄介なファンタジーを抑えつけ、空想が現実となる機会が来たとは考えないようにしよう。

＊＊＊＊＊＊＊＊

京ちゃんの横に立って、ケヴィンは土井のＢＭＷがアジトから走り去るのを見送った。

二人は土井のアイディアの無謀さについて説得を試みたが、土井は頑《かたく》なで、話は行き詰まり、三人とも神経が昂《たか》ぶったまま夕食は終わった。京ちゃんはおそらく、寝る前にこの件を話したがるだろう。

「ほら」と言って彼女は鍵を差し出した。「何たって、あなたは男性だから」

彼女が英語を話せたら、「Man of the house（一家の主《あるじ》）」と言っていただろう。成就しない仲で、主人役を宛《あ》てがわれた男か。ケヴィンは玄関のドアを開けた。冗談を言ってからかうなら、自制心を試すようなからかい方はやめてもらいたい。

「ご冗談でしょ」と言って、ケヴィンは傍に寄った。「京ちゃんこそ、ウーマンリヴが日本に来る前からのフェミニストなんだから」ケヴィンは彼女に続いて家の中に入り、ドアに鍵をかけたが、彼女が電気を点《つ》けるまではドアに背をつけて立ち続けた。玄関は、二人も人がいて、そのうちの一人が前屈みになり靴を脱ごうとすると、思った以上に狭い。

Vネックのブラウスに色褪《いろあ》せたジーパン姿の京ちゃんは、上がり框に上がると彼の方に振り向き、しゃがんで自分の靴を揃《そろ》えた。腿回《ももまわ》りのデニムがピンと張った。ケヴィンは靴紐《くつひも》を解き始めた。彼女が廊下の奥に進み、部屋の中に消えるまで頭を上げなかった。

「お茶を淹《い》れるわ」部屋に灯《あか》りがついた。

「ありがとう、でも僕は結構」ケヴィンは下駄箱からバッグを取り出し、部屋に入った。

「もう寝たほうがいいね」襖で仕切られた二間を見て、「僕はどっちを使えばいい？」

京ちゃんは窓に近い方の襖を指差したが、目をケヴィンに戻した。「その前に話をしましょう」彼女はテーブルに近づき椅子の傍に立った。「ねえ、なぜ土井はあれほど頑固に、あれほど馬鹿げたことをやろうとしてるの？」

「必死な気持ちは彼も僕も同じだ」ケヴィンは襖を開き、バッグを畳に投げ下ろして振り返った。「僕たちがやってきたことはすべて失敗した。ラディックはもうそこまで迫ってる。やるか、やられるかだ。土井と僕の違いは、吉村警部補のことを土井は信じてないってことだけだ」

「それだけじゃないわ」

「彼のやり方かい？　それはかまわないと思う。まさに闘争向きだ」

京ちゃんがテーブルのこちら側に回ってきて、ケヴィンの腕に手を置いた。「以前あなたは、私に万一のことがあったら耐えられないって話してくれたわよね。私もあなたに対して同じ気持ちなのよ」

ケヴィンは彼女を宥《なだ》めるように、そっと彼女の手首を叩いた。そして、ゆっくりと触れた。彼女の滑らかな肌に触れた指先はそこから離れなくなった。

彼の腕に置かれた京ちゃんの手に力が籠《こも》った。「そろそろお互い、自分を偽るのはやめない？」

「今でも僕にとって、君と秀夫は一体なんだ」

「それは私もよ。秀夫はいつも私と一緒よ。それでいて私は独りぼっち」京ちゃんはケヴィンの胸に頭を預けた。「秀夫を失ってから、何人かの男性と付き合ったわ。どれも長続きしなかった。彼らは、私が今も秀夫を愛してるってことに我慢できなかったみたい。でもあなたは違う、違うと思いたいの、だってあなたも秀夫を愛していたから」

ケヴィンは彼女の髪に触れ、肩を撫でた。彼女が言った言葉には返す言葉がない。足元がふらつくが、自分を拘束していた重い足枷《あしかせ》が外れたような軽さと解放感も覚えた。目を閉じて彼女を抱き寄せた。彼女の体の温もりが感じられた。京ちゃんは爪先立《つまさきだ》ちになって伸び上がり、二人の唇が触れ合った。

****

ケヴィンは自分の部屋で、京ちゃんの横で仰向きに寝ている。天井の和紙のランプには、柔らかな光が満ちている。静けさ？　調和のとれた人生？　心境に何が起こったのかわからない。唯一明らかなのは、これまでこんなふうに感じたことはないということだ。

「ねえ」京ちゃんが言った。「もしかして私、声を……？　周りの注意を引いちゃいけないのに」

「近所に聞こえたとは思わないな」と嘘《うそ》をついた。「二人とも見事に自分を抑制したと思うよ」

京ちゃんはケヴィンの手の甲を抓《つね》った。「バカ」彼女は、横向きになって体をさらに近づけ、腕を回してきた。「明日、大丈夫？」

今まで、この質問を避けてきた。今も考えたくない。「またこういう時間を過ごしたかったら、大丈夫じゃないとね」と言って彼女にキスした。「この僕らの新居はお風呂とシャワー付き？」

「あら、忘れてたわ。廊下の突き当たりよ」京ちゃんは上体を起こし、ケヴィンの腕に触れた。「どうぞお先に。日本では殿方が優先だから」

「笑わせないで。一緒に入ろう」

「それは初めてよ」

ケヴィンも起き上がった。「何事にも初めてはあるからね」最後でないことを祈るのみだ。でも、明日まではまだ数時間ある。大切なのは今だ。

第十八章　奪取失敗

打ち合わせ通りの合図のドアベルが鳴り、朝の終わりを告げた。家の前で土井が待っている。ケヴィンは京ちゃんの心配そうな表情を受け止め、テーブル越しに手を伸ばして彼女の肩を優しくつかんだ。二人ほぼ同時に椅子《いす》から立ち上がったが、自分が先に廊下に出た。振り向いて彼女に向き合った時、背後に二つの世界を隔てるドアの存在を感じた。

京ちゃんが近づき、両腕を回してきた。「ここにいて、って言いたいけど」

「僕たちは、秀夫のおかげで結ばれたんだ。これまで以上に彼に恩返ししなくちゃ」そう言うと、ケヴィンは京ちゃんを抱きしめ、そして体を離した。

＊＊＊＊＊＊＊＊

　土井が運転する車は、昼間の太陽に照らされた数々の店舗を過ぎていく。ウィンドウを下ろすと、湿った空気がケヴィンを包み込んだ。カラスの鳴き声がする。そのカアカアという声は、コンクリートを砕くハンマードリルの音で瞬時に消された。感覚が鋭敏になっているのか？　音が増幅されて、胸の辺りが一層締め付けられるようだ。別れ際に京ちゃんの抱擁がもたらした穏やかさは消え失せてしまった。

「瞑想《めいそう》中かい？」アパートが建ち並ぶ中に高級専門店が点在する一方通行の道路に向かって曲がりながら土井が言った。「いや、それはお前らしくないな。むしろ、しくじりそうなことをあれこれ予想してるってとこか」

　土井が「で、アジトの具合はどうだ？」と聞いてこないので救われた。今の状況に興味ないはずはないと思うが。「今日という日が終わる前に」とケヴィンは言った。「僕らは一人の警官を味方につけられるかもしれない。それですべてが大きく変わる」

「あの警部補さんがどっちの味方かはもうすぐわかるさ。何はともあれ、次善の策があって良かったぜ」

「今はこの作戦に専念しよう」ケヴィンは、まるでミニチュア煉瓦《れんが》のように見える、赤茶色の光沢あるタイル張りの四階建てビルの方を指差した。「あれが黒田のマンションだ」そのビルの向かい側にある薬局の店頭に公衆電話が置かれている。土井は薬局を通り過ぎてすぐの位置に車を停《と》めた。この距離なら電話の呼び出し音が聞こえるだろう。

ケヴィンは車から降りて、その電話番号をメモし、再び車に乗り込んだ。「警部補が来るとわかった時点ですぐに電話する」

「それを言うなら、警部補が行くとお前に言った時点で俺に電話を寄越す、だろ」土井は黄緑色のジャケットと帽子を着用した。「とにかく、まずはお前を中に入れなきゃな」

土井は、バックミラーに映った自分の姿を見て笑い出した。「ハハハ、囚人服よか、ずっとマシだ」土井は車から出て、後部ドアを開け、オーブントースター大の小包を取り出した。

「黒田の部屋は最上階だ」とケヴィンは言った。「君がエレベーターで上がる間に、僕は階段を上っていく。あいつが廊下に出てくるかもしれないから、階段の途中で待つよ」

二人は一緒に道路を渡り、マンションの入り口で立ち止まった。ケヴィンの耳には、ハンマードリルの音がまだ残っていて、その断続的なガタガタのせいで胸の鼓動が激しくなった。

土井は小包を脇に抱え、身を屈《かが》めてドアの横にあるボタンの列を調べた。その一つを押し、インターホンに近づいた。

「どなた?」黒田の声がスピーカーから聞こえた。面倒くさそうな口調だ。

「西急デパートです。お届けものです」

「何も西急に注文した覚えはないけど」

「配送伝票によりますと、ご依頼主はラディック様となっていますが」

ドアのロックがカチッと解除された。土井はニヤリとして、サッとドアの方に動き、空いている方の手でドアを押さえ、お辞儀してみせた。

土井は恐怖を感じることがあるのだろうか？　ケヴィンは中に入り階段に向かった。四階の手前まで一気に駆け上がり、廊下に人影がないことを確かめた。息が喉《のど》の奥で激しい音を立てている。点灯するエレベーターの数字を凝視した。土井が現れ、廊下を歩いて、ある部屋の前で止まった。ケヴィンは忍び足でドアノブの横に近づき、背中をピタリと壁につけた。

「西急からの配達です」土井は大きめの声で言った。

チェーンがかかったままでドアが開いた。土井は小包を前に持ってみせた。

わずかに開いたドアを通して黒田は「廊下に置いといてくれ」と言った。

「申し訳ありませんが、サインを頂く必要がございまして。お荷物をちゃんとどこかに置かせていただきます。かなり重くて、『われもの注意』というラベルも貼《は》られていますので」

ドアが閉まった。金属と金属が擦り合う音がして、チェーンがドアに当たった。

「僕の出番だ」ケヴィンは土井とドアの間に滑り込み、ドアを引っ張って開けた。

両手を前に突き出した黒田が、目を丸くして玄関に立っていた。「オーマイゴッド！……何だ、君は？」と英語で言うや、分厚いカーペット敷きのリビングルームに後退《あとずさ》りした。

ケヴィンは靴のまま上がり込んだ。「話がある」

黒田は片足を後ろに引いて、目で狙《ねら》いを定めた。ケヴィンは体を躱《かわ》して股間《こかん》への一蹴《ひとけ》りを太腿《ふともも》で受けて阻止すると、腰から勢いをつけてパンチを浴びせた。黒田の頭が後ろに反り、体ごとコーヒーテーブルの向こうに倒れ込んだ。一撃された男は、ソファを背に胎児のように体を曲げた。

ケヴィンは痛む拳《こぶし》をさすった。何てことだ、あんなに強く殴ってしまうなんて、いったい何をしているんだ？　腹に一発、それだけで黒田はギブアップしていただろうに。

小包が床に落ちる音がした。後方から強い手に肩をつかまれ、ケヴィンは振り向いた。

「おい、何しに来たと思ってるんだ?」と土井が言った。「奴を問い詰めたかったんじゃないのか?」

「すまない」ケヴィンは呼吸を整えた。「ついカッとしてしまったんだ。でも、もう大丈夫だ」ケヴィンは黒田を見下ろした。「暫《しばら》く話はできそうにないな。ちょっと家の中を見てみよう」

テレビ台のキャビネットの扉の一つに鍵穴がある。テレビ台にしては珍しい。扉には鍵がかかっているのだろうか?　かかっている。ケヴィンは、まだ床で半分朦朧《もうろう》としている黒田に近づき、ポケットを探り、キーホルダーを見つけた。そのうちの一番小さい鍵で、キャビネットの扉が開いた。引き出し式の棚にビデオデッキが一台見つかった。ビデオデッキなんて、電気店や翻訳を依頼された企業でこそ見たことはあるが、個人の自宅では滅多にお目にかからない代物だ。黒田、いや彼の背後で操る奴らは、最新技術を入手する財力があるわけだ。その下には棚を埋め尽くすほどのビデオテープが並んでいる。

「寝室には何もなかった」土井が近寄ってきて、ケヴィンの後ろに立った。「こっちは何か見つかったか?」

ケヴィンは、ビデオテープを一本取り出した。それに貼られたラベルには、知らない名前と日付が英語で手書きされている。「こんなのばかりだ」ケヴィンはビデオを元に戻し、他のビデオに貼られたラベルを指で追った。そのうちの二本が注意を引いた。「これを見ろ。『Fletcher (2-16-75)』、それに『Kanayama (7-21-74)』とある」

「いいぞ」と土井が言った。「ラディックは金山士郎の弱みも握っているのか」

そうとは限らない。別の金山かもしれない。ケヴィンはカセットをビデオデッキに入れ、再生ボタンを押した。

テレビ画面が明るくなり、ホテルの一室らしき場所にいる男二人が映し出された。かなりの年齢差が見受けられる。年配の男はまさしく保守政党の「陰の実力者」だった。床に膝をついて、若い男のズボンのファスナーに手を伸ばしている。大ボスとして周りを服従させる金山のイメージが、これでは台無しだ。

「これは警部補よりも僕らの役に立ちそうだな」そう言ってケヴィンは停止ボタンを押し、カセットを取り出すと土井に手渡した。「吉村さんには後で渡せばいい」

「金山はこれを観たと思うか？　ラディックは金山も脅してるんだろうか？」土井はビデオをポケットに押し込んだ。

「それはどうかな」とケヴィンは言った。「ラディックがこれを使って金山の保護を強要してるなら、株式の裏情報まで提供する必要はない。ま、ケニーに確かめてみるよ」ケヴィンは、体を丸めてカーペットに横たわる男を見た。「金山がビデオのことを知らないなら、コピーを一本送りつけてやろう。中身を観たら、ラディックへの支援を考え直すかもしれない」

「いや、それよりも」と土井が言った。「『ラディックを見限れ、さもないとオリジナルをマスコミに流す』ってなメモも一緒に送ってやろうぜ」

「それはいい。そうして僕らも脅迫者の仲間入りだ」

「Why not?（何が悪い？）」と土井は英語に切り替えて言った。「英語の表現にあるじゃないか。Turn it about, and it's fair play.（やられたらやり返す、公平なやり方だ）だっけ？」

土井は紙切れを取り出すと、ソファのサイドテーブルに置かれた電話の横に並べて見比べた。「電話番号は間違いない。邪魔者が現れたら電話する。気をつけろよ。奥の階段から降りて、ロビーをチェックして、裏口から出るんだぞ」土井は玄関に向かった。

土井が出た後でケヴィンはドアを施錠し、チェーンもかけた。リビングルームに戻り、黒田の肩を押してみた。意識はあるが、反応はない。濡《ぬ》れタオルで目が覚めるかもしれないが、それは後だ。ケヴィンは吉村警部補に電話して、何を見つけたかを伝えて、黒田の住所とマンションの部屋番号を教えた。

「私の郵便受に入れてくれたフレッチャーに関する陳述書を読んだ」と吉村が言った。「ビデオテープが、商社マンを脅して、企業の機密情報を吐かせるために使われたこと、脅迫被害者の一人ブランドン・フレッチャーは、株式のインサイダー取引のために自分の名義の株の取引口座をラディックに使わせていること、フレッチャーを脅した男の描写がラディックの手下のクライド・マトリーに似ているということを含めて。何か役に立つかもしれない」

「それを聞いてうれしいですが、どのくらいで黒田のマンションに来られますか？」

「私はまだ捜索令状を持っていないし、フレッチャーも事務所にいない。彼を探し出して、被害届を出してもらわなければならない」

「そんな余裕はありません。黒田はビデオテープを破棄するでしょう」少なくとも、我に返ったらすぐに破棄しようとするだろう。

「その緊急性を裁判官に訴えれば、もっと同情してくれるかもしれないけれど、予想以上にうまくいっても、二、三時間はかかるだろう」と吉村は言った。「今マンションを見張っているのかい？」

「はい」

「どこから？」

「近くで」

「わざと返事を誤魔化しているのか？」

「はい」

「ブラニガンさん、黒田がビデオテープを持って逃げようとしても、君にはそれを止める法的権利がないということはわかっているのだろうね」

「わかっています、警部補」

「肝に銘じておくように」

ケヴィンは土井に電話して、吉村が三時頃到着することを伝えた。電話を切りながら、警部補に話した情報をまだ実際には確認していないことに気づいた。金山のビデオが恐喝の証拠であっても、他のビデオもそうとは限らない。『Fletcher（2-16-75）』というカセットをビデオデッキに挿入した。

尻の弛《たる》んだ中年男と、不快そうな表情の若い女性が、何も纏《まと》わずにベッドに寝ている。男性は女性の上でぐったりしている。フレッチャーは眠ってしまったのだろうか？ケヴィンは停止ボタンを押した。

黒田は唸《うな》りながら上体を起こした。ソファに凭《もた》れて、顎に手を当てた。「救急車を呼ばないと」と言って、体を捻《ひね》り電話に手を伸ばした。

ケヴィンは「まだダメだ」とそれを制した。

「この野郎、どけ！」

ケヴィンは黒田を強引に立たせると、サイドテーブルから遠ざけて、壁に押し付けた。「人に命令できる状況だと思ってるのか」

「ああ、わかった」黒田は目を閉じて頷《うなず》いた。「そんな乱暴するなよ」

ケヴィンが手を放すと、黒田はずるずると床にへたりこんだ。「あの金山士郎のビデオ、ラディックはあれで金山を脅してるのか？」

「そんなこと知るか」

ケヴィンは前に踏み出した。

黒田は壁にへばりついた。「殴りたければ殴れ。口が裂けても喋《しゃべ》らないぞ」

ケヴィンは立ったまま上から見下ろした。「確かラディックは土曜日も働いてるよな」

「そうだ。それがどうした？」

「黒田さんのおかげで秘蔵のビデオコレクションが見つかったことを、ラディックに知らせてやるべきかなと思ったまでさ」ケヴィンはビデオテープの棚の方を見やって、受話器を取ると番号をダイヤルした。受話器を自分と黒田の耳の間に持った。

女性の声が電話に出た。「はい、プレースメント・インターナショナルです」

黒田は受話器を握りしめ、唇だけで「ノー」と言った。

ケヴィンは送話口を手で塞《ふさ》いで、「質問に答えるか？」

黒田は頭をがっくりと下げた。

ケヴィンは電話を切った。「さあ、言え」

「ラディックが金山を脅迫してるとは思えない」黒田は立ち上がり、おぼつかない足取りで、詰め物で膨らんだ椅子に向かった。「ラディックはあのビデオを、必要な時のためにキープしてるだけだ」

六〇年代から結託しているのに、ラディックは今でも自分の後《うし》ろ楯《だて》を信用していないのか？　切羽詰まったら、あの二人は敵対するかもしれない。ケヴィンは黒田が椅子に身を沈めるまで待った。「ラディックがお前に、これらビデオの所持を許す理由は？」

「必要かもしれないと考えたからさ」

「何のために?」

黒田は顔を背けたが、電話を見て言った。「女の子らに言うことを聞かせるために」

「金山のビデオはどうなんだ?」

「同じことだ。あの若い男は大事な売れっ子パフォーマーだから」

「何人の派遣社員にこういう仕事をさせてるんだ?」

「四人、いや実際は三人だ」

「四人目はどうなった?」

「知らない」黒田は寝室の入り口をチラリと見た。「あの女狐《めぎつね》はどこかへ逃げやがった」

ケヴィンの脳裏に、彼の英語教室で手を挙げる、学習意欲旺盛《おうせい》な、明るい目の山田美紀が思い浮かんだ。自分のベッドを見て美紀への暴行を思い出したとしても、有力者の庇護《ひご》を受けている限り、黒田はこんな口が叩《たた》けるのだ。しかし、いつの日か、レイプ犯として、たった一人で裁判官の前に立つことになるだろう。「その女性の名は?」

「ミキ、だったかな、苗字は知らない」

「歌舞伎町で僕を襲った暴力団二人は? 白人が運転するグレーのホンダに乗ってた奴らだ」

「そんなことは知らない」

ケヴィンは電話に手を伸ばした。

黒田の指が膝にしがみついてきた。「信じてくれ。そっちのことについては、僕はまったく無関係なんだ」

「じゃあ、誰が関係している？」

「スポーツ刈りの男。名前は知らない」

ホンダの運転手は髪を短く刈っていた。それと、伊藤の家を出た後でホンダに乗り込んだ男もだ。ケヴィンは受話器を握って「他には？」

「早見とマトリー。他にも僕の知らない奴らが関わっていたかもしれない」

「それはプレースメント・インターナショナルのロン・早見とクライド・マトリーだな？」

「そうだ。医者に行かせてもらいたいんだけど……」

「もう一つ」ケヴィンはメモ帳とペンを取り出した。「ビデオに関する情報だ。男たちの名前と勤務先、女性たちの名前、そしてお前がどんなふうにお膳立てしてきたのかを言え」

「そんなことを聞いてどうするつもりだ？」

ケヴィンはビデオデッキに近づき、「僕がお前なら、それがわかる頃までここに留まったりはしないな」

「え、逃がしてくれるのか？」

「協力してくれたらの話だ」ケヴィンは『Fletcher (2-16-75)』を取り出し、別のカセットを押し入れた。「僕が出て行った後で、医者に行くか、空港に直行するかは、お前の自由だ」荷造りに十分な時間を黒田に与えてやるつもりだ。警部補が踏み込む二秒前まで、たっぷりと。


****

ラベルの付いたビデオを確認し終わらないうちに、誰かがドアを叩いた。土井からの電話もなく、ドアのブザーも鳴らず、インターホンも使われなかった。ビルの住人だろうか？

ケヴィンはビデオデッキを止めて、メモ帳をサイドテーブルに置いた。

「警察だ」と日本語の怒鳴り声が聞こえた。「ドアを開けなさい」

ケヴィンは立ち上がった。威厳に満ちた言い方だ。吉村の声だろうか？　予定より一時間も早くに到着し、家主に命じて建物に入れてもらったのか。ケニーの顎《あご》が腫《は》れている理由を問い詰めてくるだろうか？

「この野郎！」黒田は椅子から立ち上がった。「逃がしてくれると言っておきながら」ケヴィンは黒田を傍に押しやり、玄関に出た。

「我々は警視庁刑事部捜査第一課の吉村警部補の命令で来ました」権威ある声が言った。「警部補ももうすぐ到着します。ドアを開けてください」

声の主は、警部補の氏名も所属課も知っている。しかし、「我々」とはどういう意味だろう？　吉村は単独で行動していると言っていたのに。ケヴィンはチェーンをかけたまま、ドアのロックを解除した。警察手帳を見せてもらうまでは、誰も入れてやるものか。手の幅ほどドアを開けると、相手と目があった。ロン・早見の目だ。

ケヴィンは急いでドアノブを引っ張ったが、ドアは動かなかった。早見が足で塞いでいる。その足を蹴《け》るケヴィンの顔に、早見が手にしたペン型スプレーが向けられた。眼球に焼けるような痛みが走り、頭の中で炸裂《さくれつ》した。よろけて後退り、玄関からリビングルームへ倒れ込んだ。何とか膝立《ひざだ》ちになり、手を顔に押し当てた。なぜ土井は電話してこなかったのか？　奴らは土井をどうしたのか？　京ちゃんは大丈夫だろうか？

「おい、ケニー」と早見が英語で声を掛けた。「ドアのチェーンを外してもらいたいんだけど、一人でできるかい？」

俯《うつむ》いて、かたく目を閉じ、痛みに堪《た》えるケヴィンのそばを、足音が通りすぎる。ケヴィンはその足をつかもうとしたが空振りに終わった。ドアが閉まって、チェーンが外される音がした。二人あるいは三人分の足音がこちらに向かい、自分を取り囲んで止まった。

「いや、まだだ」聞き慣れない声が命令口調で言った。「今のところ、こいつはこのままでいい」

「あ〜、よかった。助かったよ」と黒田が言った。「てっきり警察だと思った」

「ライルが話したいそうだ」と命令口調が言った。

「え、なぜ？」黒田の声は怯《おび》えている。「どういう意味だい？」

「ビデオテープだ、このマヌケが。ここにあることを、こいつはどうやって嗅《か》ぎつけたんだ？」

ケヴィンは硬直した。ビデオデッキは停止してあり、画面には何も映っていない。にもかかわらず、ラディックの手下は自分が何を探していたかを把握している。吉村が裏切ったのだろうか？

「ケニー、これは何だ？」三人目が聞いた。

「こいつのメモ帳だ。ビデオに映ってる男たちについて聞いてきたんだ、それで……」

「もういい」この場を仕切っている男の声には、醜い侮蔑《ぶべつ》が混じっている。「話はすべてライルにしろ。当面お前がすべきことは、もうすぐ警察が来るから、奴らに踏み込ませるんだ。ビデオは俺たちが持っていくから、何も見つからない。お前は警察の横暴だの嫌がらせだのと大袈裟《おおげさ》に騒げ。そいつらの氏名を聞いておくんだぞ。そして奴らが帰ったらすぐに警視庁に電話して、刑事部捜査第一課長を呼び出し、吉村警部補が自宅に強引に入り込んで、自分に暴行を加えた、これについて満足のいく対応がない場合は、新聞社に手当たり次第警察の横暴を言いつけると伝えろ」

ケヴィンは指で頬《ほお》を拭《ぬぐ》い、目を瞬《しばたた》いて視界を確保した。声の主はホンダの運転手だった。スーツを着込み、プレースメント・インターナショナルのエレベーターでクライド・マトリーと共にケヴィンを待ち受けていた、スポーツ刈りの剛毛のチンピラだ。ロン・早見は脅迫用ビデオをプラスチックの袋に入れている。ケヴィンは三人目の気配を背後に感じた。後ろに手を伸ばし、膝の裏側をつかんだら、肩で相手を押し倒すことができるかもしれない。

「僕ちゃんの目が回復したようだぜ」とスポーツ刈りの男が言った。

ケヴィンは片膝を立て、足を踏ん張った。

「変な気を起こさないほうがいいぜ」スポーツ刈りがアタッシェケースを開け、サイレンサー付き拳銃を取り出し、指で銃身を叩いた。「わかってるだろうが、躊躇《ちゅうちょ》なく使わせてもらうからな」

ケヴィンは立ち上がった。「お前らいったい……」いや、土井はまだ大丈夫なのかもしれない。

「ＢＭＷにいたデカイ野郎をどうしたかって？　今からお前にやるのと同じことさ」男は拳銃を水平方向に動かした。「両手を背中に回せ」

誰かが自分の右腕をつかんで伸ばすのを感じた。

「おとなしくしろ」背後から声がした。「ケニーは、ご自慢のマンション中にお前の脳味噌が飛び散るなんてごめんだろうから」

腕に何かが突き刺さり、体中が温かくなった。膝がガクガクして、自分の体重を支えきれず、体が床に崩れ落ちていく。

「支えろ、どこかに頭を打ちつけたらどうするんだ、この馬鹿」

誰かが遠くで怒鳴っている。その声は山風に散らされる木霊《こだま》のように、ケヴィンの耳から遠のいていった。

第十九章　訊問室

顳顬《こめかみ》がズキズキする。心臓の鼓動のたびに脳が膨らむようだ。首も痛い。顎《あご》とシャツが触れるくらい、頭ががっくり垂れ、前にのめるような姿勢で座っている。前腕の下は平面で、胸回りには何かが巻かれて、体が落ちないように引っ張り上げられている。上体を起こし、頭を擡《もた》げて肩の位置まで戻してみた。真っ赤な靄《もや》が瞼《まぶた》に沁《し》み込んでくる。たくさんの照明がついている。夥《おびただ》しい数の眩《まぶ》しい光で、頭痛がさらにひどくなった。親指で顳顬を揉《も》んだら少し楽になる。手を動かせれば……。ケヴィンは目を開けてみた。革のストラップが前腕を押さえている。また、胸の周りには、別のストラップが、緩《ゆる》くではあるが巻きついて、バックルで留められている。瞼を固く閉じた。おかしい。この椅子《いす》は……。

黒田のリビングルームにこんな椅子はなかった。それ以外に、チラリと見えたキャビネットも見覚えがない。そこからコードやケーブルや管が出て自分につながっている。恐怖が押し寄せ、手足に冷たいものが走った。筋肉を引き締め、恐怖の流れを堰《せ》き止めた。慌てるな。説明がつくはずだ。ラディックの手下に何かを注射され、夢を見ているだけだ。伊藤の話のイメージが、自分の潜在意識から浮かび上がってきただけだ。堂々と向き合え、そうしたら消える。

ケヴィンは再び目を開けた。キャビネットはまだそこにあった。自分が見ているのはその背面だ。膝《ひざ》を動かして、その側面と背面の角に触れてみた。現実だ。天井は低く、壁がすぐそばで、床はリノリウム、伊藤が話していたラディックの訊問室《じんもんしつ》と一致する。金属カバーから半分紙が覗《のぞ》いているウソ発見器が、キャビネットの上に置かれ、その横にはトグルスイッチがあった。機械の背面から細い管が出ている。それを目で追うと、彼の胸部、腹部に巻かれた太めの管に繋がって、上腕につけられた血圧計にも接続していた。指二本には金属製クリップが装着され、コードが彼とウソ発見器をつないでいる。さらにたくさんのコードが肘《ひじ》や踵《かかと》にもつながり、その先はキャビネット背面の開口部を通って、アンプほどの大きさの金属ボックスに、そしてスイッチに接続されている。これは伊藤の話になかったものだ。頭上の大きな照明にしろ、側面から照りつける凄《すさ》まじいワット数のランプにしろ、照明のことも何も言っていなかった。

「起こしてしまって申し訳ないが、そろそろ仕事に取り掛からないとね」

ケヴィンはたじろいだ。その明るい声は眩《まばゆ》い光の中心から聞こえる。カチッというスイッチの音とともに、ランプの光が薄れた。光の余韻の中からライル・ラディックが現れた。スーツ姿ではなく、ピクニックにでも行くようなカジュアルな装いだ。半袖《はんそで》のシャツからは巨大な腕が露出している。

「お前とは、いつかこうなると予想していたよ」ラディックの窪《くぼ》んだ灰色の目が近づいてきた。「怖がることはない。少なくとも、まだ」分厚い唇は勝ち誇ったように歪《ゆが》んでいる。「お前がどんな人間か、追々わからせてもらうさ」ラディックは、ランプの横にある折り畳み椅子の背にかけられた白衣をチラリと見た。「だが、今はそんなことは考えたくない、そうだろ？」

そう、考えたくない。ケヴィンは肩を後ろに引いた。むしろ何とかこの場を切り抜けて、こいつの首根っこをへし折る方法を考えたい。

腕時計を見た。七時半。五、六時間も気を失っていたことになる。スポーツ刈りとロン・

早見がラディックの棲家《すみか》に彼を運んで来るには十分な時間が経過したわけだ。そして今頃、この敷地のどこかで土曜日のパーティが始まっていることだろう。音楽なしで？　ケヴィンは天井を見上げた。コルク板だ。壁も同じ。この部屋は防音されている。おそらく母屋の裏側にある家の地下だ。土井が壁を乗り越えてやって来ることはない。こいつらは土井にも危害を加えたに違いない、そして土井から電話がなかった時、京ちゃんはアジトから出て、様子を見に行っただろうか？　ラディックの手下が待ち受けているかもしれない場所に？

「自分の置かれた状況を把握しようとしているのか？」ラディックは眉《まゆ》こそ上げたが、目には何の表情も見せない。

ケヴィンは瞬《まばた》きもせず、睨《にら》み返した。

ラディックが跳びかかるように近づいた。ケヴィンは頰《ほお》に平手打ちを食らい、口の中まで刺すような痛みを感じたが、ラディックは返す手の甲で、反対側の頰を殴ってきた。この方がもっと痛烈に痛かった。

「俺が質問したら！」ラディックの顔が怒りで震え、眉間《みけん》に憤怒の皺《しわ》が寄っている。「お前は答えろ！」

ラディックの顔に瞬時に噴出した表情は瞬時に消え、心配そうな顔になった。ラディックはケヴィンの顔に触れ、感覚の麻痺《まひ》した唇を指で優しく撫《な》でた。顔から離した指には血がついている。

「少し腫《は》れている、すまない」ラディックは体を起こしケヴィンから少し距離を置いた。何事もなかったかのように笑みを浮かべている。「お前が悪い。俺が話しかけたら答えろ、いいな」ラディックは頼むような口振りで言った。「それと、俺と話すことはお前にとっても有利だ、それを忘れるな。来るべき事態を遅らせる方法はそれしかない」

ラディックはキャビネットの方を向き、引き出しを開けた。金属製のツールボックスの取っ手を握って取り出した。中身の重さで蓋《ふた》が曲がってしまっている。

「これについて伊藤は何か言っていたか?」

伊藤は、自分の唇を触りながら、老人のように歯のない若い男の写真をラディックに見せられた時のことを語った。ケヴィンは肩が強張《こわば》るのを感じた。何とか自分を落ち着かせないと。

ラディックは、キャビネットの上の、ウソ発見器の横にツールボックスを置いた。留め金を外し、蓋を開けて、中に手を入れた。金属と金属が触れ合い、ボックスの内側に擦れる音がする。「言っていたかと聞いているんだ」

「イエス」我ながら弱々しく臆病《おくびょう》そうな声だ。

ラディックは耳の後ろに手をやり、「よく聞こえなかったが」と言った。

「ああ、言ってた」

「答えてくれてよかった」ラディックの顔がにこやかになった。「これは使いたくないからな」ツールボックスを閉じて蓋を軽く叩《たた》いた。「できる限り」

腸が緩み、今にも漏らしてしまいそうだ。自分はこんな場所で、己の排泄物《はいせつぶつ》にまみれて死ぬのか。激しい怒りの波が押し寄せ、すんでのところで下腹部の筋肉を引き締めることができた。

「じゃあ」と言って、ラディックはケヴィンの胸回りのストラップをさらにきつく締め上げた。「始めようか?」

ラディックは折り畳み椅子を引き寄せた。ケヴィンは息を吸い込み、ゆっくり少しずつ吐き出した。ラディックはこちらを向いて座っているが、その片膝《かたひざ》と片手はキャビネットに隠れて見えない。

「まず、機能チェックを兼ねて、基本的なことを質問させてもらう」ラディックはキャビネットの前にある何かに視線を落とした。「北カリフォルニアのオークランドで育ったということだが、間違いないか?」

無害な内容であれ、質問に答えるのは恐らく賢明とは言えない。だが……。ケヴィンはツールボックスをチラリと見た。言われた通りにするという策にも一理ある。「そうだ」

「そこの公立学校に通ったんだな?」

「そうだ」

「カリフォルニア大学バークレー校での専攻はアジア研究か?」

金属クリップが指に食い込むように感じられた。その次は日本での学歴だ。ラディックにとっては、六〇年代から集めてきたデータを存分に使うチャンスだ。革命的青年同盟に関する質問は当然、秀夫、京ちゃん、カズ、土井につながってしまう。「その通り」

「どれくらい日本に住んでいる?」

いきなり話が現在に飛んだぞ。いや、以前ガラストップのテーブル越しに「飲み友達でもある昔の学友たち」について尋ねたように、まだこれから彼らのことを聞くのかもしれない。「十三年間だ」

「翻訳者として生計を立てているらしいが、時々ジャーナリストとしても働いているのか？」ラディックは前腕を捻《ひね》ってキャビネットの方に手を伸ばした。「英字新聞に記事を載せたことがあると理解しているが」

どういうふうに理解しているというのだろう？　誰か過去の刊行物を漁《あさ》って、彼の名前を探したのだろうか？「いくつか」

「何について？」

「トピックはいろいろ」学生運動については触れず、「文化的な違い、固定観念、翻訳の難しさとか」

「なるほど」ラディックは微笑《ほほえ》んで頷《うなず》いた。「そうした記事は、人々の実体験に基づいて書いたのか？」

「できる限り」

「じゃあ、記事の執筆と同じくらい、取材やインタビューも好きということだな」

「そうだと思う」

「エリオット・ポーリングにもインタビューしたのか？」

ケヴィンは視線が揺らがないように堪《こら》えた。二回目に会った時、尾行されないように細心の注意を払った。ポーリングが秀夫の日記を渡してくれたところは誰にも見られていないはずだ。「いや、それは誰だ?」

「かつて国務省に勤務していた男で、お前と同様、翻訳者だ。東京在住のアメリカ人の一人だ。本当に会ったことはないのか?」

「申し訳ないけど」

全身の神経という神経が覚醒《かくせい》し、頭が鞭《むち》の先のように激しく前後した。自分のものとは思えないおぞましい声が部屋中に充満し、重苦しい空気の中で反響せずに消えていった。誰かの乱れた息が聞こえる。自分の息だ。

「足の甲と肘、正確には肘先の痺《しび》れやすい所は、電極効果が抜群だ」ラディックは学生の質問に答えるような口調で言った。「もちろん、もっと繊細な場所は他にもある。お前自身いくつか思いつくだろうが。ま、今のところはこのままにしておこう。間違った答えをするとどうなるか実演しておきたかったのだ。それと、ちょっとした自慢をね。自分で機械に改良を加えたのだが、我ながら上出来だと思う」ラディックは、腹の上で親指を合わせて手を組んだ。「対象に電流を送るコンポーネントを」と言いながら、スイッチに接続された装置を指さした。「熱線一本じゃなく、二本構成にした。これで電圧を二百ボルトまで上げることができる。一般家庭用の二倍だ」

ケヴィンは相手を凝視し続けた。

「不満げだな」ラディックは揶揄《からか》うように、ケヴィンの表情を真似《まね》てみせた。「ちゃんと話したほうがいいか？　実を言うと、お前についてはあれこれ調査済みだ。それについては後で話すとして、今言っておきたいことは、お前がしっかり接地していることと、ウソ発見器が吹き飛ばされないようにバイパス配線してあることだ。お前の脳が吹っ飛ぶかどうかはお前次第だ」ラディックはケヴィンの肩を軽く叩いた。「回路には抵抗器を入れてあるから、電圧はいくらでも変えられる」目がキャビネットの方を見た。「1から10のスケールでいくと、さっきのは4の少し上くらいだ。何だったらもう一度やってみるか？」

ラディックの手がスイッチの上に動いた。ケヴィンは息を吸って目を閉じた。

「それとも、ツールボックスの中身に直行する手もある」ラディックは淡々とした口調で言った。「さっきも言ったように、できるだけこれは先送りしたい。というのは、あの手のやり方だと、その性質上、訊問者は基本原則に違反せざるを得ないからね。自分で自分の頭を金槌《かなづち》で叩く男の話があるだろ。なぜそんなことをするのかと聞かれ、男は『止めた時の快感が堪《たま》らないから』と答える」ラディックは自己満悦の含み笑いをした。「わかるだろうが、ポイントは、褒美は罰則と同じくらい重要ということだ。指の爪《つめ》を剝《は》がしたり、舌の先を切り落としたりするのと違って、巧みに電流を使う手段だと、電流が流れるその間しか苦痛を感じない、そしてその後に深い解放感を味わえる。対象は感謝さえ感じるものだ。そう思わないか？」

思う。そして、訊問者が自分と入れ替わってくれたら、対象はもっと感謝するだろう。ケヴィンは唾《つば》を呑《の》み込んだ。

「まだ石頭で押し通すつもりか」と、ウソ発見器を見ながらラディックは言った。「残念なことだ」人差し指をスイッチに当てたが、視線は彷徨《さまよ》った。「いいか、ケヴィン、正直なところ、お前がポーリングと接触したことが確認できた以上、今ここでやろうとしてることは、さして重要ではないのだ。それ以外のことはもう知っているから。例えば、お前と今井京子が伊藤の家を訪ねたことも、伊藤がお前たちに何を言ったかも。あの小心者は、首を吊《つ》られる前にベラベラ喋《しゃべ》ってくれたからな。俺の昔の仕事仲間だった吉村警部補がお前と会ったことも知っている。そして、これは推測だが、吉村は革命的青年同盟の事務局長が、吉村自身が送り込んだ情報員だと告白して、お前の信頼を勝ち取った、違うか？」

ケヴィンは再び唾を呑み込もうとしたが、喉《のど》はカラカラに渇いている。

「ノーコメントか？」とラディックは言った。「ま、どうでもいい。大事なことは、お前がケニーの部屋から吉村に電話で話した内容を俺が完全に把握しているということだ。もちろん、それについて既に手は打ってある。それと、お前があの筋肉野郎に電話をかけてくれたのも助かった。そうしてくれなかったら、手下は土井に警戒せずにいただろうから。それでも、奴に注射器を打ち込む前に、部下の一人が叩きのめされてしまったがね」ラディックは頭を傾《かし》げ、嘲《あざけ》るように眉毛《まゆげ》を動かした。

ケヴィンは顔の筋肉が引き攣《つ》らないように注意しながら、指を丸めた。

ラディックはがっかりした顔をした。「俺がケニーの電話を盗聴するくらい、予測しておくべきだろうに。あいつは俺にとって、最も価値のある、最も頼りにならないアセットだから」ラディックは指先でスイッチに軽く触りながら、「話を吉村に戻そう。吉村の部下がガス会社の社員を装ってお前のアパートに現れてから、公園かレストランかどこかで吉村に会った時、伊藤から聞いたことを吉村に話したのか？」

ノーと言うべきか、イエスと言うべきか？　ノーと言えば、自分以外に伊藤の話を聞いた唯一の人物として京ちゃんがマークされてしまう。イエスと言えば、吉村を危険に晒《さら》すことになる。「ノーコメント」

「何だって？　もう一度言ってみろ」

ケヴィンが舌を上顎につけて、唾液《だえき》を溜め、「ノー」と言おうとした瞬間、電流が彼を引き裂いた。このたび部屋中に轟《とどろ》いたのは喘《あえ》ぎ声ではなく、明らかな絶叫であった。数秒間にわたり跳ね上がって痙攣《けいれん》した体は、革のストラップにだらりと垂れ下がった。

「今度は6、やるじゃないか」とラディックが言った。

ケヴィンは頭を擡げ、唾液を飲み込もうとしたができなかった。

「だが、限界に近いぞ。もうほんの少し電圧を上げたら……」ラディックは顔を顰《しか》めて、姿勢を正した。「申し訳ない。礼儀を忘れてしまっている。喉が渇いたことだろう。言わなくてもわかる。あの注射にはそういう作用があるからな」ラディックは椅子から立ち上がった。「何か飲み物を持ってくる」

ラディックは部屋から出て行った。足音が廊下を遠ざかり、やがて消え、そしてこちらに戻ってきた。ラディックは炭酸飲料の入ったガラスのコップを二つ持っている。「これは日本で出回ってる紛《まが》い物じゃない、本物のジンジャーエールだ」と言って、片方を喉に流し込み、もう一つをケヴィンに差し出した。

ガラスの周りについた結露が、次第にはっきりと見えてくる。十時間の山歩きで水がなくなってしまった日を思い出した。今のこの状態はあの時よりずっと酷だ。腫れ上がった唇に当たる冷えたコップ、そして舌の上を滑る香気豊かな液体の何と涼やかなことか。すべて飲み干した。

「よし、よし」とラディックは言った。「これで話しやすくなる」コップを二つともキャビネットの上に置いた。「何か緩めなかったか、チェックさせてもらう」

もともと低いコルク板の天井がさらに下がってきたような気がする。ケヴィンは自分の脚と前腕、そして手首に食い込むストラップを見た。手が震えている。椅子のアームに掌《てのひら》をくっつけた。震えは体を伝い上がり、肩に達した。指一本ずつに集中すると、震えを止めることはできる。以前氷の張った岩場で、この方法に救われたことがある。しかし、彼は山中にいるのではない。この場では、彼が何をしようと、終焉《しゅうえん》はやってくる。自分を落ち着かせて、その運命に直面できるだろうか？　もしそれができたなら、コントロールを取り戻すことはできないまでも、敵をしくじらせることはできるかもしれない。ケヴィンは手から力を抜き、指の関節を持ち上げて、指を内側に曲げた。先ほど「対象」が初めて反抗的な態度を見せた途端、ラディックは怒り狂った。これ以上知りたがっていることを白状させられる前に、相手を刺激して激怒させ、致死レベルの電圧を使わせることができるかもしれない。臆病な勝利だが、降伏するよりマシだ。

第二十章　幻想に囲まれて

ラディックは、ケヴィンの肘《ひじ》につながったコードを少し揺らした。「よし、何も緩んでいない」ラディックは折り畳み椅子《いす》に戻った。「お前のおかげで、淫乱《いんらん》ガールズとのパーティはお預けだ。俺の犠牲をありがたく思って、しっかり話をしろ。それじゃ、次の質問は……」ラディックは顔を顰《しか》め、わざとらしく思案げに唇を摘まんだ。「ああ、そうそう、革命的青年同盟。その元事務局長によると、お前ら破壊分子の一党は、九年だったか、そんな前に起こった事件に今もこだわっているそうじゃないか。なぜ過去のことは水に流そうとしない?」

ケヴィンは目を細めないように気をつけた。まだ奴を挑発するタイミングではない。奴が欲しがっている情報を引き出しにくるまで待とう。

「まあ、大したことではない」とラディックは言った。「ある知人からの一声で、お前の仲間の話に耳を貸すような警官は一人もいなくなる。ポリ公にしてみれば、お前らは厄介な左翼だ。その上、そのうちの一人が警官に暴行して服役した前科者とくれば、出来過ぎだ」ラディックは自明の理と言わんばかりに手を広げた。「吉村警部補が救いの手を差し伸べてくれるなんて期待はするな。あいつは懲戒処分を食らい、いつ……何とかという、ローカル線の果ての山奥に飛ばされた。そこからごちゃごちゃ騒ごうものなら、その知人が奴を傷害罪で起訴することになっている。お前がケニーの顎《あご》に一発見舞ってくれたおかげだ」ラディックはにんまりとして拳《こぶし》を握った。「吉村は不名誉な形で退職させられる。奴の古巣の公安の連中は、伊藤が運んだ工作資金や駅での事故について奴が何も言えないようにするだろう。あの件を明るみに出したくないのは、日本の公安もＣＩＡも同じだからな。革青同の残党は元警部補に話したいだけ話せばいい、いくら話しても無駄なことだ」

ラディックは額に皺《しわ》を寄せた。「革青同の残党については全員、居場所を突き止め、見張らせている。例外は一人。あの女はお前の隠れ家にいるのか？」ラディックは首を傾《かし》げて、探るような目でこちらを見た。「瞬《まばた》きしないとは、大したものだ。だが、俺の予想は当たっているはずだ。昨日の朝、お前はダッフルバッグを持ってアパートを出て行き、夜になっても帰らなかった。その話をしようか？」

ケヴィンは慎重に息を吸った。「もっといいアイディアがある」

「それは？」

「お前のそのボウリングのボールみたいな頭を、お前のケツに突っ込むってのはどうだ？」

ラディックは目を見開いた。しかし、瞬発的に向かってきたりはせず、むしろ椅子の背に凭《もた》れ、満面の笑みを浮かべた。「素晴らしい」と囁《ささや》くような声で言った。「ほとんどの……」そう言いながらラディックは、椅子を引《ひ》き摺《ず》り寄せて前に屈《かが》み、顔を十センチほどの距離まで近づけた。「被験者の頭には、そんな考えすら過《よぎ》らないものを」ラディックは舌で唇を濡《ぬ》らして、「これは面白いことになりそうだ」

ケヴィンは後ろに身を引いた。まだ何か望みはある。たとえそれを見届ける前に息絶えてしまおうとも。土井がまだ生きていてくれたなら、きっとこいつをやっつけてくれる。

「おいおい、ポーカーフェイスはどうなった？」ラディックは椅子を後ろに引いた。「今、何を考えているか、針を揺らして教えてくれる必要はないぞ。敵意の塊め」ラディックは、口を「へ」の字に曲げて、ケヴィンの表情を揶揄《からか》った。「その感情を持ち続けて抵抗してくれたら、俺にとっても楽しみが増える」歪《ゆが》んでいた口元が綻《ほころ》んだ。「いや、俺としたことが、ちょっと先走ってしまった」

ケヴィンはラディックの後方の壁を見た。真っ白な表面に青い光の点が煌《きら》めいている。瞬きをすると、輝く斑点《はんてん》は消えた。同じ場所に、今度はもっと緑がかった光の点が見えた。過度のストレスで視力がおかしくなったのだろうか？

「どうした？　ゾンビの真似《まね》か？」ラディックが目を細め、にやにやしながらこちらを見ている。「まあ、お前の可愛《かわい》い仲間について話す時の、お前の目に表れる感情を観察するにはこのほうがいい。彼女の学生時代の写真は見たことがある。京子はキャンパスの男どもに人気があったのか？」

今の言葉は幾通りに組み替えができるだろう？　キャンパスで京子は人気のある男どもといた。京子は男どもに人気があったキャンパスにいた。あるいは、キャンパスで男どもと――。

「ケヴィン、お前は本当に興味深いケースだ。アウトサイダーでありながら、かなりの情報に通じている。吉村警部補から直接話を聞き出せたのはお前だけだ」ラディックは目を見開いて道化た表情を作った。「そう、吉村はお前にいろいろ喋《しゃべ》ったに違いない。革青同に送り込んだスパイのことまでばらしたのだから。お前の反応を見れば、そうだとわかる。質問に口で答えようが答えまいが、お前の反応はちゃんとウソ発見器に出てくる。そんなことは百も承知だろうが？」

別の光の点が現れた。最初の点と同じような青で、壁の高い位置にある。ケヴィンは光が見えなくなるまで何度も瞬きした。

「いずれにせよ」とラディックは言った。「奴から話を聞いたのは、後にも先にもお前一人だ。エリオット・ポーリングの話にしても、ブランドン・フレッチャーにしても」ラディックはポケットに手を入れ、ケヴィンの帳面を取り出した。「それと、ケニーと話したのもお前だけだ」

光の点が戻った。今度はいくつか一緒に。点滅のせいで胸がむかむかしてきた。

「それが意味するものは明らかだが」とラディックは言った。「先を急ぐ必要はない。お前のことを調べ上げるのに一苦労させられたんだからな」ラディックは顔を顰めた。「なんだ、信じていない様子だな。正直なところ、俺の究極の目的は金じゃない。もちろん、わずかな金のために何でもやる人間の性《さが》というのは、それなりに見ていて愉快だ。だが、俺の動機は金や金で買えるものじゃなく、富と、その富を手に入れるために使う手段が、人間の観察、特に感情の研究をさせてくれるからだ。予測不可能で、常に興味深く、しかも役に立つ。そこが一番重要だ。ある人間に何をさせることができるかは、そいつが何をどう感じるかで決まる」

ケヴィンは、不快な胃酸を落ち着かせるために、唾《つば》を呑《の》み込んだ。朝食以来何も食べていないが、それは問題ではない。食べ物を思い浮かべただけで吐き気がする。ラディックに毒でも盛られたのだろうか？

「お前の場合」とラディックは言った。「お前が俺を困らせたから、俺はお前に興味を持った。そんなことができる奴は研究の価値ありだ」ラディックは片方の眉毛《まゆげ》を上げた。「どうかしたか？」

壁の光の点が増えてきている。十個以上も点滅している。それもさまざまな色で。「気分が悪い、吐きそうだ」とケヴィンは言った。「もう少し近寄ってくれないか？」

ラディックは笑った。「そう、その意気。それでいい。心配しなくても、吐き気はそれほど長く続かない。あと十五〜二十分ほどで治るだろう」

「ジンジャーエールに何を入れたんだ？」ケヴィンは胆汁が上がってくるのを感じた。

「思い当たらないか？　ヒントは１９６７年のサマー・オブ・ラブだ。その時ヒッピーや化学物質によるトリップについてちらっと耳にしただろ」

また心理戦か。時間を無駄にするがいい。「そう言われても、よくわからない」とケヴィンは言った。

「わざと、のらりくらりか？」ラディックは見下すような笑みを浮かべ、「もう一つヒントをやろう：ＭＫウルトラ」

中止されたＣＩＡのプログラムで、紙上で物議を醸したものだ。「マインドコントロールの実験で、使われたのは……」ケヴィンは顔を背けた。

「そうだ、わかったようだな。チオペンタールナトリウムとアンフェタミンの溶液は手元にある。情報を聞き出したいだけならあれで十分だが、俺にとって興味のある反応は得られない」

自白剤の代わりにＬＳＤ？　興味のある反応？　ケヴィンは再び自分を鼓舞してラディックを凝視した。

「俺の言うことを疑うふりか？」とラディックは言った。「実際のところは、何マイクログラムくらいのドラッグが、今お前の血管を流れて脳に届きそうなのか気になっているのだろう。たとえ俺が言ったところで、それを信じるべきかどうかも迷っている。まったくもってジレンマだな」ラディックは両手を合わせ、同情めいた顔をした。「『千マイクログラム』と聞いたらどうする?」

光の点々がふわふわ空気中を漂い、部屋中に広がった。ケヴィンは息を吸い込んだ。恐怖で、心が暗示にかかりやすくなり、視覚に騙《だま》されそうだ。できるだけ速く瞬きをし続けた。点々は輝き続けた。今度は瞳《ひとみ》をゆっくり開閉して、部屋を少しずつ視界から消しては、再び視界に呼び入れた。目をゆっくり開けて、閉じる。何も急ぐことはない、そうだろ?尖《とが》った光の粒々が、閉じた瞼《まぶた》の内側で、川の流れのような、あるいは海の渦のような形になった。それら光の粒は独立して、それぞれ気儘《きまま》に動いている。大きくなったり、小さくなったり、形や色を変えながら、光の粒々は追い掛け合い、煌《きら》めくセルロイドの鎖になって雪片を取り巻いた。雪片は透明球の中で拡大されて見える。

「なかなか見応《みごた》えがあるだろう?」と、ラディックの声がさっきとは違う方向から聞こえた。

ケヴィンは目を開け、頭の中で反響する言葉に耳を傾けた。パターンは目の前の壁や床や膝《ひざ》の上など、あちこちを泳ぐように流れた。部屋が先ほどより明るくなったようだ。明る過ぎて目が痛いくらいだ。ランプは点灯していないのに。おや、キャビネットはなくなったのか? いや、すべてまだ体につながっている。頭を動かしてコードを辿《たど》ると、スイッチの上に置かれた指に行き着いた。分厚い唇のついた丸い顔が、視野の端まで近づいてきた。肉付きのいい顎《あご》が肩に触れた。

「装置類は邪魔だと思ったのでね」声は今、ケヴィンの耳の中で魅惑的な囁《ささや》きになっている。「遠ざけておいた。まだ接続されているが」チクチクという不快さが肘から指先に流れた。クルクル回るパターンが明るくなった。

「そろそろ話をしようか?」という声を聞いた。

「今はダメだ」

「わかっているだろう、俺を怒らせようとしても無駄だ。また電気ショックを受けるはめになるだけだ」

ケヴィンは椅子《いす》の背凭《せもた》れにしっかり体をつけた。

優しく肩をつかまれた。「何もそんなに急いで感電しようとすることはないだろ」肩に置かれたままの指がその箇所を揉《も》み始めた。「取引をしようじゃないか。革青同の話はしない。その代わり、お前のことを話そう。それこそ俺が話したいことだ。どうだ、願いを聞いてくれてもいいだろ? 例えば、壁に何が見えるか教えてくれ」

「ロボトミーを受けるブタ野郎が見える」

再び腕と脚に不快な疼《うず》きを感じた。さっきよりも痛い。

「ほぼゼロまで電圧を下げたが」耳の中の声は穏やかな口調になった。「お前が失礼なことを言うたびに少しずつ上げていく。ある一定のレベルに達したら、ツールボックスを開くことになる。できればそれは避けたい。ただ話をしたいだけだから」

ツールボックスか……。「青がたくさん見える」再び上がってきた胆汁を飲み込んだ。昂《たかぶ》った神経が血管内を通って、体内に浮力を行き渡らせたのか、思わず立ち上がって歩き回り、なぜ「青」が何度も繰り返されるのかを探りたい衝動に駆られた。

「続けてくれ」と声が言った。

話すのが面倒だ。ましてや「青」を説明するなんて誤解を与えるだけだ、なぜなら……。

「ありがとう、ケヴィン。色を楽しんでいるようで何よりだ。その体験を誰かと共有したくないか？」

この落ち着いた優しい声に向かって話したことは、どれほどになるのだろう。相手にとってはどうやら十分だったらしい。指がスイッチから離れている。

「ケヴィン？」

「共有してもいいと思う」

「誰と？」

ケヴィンは目を閉じた。茶房の外のベンチで、自分の横に座った京ちゃんの髪が風にそよいでいる。このイメージを胸に焼きつけておこう。

「立ち入り過ぎか？」と声が言った。「こちらから一人提案しよう。例えば、お前の母親。もう随分長い間会っていないはずだ」

跳ね回っていた粒々が空中で停止し、揺ら揺らしたかと思うと、またはしゃぎ始めた。「家族について調べたのか？」

「調べたと、さっき言ったじゃないか」傷ついたような響きだ。「カリフォルニアにいる俺の仲間が弁護士を装って、お前の伯母って女に近づき、最近亡くなった遠い親戚《しんせき》が遺産を遺したってな話をしたのさ。簡単な身元確認をした上で、俺の仲間は彼女の妹とその亭主、つまりお前の両親の話を聞き出した。ほとんど良い話は聞けなかったそうだぞ。お前にとってはどうだった？　どんな人間だった？」

不愉快な話題だ。だが、それでラディックの関心が京ちゃんから遠のくのなら上等だ。

ケヴィンは天井で、パターンを織りなす光の数々が融合して変容するのを見た。「他の親たちと似たり寄ったりだろう」

「親とどんなことをして遊んだ?」

何も。独りぼっちで部屋にいる自分が思い浮かぶ。手には、近所の人がくれたガタガタの木製トラック。木の床にトラックを転がしながら、エンジンの音を口で鳴らしていると、母親が勢いよく戸を開けて入ってきた。「音を立てるなって言ったろ!」母親はケヴィンからトラックを取り上げるとゴミ箱に放り込んだ。くしゃくしゃのゴミの間で引っくり返っていたトラックが、今でも瞼の奥に見える。手を伸ばして、ゴミ箱から取り出そうか?そんなことをしたら、父親のベルトでこっぴどくぶたれるのがオチだ。ケヴィンの額が引き攣《つ》った。「よく覚えてない」

「それはなぜだろうか」優しいが、非難めいた口調の声が聞こえる。今もあちこちに不規則に散らばる光の点は、動きが緩慢になり、輝きを失いつつある。「夕飯時はどんな感じだった? それは覚えているだろう」

それも一人だった。豚肉と豆が入った皿を前に一人で食卓に座っていた。パパは不在で、ママはソファでテレビを観ながら、「スペシャルドリンク」をちびちび口に運んでいる。「いや」ケヴィンは言った。

「それも余りよく……」

「俺をがっかりさせる気か？　七年間も親と一緒にいたのに、記憶に残ったことは何もないと言うのか？」

ケヴィンは固まりつつあるイメージの中にカラフルなものを必死で探した。この声はすべて知っているのだ。過去から反響してくるものを偽ろうとして何になる？

「お前の伯母の話によると、父親は夜中に失踪《しっそう》したらしいじゃないか。父親がいないと気づいた時、お前は母親に行方《ゆくえ》を尋ねたはずだ。帰ってこないとわかった時には、その理由を聞いただろう。お前の母親は何と言った？」

忘れようもない言葉――「お前さえいなきゃ、私らは幸せだったのに」ケヴィンは目頭に涙が浮かばないように目を閉じた。「本当に覚えてない」

「お前の母親が姉の家にお前を連れて行った日のことはどうだ？　家のドアベルを鳴らしただけで、別れも告げずに、とっとと立ち去ったらしいが」

さっきまで多彩な色に煌めいていた雪の結晶は、ゆらゆら浮かぶ点々の中で見苦しい灰色と化した。「行儀良くして、厄介かけんじゃないわよ」と母親は言った。ケヴィンの脳裏には、母親が車のドアを荒々しく閉めて、他の車のバンパーを掠《かす》りながら走り去る光景が見える。

「伯母の家にいたのは三日間だけで、お前はすぐにフォスターホームに預けられたんだな」声に蔑《さげす》みが混じっている。「伯母が言うには、お前の母親にとってお前は想定外のお荷物であって、負担でしかなかった。彼女が酒浸りになったのもお前のせいだと。そんなふうに考えてみたことはあるか？」

「そこまで知ってるなら」とケヴィンは言った。「答える必要はなさそうだな」

「ツールボックスの中身を見せようか？」

「ノー」

「じゃあ」

「ある、考えてみたことはある」

ケヴィンは目を見開いた。悪夢の光景――トイレに四つん這《ば》いになってゲロを吐くママの姿が――暗闇《くらやみ》の中に甦《よみが》えった。その場面に歪《いびつ》なヒビ割《わ》れが入り、宙でいくつもの破片にわかれた。

「お前の母親は死んだ、それは知っているな？」さっきよりも大きな、憤りを隠しきれない声がする。「二年前に酒の飲み過ぎで。お前のせいだ」

ヒビが一斉に揺れた。ケヴィンは項垂《うなだ》れた。足の下で床がふやけたようだ。

「どんな気持ちだ？」

ケヴィンは首を振った。

「お前には母親を思う気持ちがないんだ」侮蔑《ぶべつ》に満ちた声は容赦なく責めてくる。「だから、お前は尻尾《しっぽ》を巻いて、ここに逃げてきて、革青同のろくでなしどもに仲間入りした。だが、お前は奴らにとって何の役にも立たなかった、違うか？　お前が勉強に勤《いそ》しんでいる間に、一人は電車に轢《ひ》かれて脳味噌《のうみそ》を線路にばら撒《ま》き、別の一人、例の柔道野郎は注射を二本打たれて、肺が潰《つぶ》れ、喘《あえ》ぎ苦しんで息絶えた。それが今日の午後、お前がケニーの家に入り込んだ成果だ」

ケヴィンは自分に巻かれたストラップに身を任せた。ヒビ割れの間で鏡に映る人々が点滅し、こちらに向かってきて飛散し、後ろ向きになって円を描くとまた戻ってきた。何度も何度もこちらに向かってくる。順番に一人ずつ、秀夫、土井、そして京ちゃんが泣きながら。

「そんな悲しそうな顔をするな。お楽しみはこれからだ。ここでお前の限界を見せてもらった後で、俺はお前に二万マイクログラムを打ち込んで、お前をどこかの森林に捨てに行く。あの愛《いと》しの京ちゃんと再会できた時、お前は脳をなくした廃人だ。母親に何もしてやれなかったように、あの子にも何もしてやれない。どうした、ケヴィン？　泣き出すんじゃないだろうな？」

ケヴィンは、蜘蛛《くも》の巣のようなヒビ割れが自分を取り囲むままにした。

「そんな惨めな姿を見るのは忍びないな、特に最後の最後で」再び同情に満ちた声だ。「餞別《せんべつ》として、お前にチャンスをやろう。隠れ家がどこかを白状したら、俺が一番楽しみにしていることを諦《あきら》めて、直接注射を打ち込んでやる。隠れ家があるのはわかっている。さっき俺が隠れ家に触れただけで、装置の針が大きく揺れたからな」

ケヴィンは椅子のアームを強く握りしめた。運が良ければ、最大の二百ボルトが来る。

「こうするしかないか」と言うと、ラディックは白衣を着て、キャビネットを元の位置に戻し、椅子を運んできて座った。ツールボックスを開けて、木工用の鑿《のみ》を取り出し、それでケヴィンの人差し指の指先を軽く叩いた。鑿の刃先がキラリと光った。「よく見ろ、刃先の角度がついた方を下にすると、爪《つめ》の曲がり具合にぴったり合って、切るというより剝《は》がせる」

ラディックは鑿をツールボックスの横に置き、引き出しを開け、テープと木槌《きづち》を取り出した。木槌を膝に置き、テープでケヴィンの手を椅子のアームに固定した。ケヴィンは手を引っ込めたいのを必死で耐えた。じたばたしたら奴の思う壺《つぼ》だ。

ラディックは鑿をケヴィンの指に付け、ケヴィンと目を合わせた。刃先をゆっくり爪の下に差し込んだ。肘の上まで痛みが走り、ケヴィンの腕は硬直した。

「こんな感じだ」ラディックは木槌を手にした。「さあ、答えてもらおう」

ケヴィンは床を睨《にら》んだ。あちこちに同じようなシミのついた、変哲もないリノリウムだが、椅子の前にある摩擦痕《まさつこん》だけは、大海のように広がる幻覚の中で唯一現実のようだ。幻覚に負けずに、その現実を現実としてとどめておけたら、痛みに耐えられるかもしれない。集中するのだ。ドアを叩《たた》く音など無視しろ。誰かがノックしているのか？　ラディックの足が通り過ぎた。ドアの鍵を開ける音がする。

「馬鹿野郎、俺の指示を忘れたのか」

「すまない、ライル」スポーツ刈りの声だ。「厄介なことが」

「何だ？」ラディックの声は苦々しげでいらだっている。

「玄関に近所の奴が一人来てるんだ。俺たちのせいで路上が車だらけで、奴の駐車する場所が見つからないって文句を……」

「だからどうした？　車を一台動かすと言えば済むことだろう」

「この家の主人と話したいって」

「俺は忙しいと言え」

「言ったさ。だけどねちねちと食い下がってくる奴で、今回が初めてじゃない、近所はみんな怒ってると言いやがる。謝罪してもらいたいのか何なのか、いまいちわからなかった」

「いまいちわからなかっただと？　お前も日本語を勉強したんだろうが？　お前らで適当に捌《さば》けないのか？」

「すまない」

足音が廊下に響き、急いで階段を上がっていった。ドアが音を立てて閉まると、絡まったヒビ割れ模様が揺れ、今では半透明の薄紙程度にしか見えない壁に波紋が起こった。ケヴィンはその残影の向こう側を見た。輪郭のぼやけた雪片の銀河が、彼の中で創り出されたさまざまな幻想とともに現れた。あれを部屋の中に戻す方法はあるだろうか？

「唇から血が出てるわ」柔らかで明瞭《めいりょう》な声がする。京ちゃんの声だ。「指からも」

ケヴィンは彼女を探した。壁があった場所の発光体の中に女性の姿が浮き上がった。彼女は、部屋中に漂うイメージよりも確かなものに思える。だが、たとえそれが、現実の人間であっても、京ちゃんであるはずがない。体にぴったりのミニドレスを着て、真っ赤な口紅を塗り、どぎついアイラインを引いて、ピンクの猫の目フレームの眼鏡をかけている。ラディックの「淫乱ガールズ」、つまり、パーティの出席者をもてなすために雇われた売春婦の一人に違いない。いや、でも……まさか。見たいものが見えるだけだ。

「手当は後でするわね。今はあなたをここから出さなきゃ」女性がヒビ割れをすり抜けてきた。

瓜実顔《うりざね》、印象深い目元、心配げな表情は、他の誰でもない。けばけばしい化粧の下にいるのは京ちゃんだ。いったいどこから現れたのだろう？　これを信じるのは、狂っている証拠だ。

彼女の手が腕をつかむのを感じた。テープが解《ほど》かれた時に、手の甲の皮膚が引っ張られた。彼女がストラップを手に取ってバックルを外す間に、醜いヒビ割れはぼやけて行き、万華鏡のような模様が彼女の周りに浮かんでいる。彼女の動いた後が紫に染まった。

「瞳孔《どうこう》が開いてる。何か薬物を盛られたのね」短い言葉に彼女の緊張感が読み取れた。「ケヴィン、私の言ってることがわかる？」

「うん、でもなぜ君がここに？」

「説明してる暇はないわ」ストラップが外れた。「急がないと」京ちゃんはケヴィンを支えて立たせた。「カズが鉤《かぎ》ロープを投げ入れてくれたの。塀を伝って降りることはできる？」

カズが助けにここへ？　訳がわからない。何もかもわからないことだらけだ。「できると思う。京ちゃんは？」とケヴィンは言った。

「私は来た道を戻らないと」京ちゃんはケヴィンを助けて部屋から廊下に出た。壁が迫り、鮮やかな幻覚の模様が凝縮されて、床を無数の色で埋め尽くした。「今頃、カズは外の車で私を待ってるはずよ。待たせる時間が長ければ長いほど、彼を危険に晒《さら》すことになる」

色とりどりの煌めきの下がどうなっているのかわからない。ケヴィンは慎重に足を運んだ。「来た道を戻るって、どういう意味？　それと、土井はどうなった？　ラディックが土井は死んだって」

「土井は意識はないけど、無事よ」京ちゃんはケヴィンの手首を引っ張って階段を上がった。「質問はそこまで」彼女はケヴィンを連れて外に出て、家屋の角を曲がって塀に一番近い場所に来た。「ここなら、あいつらに見られないわ」

「そうだといいけど、だって……」

京ちゃんは手でケヴィンの口を塞《ふさ》いだ。「静かに。私が確かめるわ」京ちゃんは前屈みになって角から様子を伺った。「玄関でのゴタゴタが片付いたとわかったら、ラディックは母屋を出て、急いでこっちに戻ってくるはず。ラディックが家に入ってドアを閉めたら、あなたをロープの場所まで連れて行くわ。ロープで塀を降りて、通りに出たら、昨夜車を停《と》めた場所で待つのよ。カズと一緒に車で迎えに行くから」

ケヴィンは首を振った。「京ちゃんを一人置いては行けない」

京ちゃんは振り返ってケヴィンを見た。「頭が混乱して状況がよくわかっていないようね。よく聞いてちょうだい。私の言う通りにすること、さもないとあなたのせいで三人とも殺される」京ちゃんは再び角から覗《のぞ》き込んだ。「あいつが来るわ」頭を擡《もた》げて、人差し指を唇に立てた。

奥の建物に続く小道を踏む足音がする。ドアが開かれ、勢いよく閉じた。

「今よ」京ちゃんはケヴィンの手を取り、塀の方へ駆け出した。

まるで無重力のようで、足を踏み出すたびに、宙に跳ね上がって、闇の中を空に向かうパターンに混ざって漂ってしまいそうだ。地面をしっかり踏みしめ、京ちゃんに連れられるままに大木の陰に辿《たど》り着いた。鉤が見えた。塀の上部を飾る小さな屋根瓦《やねがわら》に鉤が食いついている。

「さあ、行って」と彼女は囁《ささや》いた。「数秒間しかないわ」彼女はケヴィンの腕に力を込め、パーティの行われている母家に向かって走り去った。

ケヴィンは塀に近づいた。敷地内からだと、腰の高さなので乗り越えやすい。足を上げて、小さな屋根瓦の上に跨《また》がった。京ちゃんは家を覆う渦巻き模様の中に消えて行ったが、彼女は状況を把握して動いているようだ。少なくとも、自分よりもずっと。

ケヴィンはロープを持ち、木に背を向け、屋根瓦に腹這いになって、両足を塀の外に垂らした。靴先が蔦《つた》に覆われたレンガ塀に触れ、さらに下に滑ると、控え壁の笠石《かさいし》を見つけた。ロープを引っ張って鉤の引っかかりをチェックした。ピンとした張りを感じたと思ったら、擦れるような音が聞こえ、ロープは張りを失くした。鉤がぶつかって肩に鋭い痛みが走り、ケヴィンはロープを手放した。

「いたぞ。このすぐ下の塀だ」とラディックの声が谺《こだ》ました。「ゲートを回っていって、急げ、逃がすな」

キラキラの斑点《はんてん》があちこちから集まってくる。それらを振り払おうとして、ケヴィンはバランスを崩し、あわや落下しそうになるところで蔦をつかんだ。ロープはもうない。蔦では長さが足りない。木はどうだ？　足を使って体の向きを変えた。木はこちらに枝を伸ばし、レモン色の光の粒が葉を輝かせている。考えている余裕などない。控え壁を踏み台にして、柔らかそうな葉めがけて飛び込み、枝に跨《また》がると、枝は急速に垂れて下降し、ケヴィンを木の幹にぶつけて地面に放り出した。喘《あえ》ぎながら膝を立て、肋骨《ろっこつ》を触ってみた。折れてはいない。走れる。ここからまっすぐ坂を下るのか？　どこに行くべきか、京ちゃんの指図が聞こえる。車がどうとか……。

薄暗い二棟のアパートの黄色い窓の明かりが、坂の下で明滅している。あれは昨夜見た気がする。左手に、ぼんやりと光る街灯の列が信号機を照らしている――そうだ！――あの道で車を待つのだ。

「あそこだ！」道路の方から罵声《ばせい》が聞こえた。「捕まえろ！」

男が二人こちらに走ってくる。京ちゃんと違い、男たちは動いた後にカラフルな余韻を残さず、ただその場で走る動作をして、巨大化し、ケヴィンに覆いかぶさるくらいの大きさになった。ケヴィンは飛び起きて駆け出した。男たちに追われて、二棟のアパートの間の窓のない闇の中に逃げるしかなかった。狭過ぎるが、体を横にして隙間《すきま》に入り込んだ。歩調の乱れた足音が追い掛けてきた。何か鋭利なものがケヴィンの腕を切った。

「そっちに任せたぞ」その声は後方から聞こえた。

狭い路地の向こう側に一人が立ちはだかり、手に持ったものが光に反射した。ペン型スプレーか？

シューという音がした。ケヴィンは目を瞑《つむ》り、低い体勢になって、男の胴を目掛けて突進した。男は路地から後ろ向けに引っくり返り、何かに頭をぶつけた。ケヴィンは必死で立ち上がった。目の前のスポーツ刈りの男は倒れたまま動かない。

ロン・早見がマンションの間から現れ、それに貧相な顎《あご》のクライド・マトリーが続いた。

走行中の車のヘッドライトが男たちの顔を照らした。彼らは地面に倒れた仲間には目もくれず、こちらに近づいてきた。ケヴィンは背後の車道を振り返った。京ちゃんとカズはどこにいるのだろう？ 蠢《うごめ》く粒々が紛らわしくて、車の区別がつかない。追跡者たちから身を翻して、道路に飛び出た。ヘッドライトが眩《まぶ》しい。目が見えない。クラクションが鳴り、タイヤが軋《きし》んだ時、彼は道路を渡りきっていた。

飲み屋から出てきた会社員の群を躱《かわ》しながら、歩道に沿ってひたすら走った。後ろから怒鳴り声がする。肩越しに振り返ってみると、会社員のグループが道幅一杯に広がり、ラディックの手下はそれをかき分けようとしている。マトリーが躓《つまず》き、飲み屋の入り口に掛かっていた提灯《ちょうちん》を落としてしまった。客たちがマトリーにつかみかかり、早見が助けに入って、二人とも客たちとの殴り合いで足止めを食らっている。

ケヴィンは庭の垣根と玄関先の間の路地に入った。暗くてちょうどいい。ジョギング程度のペースに落とした。粒々に先導されるように、角を右へ左へと曲がり、歩行者を抜いて進むと、とうとう他に誰もいなくなった。

後ろから足音は聞こえない。ひとまず安全だ。京ちゃんとカズはどうなっただろう？　ラディックの屋敷から無事に出られたのか？　二人が心配そうな顔で自分を探す光景が思い浮かぶ。他にマトリーや早見の顔も思い浮かんだ。ケヴィンは立ち止まり、壁に凭れて息を整えた。自分がどこにいるのか、どうすればいいのか見当もつかない。幻想が消えないまま徘徊《はいかい》すれば、おそらく捕まってしまう。京ちゃんとカズは、再び身の危険を冒して彼を救おうとするだろう。いったんどこかに隠れて、頭が正常に戻るのを祈ろう。

ケヴィンは再び動き始めた。垂れ下がった壁から這い寄る淀《よど》んだ陰の中を歩いた。ぼんやりと光る街灯が閃光《せんこう》を放ち、超新星誕生のように膨れ上がって火花を降らせた。ここまで、できる限り現実にしがみついてきたが、もう限界だ。

神社の鳥居に続くブロック塀に沿って歩き続けた。灯籠《とうろう》や狛犬《こまいぬ》が両側に並ぶ砂利石の参道を進み神社に着いた。社殿の方にお辞儀をして、隠れることができそうな場所を探した。左側の狛犬と灯籠の間にちょうどよさそうな空間がある。

狛犬の顔は、いかついながらも、どこか芝居じみてユーモラスだ。頭を撫《な》でても怒りはしないだろう。狛犬はいかめしく頷《うなず》いて願いを受け入れると、また守りの姿勢に戻った。許可してもらえた。

ケヴィンは狛犬の後ろ側に回り、石灯籠に向いて座った。下から最上部の開口部分まで、滑らかな曲線を描いている。遥《はる》か昔、ここに火が灯《とも》されていた。その燃え残りが今も見える。光は明るい上向きの光線となり、真夜中の雪片の銀河に彼を連れていく。

「ケヴィン、大丈夫?」

ああ、他の何よりも聞きたかった声だ。狛犬め、真似《まね》が上手だな。もう一度やってくれるかな?

「お前がこっちに来るのを見かけたのが俺たちでよかったぜ。ラディックの手下はそう遠くない」

今度はカズの声だ。狛犬め、やるじゃないか。

「京ちゃんの言う通りだ。こいつ頭がいっちまってる。車に乗せるから手伝ってくれ」

第二十一章　囮《おとり》

　ケヴィンは布団に横たわり、天井に現れた色の斑点《はんてん》が輝きを失い消えていくのを見ていた。日光が当たって障子が晴々と明るい。周囲の現象に呑《の》み込まれるのではなく、それをじっくり観察する余裕が生まれていた。この場所には見覚えがある。落ち着きと自信が戻ってきた。周りを見回して確かめてみた。京ちゃんと一夜を共に過ごした部屋だ。だが、どうやってここまで来たのかは思い出せない。

　ズキズキする痛みを感じて、指先の絆創膏《ばんそうこう》に目をやった。口も痛い。唇のかさぶたに触れると、さまざまな光景が一気に蘇《よみがえ》った――ぞっとするようなラディックの目、ストラップをほどく京ちゃん、木の幹との衝突、庭の垣根から伸びる影、狛犬《こまいぬ》の歓迎。その後のことはよくわからない。あり得ないことだが、わけのわからない狂った渦のどこかで、カズが猛スピードで運転し、その後部座席で京ちゃんに手を握ってもらっていたような気がする。京ちゃんとカズ、二人を見つけなければ。

ケヴィンは立ち上がって、居間の方を向いた。襖《ふすま》の隙間《すきま》から、京ちゃんが立ってこちらを見ていた。彼女はけばけばしい化粧を落とし、挑発的なドレスを脱いで、ジーパンと半袖《はんそで》のニットを着ている。

「気がついた?」京ちゃんはスリッパを脱いで座敷に入ってきた。

ケヴィンは彼女に近づき、彼女を抱きしめた。頬《ほお》を彼女の髪に埋めると、彼女も抱きしめてくれた。「うん。まだ少し変だけど、自分がどこにいるか、誰といるかはわかるよ」彼女を一層強く抱きしめた。「それがどれほどラッキーかも」ケヴィンは一歩後ろに下がり、両手を彼女の肩に置いた。「昨夜のことは今でもよくわかってないんだけど、一つだけ確かなことは、京ちゃんとカズが来てくれなかったら……」

「何も言わなくていいのよ」

「ラディックは京ちゃんの写真を持ってるんだ。手下に見せていただろう。そのうちの誰かが君に気づいていたかもしれない」

京ちゃんは首を振って微笑《ほほえ》んだ。「あんなバカみたいな眼鏡をかけて、化け物みたいな化粧してたんだもの、気づかれっこないわ。本当の危険を冒したのはカズよ。幸い玄関に出たのが、ラディックらが革青同に目をつけてた当時を知らないくらい若い男で助かったわ」

「簡単そうに言うけど、そうじゃないことは僕が一番よく知ってる」ケヴィンは彼女の髪を撫《な》で、彼女を放した。「カズはここにいるの？　土井は？」

京ちゃんの目に心配の影が過《よぎ》った。「カズは奥さんの元へ帰ったわ。多分、なぜ昨夜の帰宅があれほど遅くなったのか説明してる頃だと思う。土井はリビングにいるわ。ほとんど正常に戻ってる。気になるのはケヴィン、あなたよ。今は朝の九時。あいつらにどんな薬を盛られたのか知らないけど、真夜中からずっと目を開けたままここに横たわっていたのよ。眠らなくて大丈夫？」

ケヴィンは口に手を当てて欠伸《あくび》を隠した。頭の中は、脳というより砂袋が詰まっているみたいだ。「みんなが無事だとわかったから、眠れるかもしれない」

京ちゃんは軽くケヴィンを抱擁《ほうよう》して部屋を出ていった。

＊＊＊＊＊＊＊＊

昼間の黄色い明るさが障子から消えかけている。ケヴィンは布団の上に起き上がり、伸びをして時計を見た。午後四時。指は今も痛いが、七時間も眠ったおかげで気分は良くなり、頭もはっきりしてきた。点滅する光の点は薄れ、ほぼ消えている。立ち上がって、押し入れの戸を開けた。その音がよく聞こえるくらい家の中は静かだ。

布団を畳んで押し入れに片付けると、京ちゃんがリビングルームから入ってきた。「よく眠れた?」と彼女は聞いた。

「うん」とケヴィンは言った。「頭もだいぶ冴《さ》えて、幻覚と、実際に起こったこととの区別がついてきた。京ちゃんとカズがしてくれたことも。どうやってのけたのかは今もわからないけど。教えてもらえるかい?」

京ちゃんは首を傾《かし》げ、「まあ、どうしてもと言うのならね」と悪戯《いたずら》っぽく言ったが、その笑顔は誇らしげだった。「いったい何が起きたのか、誰からも電話がなかった時、吉村警部補に電話したの。でも彼は不在だった。タクシーを捕まえて、黒田のマンションがある通りまで行ってみた。土井の車が見えたから、タクシーを降りてみたら、土井が運転席で気を失ってるじゃない。どうしたのかわからなかった、だって見たところ怪我《けが》した様子はなかったし。土井が正常に呼吸していることを確かめて、あなたを探しに行ったの。黒田のマンションのインターホンを押したけど返事はないし、マンションの建物には誰も出入りしないし……。向かいの薬局の人に、何か見なかったか聞いてみたけど見てないって。そうしたら、買い物に来てた近辺の人が、私たちの会話を小耳に挟んで話しかけてくれたの。三人組の男が外国人を黒田のマンションから運び出すのを見かけた、二人が担いで、後の一人がドアを開けていたって。カズ以外に頼れる人はいなかった。だから、土井をカズの家に連れていったの。幸い、奥さんは留守だった。あなたがラディックの一味に捕まったって話したら、奥さんとの約束にはかまわず力を貸すと言ってくれたわ。カズと二人で土井をここまで運んで、布団に寝かせたものの、あなたの行方《ゆくえ》はわからない。その時、伊藤の話を思い出したの。ラディックの屋敷に連れて行かれて訊問《じんもん》を受けてるんじゃないかって。それしか思いつかなかったから、一か八かだった」

京ちゃんは話を続けた。彼女もカズも、気づかれないようにラディックの家に潜り込む方法がわからなかった。カズがパーティ客を装うのは無理がある。招待された男たちはラディックのクライアントで、そのほとんどが外国人、その全員がラディック一味と面識があったのだから。またケヴィンの元生徒によると、パーティにいる女性はすべて売春婦だという話だから、京ちゃんも招待客のフリはできない。でも、それこそが突破口だった。京ちゃんは電話帳でエスコートサービスの名前を探し、それらしいみなりをして、来客を出迎えているラディックの手下に、パーティに参加しろと言われて来たと告げた。その男はある客を指差して、もてなすように彼女に命じた。カズが到着して、ラディックの玄関先で激怒する隣人の演技をするまで、彼女はその客にお酌をしながら時間を稼いだ。彼女曰《いわ》く、唯一ヒヤリとした場面は、ラディックがパーティ客を押しのけて玄関先に向かった時、ラディックとすれ違わざるを得なかった時だ。ラディックが玄関に出ると、怒った隣人は少し離れた暗がりに立ち、拙《つたな》い英語でラディックに怒鳴った。脅したり罵《ののし》ったりの応酬が続く間に、京ちゃんはケヴィンを訊問室から解放したのだった。

「一つ間違えれば大変なことに……」ケヴィンはもう一度京ちゃんを抱きしめた。

「そんな感傷的にならないで」と彼女は彼にキスした。

「おい、おい」と土井の声。先ほど京ちゃんがいた位置に、土井が立っていた。「生きて帰れただけじゃなく、他にも祝い事があるようだな、ケヴィン。いやはや、おめでたいことで」と言うと、笑いながら慇懃《いんぎん》なお辞儀をした後、キッチンに行き、水の入ったコップを持ってリビングルームのテーブルに腰を下ろした。

ケヴィンと京ちゃんもテーブルに着いた。「あいつらに何をされたんだい？」とケヴィンは尋ねた。

土井は顰《しか》め面《つら》をした。「何とも面目ない。車が近づくのを見張ってたんだが、あいつら四人とも、薬局の角から走って現れやがった。そのうちの一人を車のドアでノックダウンするのが精いっぱいだった。すぐに、他の奴らに車から引きずり出されて注射を打たれちまった。気づいた時には、あいつらにポケットを探られて、金山士郎に送りつけようと思ってたビデオテープを盗まれてた」土井はコップの水を飲み干した。「次回はもっとうまくやらないとな」

「ああ」とケヴィンは言った。「次回か。これでもうまったく疑う余地がない。ラディックは僕らをしっかりマークしている。カズがここにいなくて残念だ。昨夜の一件以来、彼も僕ら同様、標的の一人になってしまったから」

「彼、よくわかってるわ」と京ちゃんが言った。「ここを出る時に、会社に休職願いを出して、暫《しばら》く奥さんと二人で、地方にいる奥さんのお友達の実家に身を寄せるって言ってたから。それで安全とは限らないけど」

土井は拳《こぶし》をテーブルに置いた。「やられる前にやっつけないと」

京ちゃんは、狂人を見るような目で彼を見た。「やっつけるって、どうやって?」

土井が答える前に、ケヴィンが言った。「唯一の頼みの綱は警察だ。ラディックは奴の有力な後ろ楯《だて》、金山士郎に頼んで、吉村警部補を懲戒処分にして警視庁から山奥の駐在所勤務に転勤させたと得意げに話していた。ということは、吉村に対する土井の疑いは間違ってたことになる。彼は僕らの味方だ」

「味方かもしれないが、どこに飛ばされたかわからないし、監視されてるはずだ。どうやって俺たちの助けになる?」

「二日前の君のセリフを使わせてもらうなら、『それを確かめる方法は一つしかない』。ドラッグが頭に回る前に聞いた記憶では、奴は確か吉村さんは『いつ……何とかという……ローカル線の果ての山奥に飛ばされた』って言っていた。果てと言っても警視庁の管轄外のはずはないから、恐らく東京都の西の方だろう。だとすると、『いつ……何とかいう……ローカル線の果て』というのは五日市線の終点のある五日市町方面じゃないかな」ケヴィンは京ちゃんに向き直り、「京ちゃんと僕で行ってこよう。夕方六時前には終点の武蔵五日市駅に着けるはずだ」ラディックがアジトを探しているというのに、彼女をここに置いていけるものか。「吉村さんを見つけたら、警視庁で味方してくれそうな人がいないか聞いてみる。金山士郎に屈伏しないのは、吉村さんひとりじゃないと思うから」

「もし、お前の言うことが正しくても、吉村がどこか別の場所に飛ばされたか、免職でもされてたらどうする？」

「そうなる前に警部補と話せる」根拠のない、楽観的な推測だ、とケヴィンは思った。自分が何時間も無駄に眠り込んでいた間に、ラディックが何をしたかなんて神のみぞ知るだ。

「土井は一緒に来ないの？」と京ちゃんが聞いた。

土井は笑って、「俺の前科を考えると、俺に警官の相手をさせるのはまずいよな。けど、俺も何かせずにはおれない。組関係の友達に、ピストルが手に入らないか聞いてみようか？」

「頼むから、そんなことは考えるのもよしてくれ」とケヴィンは言った。「警察を味方につけるには、僕たちは合法的にやらないと。君には別のアジトを、できれば複数の家を手配してもらいたい。ここがラディックに見つかるのは時間の問題だろうから」

「わかった、すぐに手配する」土井は京ちゃんに向き直って「それでいいか？」

「うん」と彼女は言った。「カズも賛成してくれると思うわ。だけど駅に向かう前に、ケヴィンは何か食べなきゃだめよ」と言うと椅子から立ち上がり、ケヴィンを見下ろした。「インスタントラーメンと卵で我慢してね」

ケヴィンはありがとうと頷《うなず》いた。余りにもいろいろなことが目まぐるしく起こり、自分がどれほど空腹かを忘れていた。体力をつけて、前に突き進まなければならない。自分の計画がうまくいくかどうかは、上司に捨てられた一人の男次第だということなど考えずに。

****

前の車のブレーキランプが点灯したので、土井はＢＭＷの速度を落とした。ケヴィンは助手席で体の向きを変え、後部座席に座っている京ちゃんの向こうのリアウィンドウから外を見た。さっきからサイドミラーに映っていたグレーのホンダはまだそこにあった。

「僕らの後ろにいる車は、僕が襲われた夜に、ラディックの手下が運転していた車、それと伊藤が殺された日に伊藤の家の外で見かけた車と、色も車種も同じだ」とケヴィンは言った。

「おう」と土井。「俺が曲がったら、あいつも曲がり、付かず離れずついてきやがる。お前と京ちゃんを駅で下ろしたら、あの車は俺がこっちでしばらく引きつけておいて、その後で振り払うようにする」

「私のせいね」と京ちゃんが言った。「ラディックの手下は昨日、土井をこの車の中で見かけていたから、きっとこの車を捜していたのよ。カズと私は袋小路に駐車すべきだったんだわ」

土井は地下鉄の駅の入り口に車をつけた。「ここから新宿に行って中央線に乗れ。そこからの行き方はお前らもわかるだろう」土井はバックミラーを覗《のぞ》いた。「早く降りろ。俺はすぐ出る」

京ちゃんについて地下鉄への降り口へ向かいながら、ケヴィンは後ろを振り返った。土井のBMWは早くも車の流れに溶け込んで行った。だが、土井の車があった場所にホンダが来て停《と》まり、濃い色のズボンと薄茶色のブレザーを着た男が降りると、車は走り去った。男は、ラディックの手下らしからぬ体型の、見たことのない日本人だった。

ケヴィンは、先に階段を下りていった京ちゃんに、券売機の前で追いつくと、「振り返らないで。誰かにつけられてる」と言った。

京ちゃんはケヴィンに切符を渡した。「そいつを吉村警部補に近づけるわけにいかないわ」

「そんなことはさせない」ケヴィンは京ちゃんと並んで改札を通った。「京ちゃんは新宿行きの電車に乗ってくれ。電車が入ってきたら、僕は京ちゃんとわかれて、反対側のプラットホームに移動して、逆向きの電車に乗る。奴は京ちゃんじゃなく、僕の後をつけるはずだ。武蔵五日市駅で落ち合おう。京ちゃんが先に着いたら、僕もすぐ行くと警部補に伝えてほしい。彼は京ちゃんのことも知ってるから」

京ちゃんは階段を上がってホームに向かった。「本当に尾行を振り切れそう?」

「心配しないで。だんだんうまくなってきてるから」しかし、もし男が自分じゃなくて京ちゃんの後をつけていったらどうする? ケヴィンは階段に躓《つまず》き、あわやというところで手摺《てす》りをつかんだ。「もしそいつが京ちゃんの電車に乗ったら、僕も奴に続いて乗る。京ちゃんは、次の駅で、電車の扉が閉まりかけた時に降りるんだ。絶対に君を尾行させたりはしない」

「どうやって?」

「そいつの前に立ちはだかるとか、何か考えるよ」

二人はホームに着いた。京ちゃんはこちらを振り向いた。「うまくいくことを祈りましょう」京ちゃんは彼の腕に手を置くと、横目で見た。

「階段のそばにいる、淡い茶色のブレザー？」

「そいつだ」

構内アナウンスが響き、新宿行き電車の到着を告げた。ケヴィンは掌《てのひら》を少し丸めて、京ちゃんの柔らかい頬《ほお》に当てた。「じゃ、武蔵五日市で」

京ちゃんが乗車した後、ケヴィンは彼女に手を振りながら、階段近くの扉を凝視した。男は乗車せず、扉が閉まり、電車が発車した。ケヴィンは電車が加速してトンネルに入っていくのを見送った。ひとまず安心だ。あとは、尾行を逆方向に連れて行き、どこかで振りきればいいだけだ。次の駅か、二駅あとか？　自分が男を長く引き止めれば引き止めるだけ、京ちゃんの安全が保障される。それならいっそのこと、思い切り引き延ばしたらどうだろう？　地下鉄路線ツアーというのはどうだ。反対方向の電車がホームに入ってきた。吉村さんのことは京ちゃんが首尾よくやってくれるだろう。自分は、京ちゃんのため、そして土井とカズのために時間稼ぎをしよう。

****

一時間が過ぎた。ケヴィンは地上の電車に乗り換えていた。尾行者は隣の車両で吊革《つりかわ》につかまっている。車窓から外を見ると、南方から近づく暗鬱《あんうつ》な雲の群れが、沈みゆく太陽をじわじわ呑み込もうとしている。大雨が降ろうとしていた。これから起こることの予兆か。耳の中の声が言った通りだ。何をやっても、自分は自分を必要としていた人々にとって何の役にも立たなかった。自分のせいで、友人たちは生命のある限り身を隠す所を探し続けながら生きていかなければならない。両手で吊革を握った。どうも頭がちゃんと回っていない。ラディックの薬物がまだ体内に残っていて、思考を揺さぶっているようだ。何も決まったわけではない。確率がどうであれ、可能性はまだあるのだから、最善を尽くすまでだ。

今頃、京ちゃんは武蔵五日市行きに乗っているはずだ。すべてうまくいっている。けれども、真夜中を過ぎたら、この電車も止まり、隣の車両の男も自分も駅を出て、人通りのない街に降り立つことになる。そこには例のホンダが待っているだろうか？　尾行者が公衆電話を使っていたのを知っている。

ケヴィンは吊革を持ち替え、電車の扉寄りに移動して、扉の上にある路線図を見た。アパートの最寄り駅まであと二駅だ。もし部屋に戻ったら、そこから身動きできなくなるだろう。それがわかっていながら、なぜか無意識に自分はこの電車を選んでいた。ラディックの手下を京ちゃんと土井から遠ざける手段として。しかし、奴らをどこにおびき寄せようというのだ？　どこに行こうと、奴らのほうが有利だ。例外は……。笑みが浮かんで唇のかさぶたが裂けてしまった。例外は、秀夫と一緒に、松に覆われた山頂が、薄青い空に波のように連なるのを仰ぎ見た、あの場所だ。

電車がケヴィンのアパート近くの駅に着いた。下車して改札口を出ると、緩慢に人が流れる歩道に出た。ゆっくりとしか進めないが、横の道の車よりは速い。背後の男は再び公衆電話で立ち止まっている。例のホンダまたはラディック一味の別の車には自動車電話が装着されているのだろうか？　彼のコネを考えるとありうる。どれくらいの距離まで近づいているのだろう？　ケヴィンは足取りを速め、角を曲がった。この道はあまり車が通らず、歩道もない。道には大勢の人がいる。遠くから雷鳴がゴロゴロと聞こえてきた。

ケヴィンはアパートの外側についている階段に近づいた。最初の踊り場の隅に身を隠して様子を伺うと、茶色のブレザーの男は公園の入り口で立ち止まり、駅に続く道路の方を見ていた。男は手を振った。しばらくすると、白いトヨタが男の横に停まった。誰も降りてはこない。男は屈《かが》んで運転手に何か言った。トヨタはゆっくり前に進み、街灯の下を通り過ぎた。運転しているのはロン・早見、助手席にはクライド・マトリー、そしてその後部座席にはラディックとおぼしき肩幅の広い男がいる。トヨタはそのまま走り、角を曲がった。道には歩行者が溢《あふ》れていて、ラディックと手下たちは待つしかない。

でも、何分くらい？　ケヴィンは金属の階段を駆け上がってアパートに入り、ドアに鍵をかけた。急いで靴を脱ぎ、玄関から室内に上がった。寝室のクローゼットからザックを取り出すと、雨具用の軽いパーカー、救急セット、ヘッドランプ、予備の電池、帽子、最後の三個のプロテインバーを中に詰めた。コンパスと地図は？　いや、要らない。シャツも今着ているものでオーケーだ。ズボンはもう少し楽なものにしよう。裾《すそ》が一センチくらい長過ぎるズボンが一本ある。登山靴にはお誂《あつら》え向きだ。ラディックと奴の手下が、自分を追い掛けてどこに連れて行かれるのか気づいた時には手遅れだ。あいつらは今履いている靴で追ってくるしかない。

ケヴィンはズボンを穿《は》き替えて、登山用の靴下を履いた。水を満たした水筒の入ったザックをレジ袋に押し込んだ。あいつらには中身が何かわかるまい。登山靴の紐《ひも》を結んで、アパートを後にして、再び路上に降り立った。

白のトヨタは見当たらない。尾行者はまだ公園の入り口にいる。あいつの任務が自分を見張って報告するだけなら問題ない。ケヴィンは、その男など眼中にないかのように、そばを通り過ぎて駅に戻り、立川行きの各駅停車に乗った。立川駅の人混《ひとご》みの中に、茶色のブレザーを着た男を見つけた。前と同じように、公衆電話の前に立っている。ケヴィンは八時十五分発の青梅線奥多摩行きに乗り込み、半分くらいまで来た所の「青梅」で下車した。

彼は駅ビルを離れ、人通りの多い、照明が煌々《こうこう》と照る広場に出ると、タクシーの列に並んだ。自分の前には十一人いる。列が進んで、あともう一人というところで、白のトヨタが広場に現れて止まった。やはり誰も降りてこない。

前の人がタクシーに乗ると、トヨタもゆっくり前進した。次のタクシーが目の前に止まり、後部ドアが開いた。乗り込んでから、ケヴィンは運転手に「梅見客で賑《にぎ》わう公園の横の道まで」と告げた。

運転手はバックミラー越しにこちらを見て、「電車でもう二駅先まで行って、日向和田《ひなたわだ》駅からタクシーに乗ったほうが安いですよ。時間があるなら」

正直な人だ。外国人を助けようとしてくれている。確かに、日向和田駅が無人駅でなければ、そうしていただろう。ケヴィンはトヨタの方を振り返った。人気のない駅の外で、一人でタクシーを待つはめになっていたかもしれない。「ご親切にありがとうございます。でも、ここからタクシーに乗りたかったので」

タクシーは乗り場を離れた。「お客さん、日本は長いんですか？　日本語が完璧《かんぺき》ですねえ」

そこまでうまくはない、でも親切心でそんなふうに言ってくれている。「ありがとうございます。長い間ここに暮らしています。日向和田にも何度か」

「梅を観に？」

「それもあります」

「あ、山登りですね」運転手は広場を出て、ハイウェイに向かった。数台後から、トヨタがつけてくる。「日《ひ》の出山《でやま》の登山口は公園から道をすぐ上がった所ですよ。あそこから登ったことはあるんですか？」

「ええ、何度も」

でも、夜は初めてだ。

第二十二章　山での攻防

タクシーは人気のない細い道を走っている。扇形に重なるヘッドライトは、道路沿いの闇《やみ》に沈む梅林と、その向かい側に並ぶ庭の垣根や家屋を次々に照らし出していく。ケヴィンはリアウインドウから後ろを見た。白のトヨタは街灯三本分の距離を保ってついて来る。ケヴィンは登山靴の紐《ひも》を締め直した。ラディックは攻めるタイミングを見計らい過ぎて、時機を逸することになるだろう。

タクシーのヘッドライトが傾いた鳥居の柱を捉えた。一筋の小道が鳥居の下を通り、「日の出山」と書かれた道標を過ぎて、山腹に切り込んで造られた丸太の階段が見える。丸太階段は急な上り勾配《こうばい》の松林へ入り、そしてその先は夜の闇の中に消えていく。

「お客さん、ここでいいんですか？」言葉遣いこそ丁寧だが、運転手の口調は訝《いぶか》しげだ。

「ええ、どうも」ケヴィンは料金を払って車を降りた。

タクシーがUターンして、来た道を戻っていくと、ケヴィンはザックを背負い、ヘッドランプを装着して、水筒をベルトに掛けた。白のトヨタは、タクシーとゆっくりすれ違ったが、タクシーが角を曲がるやいなや急にスピードを上げた。エンジンが唸《うな》った。ケヴィンは鳥居を走り抜け、丸太階段を登山道まで駆け上がると、暗闇で立ち止まった。足元には無数の石が転がっている。ヘッドランプのスイッチを入れて、レンガ半分ほどの大きさの石を見つけた。ラディックらが丸太階段に着くのを待つまでもなく、あの辺りなら十分に射程内だ。石を手にして重さを確かめ、ヘッドランプを切った。

下の方では、すごい勢いで急停車したトヨタのドアが開き、乱暴に閉まった。街灯の光の中に三人の男のシルエットが見える。先頭に立つ、動きの敏捷《びんしょう》な細身の男は早見に違いない。

早見は鳥居を駆け抜け、丸太階段の方を指差した。「奴は林の中だ。さっきライトが見えた。懐中電灯を持ってこい」

二人目の影はラディックより背が低く手足が太い。こっちはマトリーだな。マトリーはいったん車に戻り、再びさっきの場所に帰ってきた。その手から白い光が射《さ》している。ケヴィンは木の陰に隠れ、懐中電灯の光が登山道のあちこちを探し終わるのを待って、そっと出てきた。

「奴の姿が見えない」と早見が言った。

階段に近づく二人の背後から、どちらよりも背の高いラディックが現れ、「奴はそこら辺にいるはずだ。捕まえてこい。車の中でやってしまうぞ」

やるって何を？　ツールボックスの続きか？　ケヴィンは石を投げた。肩に痛みを感じた後で、鈍い音が聞こえた。マトリーが呻《うめ》き、脇腹《わきばら》を押さえながら地べたに膝《ひざ》をついた。早見は立ち止まり、マトリーの横に身を屈《かが》めた。ラディックは大股《おおまた》で二人の手下を追い越した。

「後悔するぞ、ケヴィン」

ケヴィンはしゃがんで別の石をつかんだ。後悔があるとすれば、石が別の男に当たってしまったことだ。今度はラディックの頭を目掛けて石を投げた。弧形も距離もいい感じだ。大男はサッと横に身を躱《かわ》し、耳を摩《さす》りながら、向きを変え、射程外まで引き下がった。早見は、体を丸めて脇を押さえるマトリーを抱えながら、ラディックの後に続いた。あいつら、作戦の立て直しをする気だな。ケヴィンは丸太階段を下りて木陰から、車の方に後退する三人の様子に耳を傾けた。

最初に口を開いたのは早見だ。「どうする、ライル？　マトリーはやられた。肋骨《ろっこつ》が折れてる」

「どうする、だと？」とラディックはわざと情けない声を出した。「どうもこうもない、わかりきったことだろう。サイレンサーで一発。あの野郎の脚を撃ち砕いて連れてこい」

「わかった、だけどこんな森の中じゃ、確実な狙《ねら》い撃《う》ちは無理だ。もう少し明るくならなくちゃ。その頃には奴にかなりの距離を開けられてしまう」

「何が言いたいんだ？」

「ここに来たのは偶然じゃないってことさ。あいつはヘッドランプまで持ってきてる。さっきの標識に、何とか山って書いてなかったか？」

「だからどうした？　追いついた時に、脚に一発撃ち込めば済むことだろう」ラディックは早見の肩をポンと叩《たた》いて、「俺はここが気に入った。事故を装うには恰好《かっこう》の場所がたくさんある。俺がやるだけやった後で、お前は奴を崖《がけ》っ縁《ぷち》から蹴落《けお》とせばいい」

早見は、月のない夜空を見上げた。「嵐《あらし》が来そうだ。濡《ぬ》れた山道を普通の靴で歩くのはやばいな」

「何が来ようと知ったことじゃない」ラディックの声が大きくなった。「今度こそ逃すものか」

早見は無言のまま、ラディックと共に車に辿《たど》り着き、向き合った。マトリーは数歩離れた所で立ち止まっている。肩が丸まり、両手で胸郭を庇《かば》っている。

「運転できるか?」とラディックはマトリーに聞いた。

マトリーは、いったん背筋を伸ばしたが、うっと唸《うな》って、また前屈《まえかが》みになった。

「加勢を呼んでこい」とラディックは言った。「奴の逃げ道を塞《ふさ》いでやる」

「わかった、でも……」

「でも、何だ?」

「残ってるのは二人だけ。そいつらはライルの命令で土井の後を追ってる」

「呼び戻せ。こっちを先に片付ける」

よし、いいぞ! これで土井と京ちゃんが自由に動けるようになった。作戦通りだ。

「俺の命令に文句があるのか?」とラディックはマトリーに詰め寄った。

「ないよ、ライル。文句なんてないに決まってるじゃないか」マトリーは一歩退いた。「ただ、嫌な予感がするんだ。山道がこの先どうなるかもわからないのに」

「誰かを叩き起こして地図を手に入れろ。いちいち言われないと何もできないのか?」

ラディックは振り返って助手席のドアを開け、「ロニー、傘と俺のバッグを出してくれ。よし、懐中電灯は俺が持つ」

ケヴィンは丸太階段を再び上り、登山道を歩き始めた。傘だろうがバッグだろうが、持ちたきゃ持てばいい。今から行く所は両手が必要になる。

登山道は、次々とスイッチバックを繰り返しながら、森の中を蛇行して高度を上げた。険しい岩肌の斜面を登りつめた所で、ケヴィンは止まって肩を揉《も》んだ。泥斜面を跳んで渡ろうとして、脱臼《だっきゅう》してしまった失態のこと、そして初対面の際に「そっちの腕を庇《かば》ってるようだね」とラディックに古傷に気づかれてしまったことは、できれば思い出したくなかった。

登山道に向かってくる懐中電灯の光が前後に揺れるたび、闇の中の木々が見え隠れする。覚束《おぼつか》ない足取りで一列になって歩く二人の足元を交互に照らしているのだろう。ラディックと早見は、わずか一本の懐中電灯を頼りに夜の山道を歩くことの難しさを痛感し始めているはずだ。そう思ったとたん、灯《あか》りが忙《せわ》しなく左右に動き出し、登山道を曲がりながら近づいてきた。恐らく、ラディックは懐中電灯を早見に持たせて、先に行かせたのだろう。

ケヴィンはバスケットボール大の岩を見つけ、灯りに向かって転がり落とした。懐中電灯の光線が急に夜空に向けられ、梢《こずえ》の先で明滅した。叫び声が斜面から上がり、低木が折れ砕ける音が聞こえた。早見は、あるいはラディックも、生い茂る雑木に飛び込み、あちこち傷だらけになったかもしれない。哀れなことだ。

懐中電灯の光が再び見え、今度は普通の速度で登山道を登ってくる。ケヴィンは、ヘッドランプが下の二人に見えるような歩調で進んだ。

その後三時間にわたり、霧雨が上昇気流に煽《あお》られながら断続的に降った。ケヴィンはパーカーのフードをきつく締め、一定の速さで歩き続けた。ラディックと早見はかなり遅れている。泥に足を取られ、靴擦れの足で滑ったり転んだりして、自分よりも多く、余分に歩いているのだと思いたい。日の出山、そして御岳山《みたけさん》を後にしたが、もうすぐ大岳山《おおだけさん》の山頂に着く。広くて道標の多い登山道に慣れてきた二人組にとっては驚き満載の恰好《かっこう》の山だ。

ケヴィンは山頂で立ち止まり、プロテインバーを食べながら、ヘッドランプを点《つ》けて周りを見回した。テントは見当たらない。ヘッドランプは「頂上」と彫られた道標を捉え、その後で地元のハイキングクラブによる筆書きの注意書きを見つけた。「健脚者向け　この先で転落事故多発」と書かれている。

ラディックまたは早見にはこの警告が読めるだろうか？　登山口の道標の文字は簡単なのに、ロニーは一文字しか読めず、ラディックにはまったく助けにならなかった。ということは、奴らは自分についてくるしかない。風に吹き飛ばされ旋回する枯れ枝を横目で見ながら、ケヴィンは岩に凭《もた》れた。疲れ切った筋肉も、薬物で歪《ゆが》んだ脳も、自分に嘘《うそ》をつく言い訳にはならない。もともとは自分が囮《おとり》になって、ラディックと早見を山中で道に迷わせるつもりだった。しかし、一歩一歩進むほどに、奴らが山から生還したら、自分はもちろん京ちゃん、土井、カズまで再び追い詰められるだろうと考えるようになった。吉村警部補は助け舟を出せるかもしれないし、出せないかもしれない。下界は未知数だらけだ。枯れ枝が風に飛ばされて山頂を横切り、登山道が続く森に入っていくのを目で追った。ここからは、追われる側が追う側に逆襲する番だ。

風と風の合間の静けさの中で、微《かす》かに聞こえた苦しそうな息遣いが段々大きくなってきた。ケヴィンは振り返り、ヘッドランプを消した。ラディックの懐中電灯の光線と、早見のシルエットが山頂に現れた。

「ずっと奴のランプを見てないけど……」と早見は言った。

「多分……木が多いせいだろう」息絶え絶えなのはラディックだった。「俺たちが通り過ぎるのを待って、折り返したんじゃ？」

「どこかで道から逸《そ》れたのかもしれない」と早見は言った。

ケヴィンはヘッドランプを点けた。

「いや」とラディック。「あそこにいる」

ケヴィンは、風が運ぶ雨粒をパーカーに受けながら、再び普通の速度で歩き出した。ヘッドランプが放つ光は、森林の尾根に延びる泥道を照らし、羊歯《しだ》の葉先の水滴を煌《きら》めかせ、そして暗闇に別の注意書きを映し出した。「五メートル先　左、歩キヤスシ　右、岩場キケン」その通りだ。自分は来たことがあるから、この先どうなるかは百も承知だ。だが、ラディックと早見は知らない。後ろを振り返り、二人に自分の曲がった方向が見える程度の距離を保った。

右の道は、最初は緩やかに、やがて急激に下降して、滑りやすい岩盤になる。ケヴィンは仰向きでカニ歩きし、細長く延びた巨岩の間を、岩の凸凹《でこぼこ》を手掛かりとして、尻《しり》を擦りながら滑り抜けた。そこから登山道は、やや下り気味の滑らかな花崗岩《かこうがん》の広がりの上を真直ぐ延びているように見える。だが実はその先は垂直に落下しているのを、奴らはまもなく知ることになるだろう。この辺りに左向き矢印のついた岩があるはずだ。あった。塗料がはげかけていて、知っていて捜さないと見つからない。左に折れ、別の岩を登って登山道に戻ると、スイッチバックに沿って、巨岩の間から十五、六メートル下方の平坦《へいたん》な場所に達した。そこでヘッドランプを消した。

岩盤の上に早見の影が見えた。足元にライトが当たる時しか動けず、滑りやすい表面を恐る恐る小股《こまた》で進んでいる。細長い巨岩まで来て止まった。

「さっきこの辺りで奴のライトが見えたんだけど、もう見えない」と言った。

「心配するな」とラディックは言った。「あいつはまたどこかで曲がったに違いない」

「そうか、オーケー。この辺は気をつけないと」

「わかった。さっさと行け」

早見は、手探りで進みながら巨岩を過ぎた所で再び止まった。岩肌の矢印から一メートルほどしか離れていない。矢印が見えただろうか？　ケヴィンはヘッドランプを点灯し、まるで転落しかけているかのように両腕を上に振り上げた。そして膝をついてしゃがみ、素早い動作で、上から見下ろす二人組から後ずさりした。

「あそこだ」ラディックが叫んだ。「何をぐずぐずしてるんだ？」

早見はベルトから銃を抜いた。ケヴィンは岩の後ろに逃れた。

「岩が多過ぎて、奴に当たりそうもない」と早見は言った。

「だったら、当たりそうな所まで動けばいいだろ。すぐ目の前にいるじゃないか！」

早見は尻をついて座り、空いている方の手で体を支え、両足を踏ん張りながら、少しずつ前に進んだ。ラディックも屈み、懐中電灯を当てながら早見のすぐ後ろに続いた。

「ライル、これはマズイよ。すげえ急な斜面だ」

「あいつにできたんだ、お前にもできるはずだ」ラディックは早見の肩に手を掛けた。「進め」

「おい、やめろ」

背後から押されて踵《かかと》を踏ん張ろうとしたために、早見は足を滑らせ、あっという叫び声と共に、拳銃を手放し、両腕を広げながら滑り落ちた。急な動きのせいで、早見は俯《うつぶ》せになって空中に投げ出され、途中で二度ほどバウンドして、岩壁の底に落下した。

ケヴィンは岩の後ろから出た。早見は横向きに倒れ、片手を口に当てていた。指の間から血が流れ出ている。ぼんやりした目でこちらを見上げた。

「お前が秀夫を突き落とすのを、この目で見たぞ」そう言ったものの、気持ちはまったく収まらない。目の前で横たわる男は単なる操り人形にすぎない。ケヴィンはヘッドランプで周りを照らした。銃は見当たらなかった。

右の上方で石の転がる音がした。ラディックは道を見つけたようだ。ケヴィンは石の音のする辺りをヘッドランプで照らし、大男を見つけた。ラディックは、折り畳み傘をベルトに差し込んで、懐中電灯を交互に持ち替えながら慎重に岩を降りてきている。靴をしっかり踏み込みながら、小股で素早く前に進み、ほぼ下り終えている。

両手で口を押さえている早見にもう一度目をやり、ケヴィンは岩を乗り越え、登山道を安全な距離まで移動して、立ち止まって耳を澄ませた。砂利だらけの地面を急ぐ足音が止まった。ラディックが懐中電灯を振り回すと、岩や雑木が視界に飛び込んできたが、また闇の中に見えなくなった。

「銃はどこだ?」

「失くした」唸るような声だ。「すまない」早見は絞り出すように言った。

「あいつに持っていかれたんじゃないだろうな?」

「医者を呼んでくれ」

「ああ、後でな。俺のバッグをよこせ」ファスナーを開く音がした。「見ろ、針は無事だが先端が折れている。役立たずめ」

「ライル、いい加減にしてくれ」

「歩けるだろ？」

「動くと痛いんだ」

「それでも歩く以外に仕方ない。灯りのついていた場所まで戻って、誰かに助けを求めるか、マトリーに電話しろ。」

「どうやって戻る？　懐中電灯を持っていないよ」

「お前がそこまで行きつけなかったら、後で誰かをやってお前を捜してやる」

「置いていかないでくれ、頼む」

「悪く思うな、ロニー」再び登山道で靴の音がした。「あいつに、いいようにさせてはおかん」

ケヴィンは身を翻した。ラディックは自分の上方にいて、奴の周りには無数の岩がある。下方には、最後の二つのスイッチバックの向こう側に、次の山への尾根道がヘッドランプの光に浮かび上がった。その光景は、薄くなり、再び現れてすぐ、周囲はまた真っ暗になった。

しまった、電池だ。山頂で時間があった時に交換しておくべきだった。ケヴィンはしゃがみ込み、ヘッドランプを外すと膝の間に挟んだ。重い足が石を踏む音がする。ケヴィンはザックを下ろし、新しい電池を取り出してパッケージを破った。ガリガリと石を踏みしめる音が近づいてきた。木立の隙間《すきま》から光が漏れて広がった。ヘッドランプのパネルを開け、古い電池を取り出して、新しい電池を押し込んだ。向きはこれで良かっただろうか？スイッチを入れてみた。点灯しない。懐中電灯の光がケヴィンを包み、登山道に影を投じた。

「これは、これは！」とラディックが言った。「まさか待っていてくれるとは」

ケヴィンは電池の一つをひっくり返してスイッチを入れた。点《つ》いた。ヘッドランプを再び装着して、ザックをつかみ、登山道の曲がり角に向かって全力疾走した。背後が静か過ぎる。これはマズイ。何かが脚を掠《かす》ったので体を避《よ》けた。大きな石が目の前の木に当たった。角を曲がった所でザックを背負い、もつれぎみの足で先を急いだ。ぶら下がれそうな物にはすべてぶら下がり、足を着く間もなく跳ねるように先を急いだ。足首を捻《ひね》りかねない動き方だ。また光が当たった。登山道は曲がりくねっている。追手を引き離せそうだ。

「ケヴィン、お前にはがっかりだ」ラディックの声は遠く、山林の中でくぐもって聞こえる。「お前がガキのように逃げ回るとは思わなかった。この辺で決着をつけようじゃないか?」

いずれそのうちに、とケヴィンは思った。もっと山々のご利益を受けてからだ。

懐中電灯の光が届かない距離まで走り、そこからは普通のハイキングの速度に歩調を緩めて、約一時間で次の山頂に到達した。そこから西方に鋸尾根《のこぎりおね》が延びている。ラディックは、両側がほぼ垂直に切り落ちた、突き上げるような道を何回もよじ登ることになるだろう。その次に待ち構えるのは、木の根だらけの泥粘土の下り坂だ。ケヴィンは追手のぼんやりした灯りが再び見えるのを待って、頂上から下り始めた。

半分ほど下りた所で、豪雨が森林を襲った。暴風を伴う激しい雨のせいで、ズボンがふくらはぎにじっとりとこびりつき、靴下までずぶ濡れだ。頭上では揺れる梢の間に灰色の空が見え隠れしているが、山腹はまだ闇に包まれている。背後では、斜面を下りる懐中電灯の光は止まりがちで、何度も光が登山道に沿って弧を描いたり、飛び跳ねたりした。ラディックは足を滑らせて、尻餅《しりもち》をつきながら、いや、願わくは、仰向けに転倒しつつ、自分に追いつこうと体を張っているに違いない。

ケヴィンは、急な下りが続く箇所では爪先《つまさき》を使って軽やかに動いた。懐中電灯は近づいたかと思えば、遠ざかり、また近づいて、百メートル近くまで寄ってきた。登山道が樹林帯から出て、奥多摩への散歩道になった辺りからケヴィンは歩幅を広げた。

激しい雨で、町は夜明けの弱い光の中で気が滅入りそうな光景だ。唯一《ゆいいつ》人影があるのは、二階建ての駐在所の大きな窓だ。制服姿の男は、乾いた暖かそうな屋内でカウンターの向こう側に座り、受話器を耳に当てながらメモを取っている。警官は、ヘッドライトに雨を浮き上がらせ、轟音《ごうおん》を立てて通り過ぎて行くトラックにもまったく気付かない。ケヴィンはプロテインバーをもう一本取り出し、後ろを振り返って、傘をさしながらこちらに近づいてくる男の姿を見た。通常ならジロジロ見られるところだが、これほど激しい雨の降る早朝では、泥まみれの巨漢の外国人さえ誰にも気づかれずに外を歩くことができる。

ケヴィンは駅と町を後にして、蛇行する道を進んで別の登山道に入ると立ち止まって、ふくらはぎの筋肉を伸ばした。疲れていたし、肩も痛い。だが、ラディックはもっと疲れきっているはずだ。ラディックが電話ボックスで止まったので、今ようやく視界に入ってきた。緩慢な足取りで、足を引きずっている。左の膝だ。鋸尾根を抱く峰に感謝しながら、追跡者に背を向け、登山道を登り始めた。

上り坂が急峻《きゅうしゅん》になった。山肌は岩の破片に覆われ、登山道がジグザグに通る伐採現場の切り株は地面すれすれに切り落とされていてつかみようがない。手掛かりがないので、四歩進んでは一歩滑って後退した。急傾斜で苦労しながら、時計を見ると、普段の自分のペースからどんどん遅れている。

頂上に到着すると、ケヴィンは岩に腰掛け、両手に頭を埋めて、心臓の鼓動が静まり、呼吸が緩やかになるのを待った。ラディックが角を曲がって現れたのは二十分後だった。足はまだしっかり踏ん張っているが、顔は紅潮し、足を引きずってノロノロ歩きながら、頻繁に立ち止まって呼吸を整えている。次の峰はもっと過酷だ。思い知るがいい。

ケヴィンは川苔山《かわのりやま》の山頂に登りついて、これまでよくそうしてきたように、最後に仲間全員で集まった場所で止まった。秀夫の魂がここにいて、自分を導いてくれるはずだ。

雨が降り続け、ケヴィンは山頂を離れて反対側を下り始めた。雫《しずく》の滴《したた》る雑木に腕や足を引っかかれながら随分歩いた。もうどの木も同じに見えてきた。登山道の脇に杉の木を一本見つけた。雷に打たれて幹が黒くなっているが、枝には緑の針葉が生えてきている。この木には見覚えがある。泥斜面を跳び越えようとして、川苔山に負けてしまったあの日にも見た。もしそうだとしたら、この先にT形の道標が立つ分岐点があるので、行く方向を決めなければいけない。

それとも、自分の道はとっくに決められていたのか？　山頂までの道中で、膝がガクガクし始めた時か？　それとも、登山道の途中で水筒の最後の一滴を飲み干してしまった時か？　いや、もしかしたら、どこか遠い登山道の、ずっと過去のいつかに、自分の運命と秀夫の運命が同じ誰かの不器用な手によって仕組まれてしまった時か？

木々の中に分岐点と道標が見えた。重ねられた杉の枝が泥斜面に向かう道を塞《ふさ》いでいる。ケヴィンは枝を取り除いて、もう一方の道の方に置き、岩の後ろにしゃがんだ。数分後にラディックがよたよたと道を降りてきた。体と足はリズムを失い、両腕はだらりと垂れている。道標をわしづかみにしたかと思うと、右へよろめき、泥斜面への道を進んだ。

ケヴィンは枝を元の状態に戻すと、頑丈そうな杖代わりの棒を見つけ、ラディックの後をつけた。ラディックはがっくりと頭を垂れ、再三躓《つまず》いている。もっと躓け——ケヴィンは立ち止まった。ラディックが足を滑らせて登山道から逸れたのだ。一メートル以上落ちた所で茂みに救われて止まっている。手掛かりを見つけ、登山道に這い上がってきた。四つん這いの状態で、数秒間そのまま苦しそうに息をした後、ようやく立ち上がり、のろのろと歩き始めた。

登山道は上りになった後で下りになり、以前よりも幅が広がった泥斜面が視界に入ってきた。ジャンプして渡るのは到底不可能だ。ケヴィンは静かに六メートル以下の距離まで近づいた。ラディックは縁に立っている。足跡を捜しているのだろうか？　あと一歩踏み出せば、奴は終わりだ。ラディックは靴先で泥に触れて、振り返った。ハッとしたように頭を上げ、目を細めている。

「今度はお前が後をつける番か」ラディックは肩を怒らせながら登山道まで引き返してきた。左脚の膝は硬直している。「これはどういうことだ？」

ケヴィンは数歩ラディックに近寄った。

ラディックはにんまりと笑った。「お前を持ち上げて背骨をへし折るのはたやすいことだ。だが、それではつまらない、そうだろ？」腕一本分の距離で止まった「で、どうする？」

「ライル、かなりお疲れだな。もう限界だと思うぜ」

ラディックが飛びかかってきた。ケヴィンは後退《あとずさ》りし、横に身を躱して、全身を使って相手の鼻柱を殴った。大男は後ろによろけた。もう一発見舞ったが、ラディックからも一撃が返され、ケヴィンの顎《あご》の横に当たった。目の前を、森林の緑、雲の灰色や暗紫色が通り過ぎた。岩の破片が背中を突き刺した。息ができない、腕も動かせない。目を開けて見た。

ラディックが馬乗りになり、手首をつかんで押さえている。

「残念だったな」とラディックが言った。「例のバッグを持ってないから、古いやり方でケリをつけるしかない」

ケヴィンは膝を折り曲げ、脚と腰で持ち上げようとしたが、上に乗った巨体は重過ぎてビクともしない。凄《すご》い握力で右腕をつかまれた。片手は肩の後ろに当てられ、もう一方の手は肘をつかんでいる。腕を上に向けられ後ろに押されて刺すような痛みが走った。

「ああ、やはりこっちの肩か。こっちの向きはいける、ここもオーケーだが、こっちはダメだ。脱臼《だっきゅう》したことがあるはずだ……こんなふうにな」

肩が外れた瞬間、ケヴィンは絶叫した。

ラディックが前のめりになり、目を合わせてきた。「お前の仲間はどこにいる?」

ラディックはケヴィンの肩峰《けんぽう》を強く握り、脱臼した骨を手探りし、関節窩《かんせつか》に擦り付けた。腕に電撃が走った。体が痙攣《けいれん》し、左腕が相手の邪悪な顔目掛けて跳ね上がった。ラディックは目を剝《む》き、咳《せき》をして顔を紅潮させながら首に手をやった。

ケヴィンは体を横に捻り、ラディックのバランスを崩させて、体をくねらせて巨体の下から脱出した。立ち上がったものの、右腕は役に立たない状態だ。ラディックは傷んでいない膝を立て、痛む膝を両手で抱え、両腕を曲げて立ち上がろうとした。ケヴィンはラディックの口を蹴《け》った。ラディックは後ろによろめいたが、斜面の一歩手前で堪《こら》えた。ケヴィンは左手で杖を掬《すく》い上げると、一方の先端を自分の腹部に当て、別の先端をラディックの胸部に突き立て勢いよく突進した。

ラディックはよろめき、両手で杖をつかんだ。足元に目をやった。両足の踵《かかと》は斜面側に飛び出している。一瞬顔を顰《しか》めたが、すぐに元の表情になった。血だらけの口元に、営業マンのような愛想笑いが浮かんだ。

「俺にどれほどの力があるか知ってるか、ケヴィン」唇を覆う血が、歯の折れた口内にも広がった。手が交互に杖を伝ってくる。「お前もお前の仲間も悪いようにはしない」

「もう十分だ」ケヴィンは杖を握る手を放した。

口を開け、杖を手にしたまま、ラディックは宙に浮いた。杖を振り上げたが、打とうとした時には既に後ろ向きに転落し泥土に突っ込んでいた。その衝撃で引き起こされた土と砂利の奔流は、ラディックの悲鳴を揉《も》み消し、その巨体を呑み込んでいく。

次々と流れ落ちる泥土は、木々を折り、灌木《かんぼく》を埋没させた後、ようやく鎮まった。ケヴィンは足を広げて自分を支え、山頂を振り返った。左手で右手を持ち上げ、仲間たちがそうするであろうように、両手を合わせ、頭を下げた。川苔山を汚してしまったことへの謝罪だった。しかし、自分にとって大切な仲間はみんな無事だ。これで秀夫も安心して成仏できるだろう。山の神もわかってくれるはずだ。

第二十三章　墓参り

ケヴィンは仲間たちと駅のホームにいる。東京から松本へ行き、そこで乗り換えて秀夫の故郷に行くのだ。電車がホームに入り、扉が開くと、乗客の列が一斉に前に進んだ。ケヴィンは三角巾《さんかくきん》で吊《つ》った腕を別の手で庇《かば》った。揉《も》みくちゃにされないように、前には京ちゃんが、後ろにはカズがいてくれて助かる。土井は京ちゃんよりも先に電車に乗り込んで車両の真ん中くらいまで押し進むと、体の向きを変えて別方向からの乗客の流れを遮り、唯一空いている四人掛けの座席を仲間たちに進上した。

「レディーファースト」とケヴィンは英語で言った。

「馬鹿なこと言わないで」と京ちゃんが日本語で答えた。「窓際に座って。あそこなら腕が何かにぶつかる心配もないでしょ」

「いつもながら京ちゃんの言う通り」後方からカズが言った。「つべこべ言ってないで座れよ。土井だって、いつまでも通路を塞《ふさ》いでいられないよ」

ケヴィンは窓際に座った。その隣に京ちゃんが腰掛け、二人と向き合ってカズと土井が座った。「お前、こんな時までジェントルマンかよ?」と土井。「ちょん切れた神経をつないでもらったばかりなんだろ?」

「おまけにお医者さんの忠告を無視して。ほんとは家で休んでないといけないんでしょ?」と京ちゃんが追撃してきた。

ケヴィンは肘《ひじ》を上げかけたが、肩に刺すような痛みを感じ、両肩を竦《すく》めるジェスチャーを諦《あきら》めた。家でじっとしていられないことは皆も重々承知だ。秀夫を殺した奴らを裁いたことを、秀夫に報告したいと思う熱い気持ちは皆と同じだ。そして、四人揃《そろ》って秀夫の墓に参るのが、今日初めてだということを意識しているのも自分一人ではなかった。

それは本当にありがたいし嬉《うれ》しい。ただ、土井はどうしたんだろう? 彼の険しい眼差しから察するに、何か別のことを懸念しているようだ。電車が走り出すと、「入院中のお前は」と土井が話し始めた。「鎮痛剤のせいで朦朧《もうろう》としてたから、今話すけど」と言って、通路を隔てた座席の乗客たちをチラリと見て声を低めた。「新聞には、早見は、理由はわからないが夜が更けてから山中を歩いて事故死したとあった。吉村警部補は、同じ頃にラディックも行方《ゆくえ》不明になったと気づくだろう。警部補さんは、二人ともお前の敵だって知ってるよな。その一人の死と、もう一人の失踪《しっそう》を偶然とは思わないだろう。警部補から電話があったら、何て言うつもりだ？」

「できるだけ何も言わない、だよな？」ケヴィンが答える前にカズが言った。「それと、お前を登山口まで乗せてったタクシーの運転手に警察が事情聴取しないことを祈ろうぜ。その人の証言で、もろ事件現場でなくても、お前がそっちへ向かっていたことがばれてしまう」

「ケヴィンの行為は正当防衛よ」と京ちゃんが言った。

土井は京ちゃんを横目で見ながら、「それも言うなら『周到に計画された』正当防衛、だよな。俺にはそれで十分通じるけど、警部補に通じるかは怪しいもんだ。特に、奥多摩の交番を素通りして、ラディックをもっと山奥に誘い込んだなんてことを、こいつが愚かに認めちまったりしたら……」

「話のついでに聞くけど」とカズ。「京ちゃんが五日市警察署に行った時、ケヴィンも来る予定だって吉村さんに話したのかい？　こいつが現れなかった時どうなった？　警部補さんはいぶかしそうだったんじゃない？」

「吉村警部補には連絡が取れなかったの」と京ちゃんが言った。「吉村さんはまたどこか違う所の交番に異動させられてしまっていて、誰も異動先がどこなのかを教えてくれなかった。でも、カズと土井が言おうとしてることはわかるわ。電話が来たら、ケヴィンは気をつけないとね」

ケヴィンは頭を下げた。「心配してくれてありがとう」友人たちの心配げな眼差しをもう一度受け止め、安心させようと笑顔を浮かべた。「実は、吉村さんからはもう既に電話があったんだ。一昨日だ。退院したばかりだってことは話さなかった。吉村さんは黒田のマンションで何があったかを知りたがった。彼は捜索令状なしでそこに到着して、僕がいないと確認した。どうやって確認ができたかと聞くと、吉村さんは僕がどうしてそこにいなかったかと聞いた。ラディックの手下がマンションに向かっていると電話を受けたから、逃げるしかなかったと言っておいた。吉村さんは、誰が僕に電話してきたか、僕がどこに逃げたかは聞かなかったけど、早見についていくつか質問をしてきたよ。僕が奴を知っていたかどうか、それと奴が山で事故に遭ったのを僕が知ってるかどうか」

土井が身を乗り出した。「で？」

「早見には一度プレースメント・インターナショナルで会ったことがあるって答えた。それと奴の山での遭難については、新聞で読んだと答えておいた。吉村警部補はそれで満足した様子だった、少なくとも今のところは。それよりも意外なことに、ラディックについては何も質問してこなかったんだ」

「ラディックが行方不明だってことを知らないのかな？」

「そうかもしれない」とケヴィンは言った。「誰も捜索願を出さなかったら、それもあり得る。ラディックは一人暮らしだし、奴の手下が忠実に動いてたのは、ただただ奴を恐れてのことだ。ラディックがいなくなって、恐れる理由がなくなれば、何か別のことをやり始めるまでだ。いつかCIAがラディックからしばらく情報の売り込みがないことに気づいて、警察に捜索を依頼するかもしれない。でも、その頃には手掛かりは消えている」

「つまり」と土井が言った。「ラディックがいつ行方不明になったのかは、誰も確実に知らない、または言わない。だったら、さっき言ったような偶然はない。そう言いたいのか？ちょっと楽観的過ぎないか？　失踪届はもっと早く出されてしまうかもしれんぞ」

「そうかもしれないし、君が言うように、吉村警部補が勘づくかもしれない。でも、それは吉村さんにとって最優先事項じゃない。というのは」ケヴィンは少し間をおいて「吉村さんは退職間近だ。あの人は、自分を今の立場に追いやった張本人で、内閣調査室での元上司だった金山士郎の処罰に警察官として残されたすべてを注いでいるから」

「そいつはいい」とカズは言った。「けど、吉村さんはどこか辺鄙《へんぴ》な所に飛ばされたんだろ。そんな所から何ができるかな？」

「警部補は週末には都心に戻って」とケヴィン。「独りで調査を続けてるんだ。ブランドン・フレッチャーとも極秘で話した。でも、フレッチャーはマトリーに強請《ゆす》られていたことを否認したらしい。マトリーも日本を出てしまったから、この件について吉村さんはこれ以上追及できそうもないって。ただ、株の取引口座についてフレッチャーに話をさせることができたから、ラディックの子分二人を訊問した上、調書に署名させることができたらしい。その調書があれば警察は、不正入手した情報を使って株式をインサイダー取引した罪で金山を逮捕できるはずだ」

土井は顔を顰《しか》めた。「金山は、殺人の共同正犯でもしょっぴかれるべきなんだが。金山とラディックが秀夫を抹殺しようとしたことを聞いた唯一の人物はもうこの世にいない。ポーリングと吉村は状況証拠を出せるけど、それは有罪を決定づけるには至らない。俺たちは、警部補さんが掘り出せるだけ掘り出した罪状で金山が捕まることで満足するしかないのか……。少なくともそれで奴の政治生命は終わりだが」と言って座席の背に凭《もた》れた。「革青同全国本部の元委員長はどうなんだ？　奴の罪は不問かよ？」

「マトリーが逃げてしまった今となっては」と京ちゃんが言った。「秀夫を駅のホームにおびき出すように、マトリーが石田に指示したことを証言できる人物はいないわ」

「ただ一つ」とカズが言った。「ホテルの部屋でケヴィンと土井が石田を脅しただろ、あれを実行に移すことはできるんじゃないか。金山の逮捕が新聞に大きく報道されるのを待って、金山が告発された罪に関連して、石田が自分の親父《おやじ》の会社を金山に使わせていたっていう記事を誰かが新聞社に送ったらどうだろう？」

「何もしないよりはマシかもしれんが、物足らんな」土井は車窓に目を移し、流れ過ぎてゆく建物を眺めたが、再びカズに視線を戻した。「遠藤はどうだ？　俺が奴に会いに行こうか？」

「とんでもない！」カズより先に、声を上げたのは京ちゃんだった。「前橋刑務所に戻りたいの？　今度、また暴力をふるったら常習犯扱いよ」

「遠藤の野郎、皆を裏切ったんだぜ。革青同の全員を」と土井は言い返した。

カズは土井に向かい、まあまあ、と宥《なだ》める仕草をして言った。「確かにそうだ。俺たちのかつての同志全員がそれを知るべきだ。昔の仲間をできるだけ探し出して、俺たちが知っていることを伝えよう。必ずその中には、遠藤本人に思い知らせてやりたいと感じる同志もいるはずだ。そうなったら遠藤は一生、電話番号をちょくちょく変えながら、常に周りを警戒して暮らさざるを得なくなる。石田も同様だ。あいつが革青同を混乱、分断させた上、さっさと見限って楽な仕事に乗り換えたのは誰もが知っている。でも、あいつがCIAに金で雇われて、党派間の争いを煽《あお》っていたことは知らない。当時、あいつのせいで病院に運ばれた同志たちは多い。彼らがその辺の事情を知ったら、どんな反応をするかな」

「俺ならどうするかは明らかだね」と土井が言った。

「でも、その案は四対一でボツだからね」とケヴィンが返した。

「四?」

「秀夫もきっと僕らの側だからさ」

「わかったよ」語気を少し和らげて、土井は続けた。「じゃあ、お前さんの件に戻ろうぜ。警部補さんの第一の狙《ねら》いに関するお前の読みが正しくて、あの夜お前が山に行ったことが警察にばれなければ、お前はセーフかもしれん。吉村やサツが家に来て、その三角巾を見なけりゃな」

「そうしたら、病院で医者に話したことを繰り返すだけさ。階段から落っこちて、手摺《てす》りに腕を引っ掛けて怪我しましたって」

「あるある、よくある事故だ」土井は呆《あき》れた目を向けた。「疑われっこない」

ケヴィンは鉄路のリズミカルな響きに耳を傾けた。仲間たち皆の気遣いを知って嬉《うれ》しかった。土井とカズが、京ちゃんと自分をカップルだと認め、隣同士に座らせてくれたことはもっと嬉しい。

あと一人、認めて欲しい人、それは秀夫だ。


****

今日は靄《もや》が晴れている。日の光を受けて、墓標の影はくっきりと際立ち、遠くの山々は雪に輝いている。小石の敷かれた道を、ケヴィンは友人たちと一緒に森家の墓に向かって歩いた。いつものように、墓前の金属の線香立てが目を引いた。線香の包みを開けようとしている京ちゃんに場所を空けた。彼女は五本数えて取り出し、マッチで火をつけた。

「これは秀夫に代わってご先祖様に」と一本を、線香立ての中央にまっすぐ立てた。土井の方を向き「じゃあ、土井から?」と言って、土井に一本手渡した。

土井は京ちゃんと場所を入れ替わって墓石の前に立った。土井は、先ほど京ちゃんが供えた線香のそばに自分の一本を立て、手を合わせて頭《こうべ》を垂れた。「安らかにな」と静かに祈った。「お前を俺たちから奪った奴らは、行き着くべき所に行き着いたから」

次にカズが線香を供えた。「お前は、俺が辛くてどうしようもなかった時に希望をくれた。お前は今でも俺たちのリーダーだ」と言うと、京ちゃんのために場所を譲った。

「今もあなたは私の大切な人よ」と言うと、京ちゃんは瞳《ひとみ》を閉じて黙禱《もくとう》した。

最後にケヴィンが墓石の前に立ち、秀夫の線香を囲むように立てられた他の線香に倣《なら》って自分の一本を供えた。「秀夫、君は独りぼっちだった僕に手を差し伸べてくれた。君のおかげで強くなれたからこそ、僕は自分自身と向き合い、自分の生き方を見つけ、そして君が一番大切にしていた人に辿《たど》り着いた。僕は京ちゃんを支えていくことを誓うよ。君がそうしたようにね」そう言うと京ちゃんの方を向いて、「秀夫、京ちゃんに結婚を申し込んだら、どうか僕らを祝福してほしい」

京ちゃんは目を丸くした。「そんなこと聞いてないわよ」唇を引き締めて笑みを押し殺している。

「まあまあ、妥当なとこじゃない？」とカズが言った。

「京ちゃんがいたら、こいつも無茶はしないだろう」土井はケヴィンの背中を優しく叩《たた》くと、墓の方を向いて「そうだろ、秀夫？」

線香立ての中央に立つ一本は、他の線香よりも、明るく燃えているようだ。そう想像すると、本当にそう思えて、心が安らいだ。五本の煙は絡み合いながら、青空へ流れていった。

あとがき

ディヴィッド・ベイカー

小説のあとがきとして、著者はその作品の実現に寄与してくれた人々への感謝を語るものですが、私の場合、それは一九六〇年代初めに日本で知り合った学友たちです。十九歳のとき、私は広い世界を求めてデトロイトを離れ、東京の大学に入学しました。新しい住まいは三畳一間の下宿で、他の下宿生たちと洗面器を共有するという生活でした。日本語といっては、日本に向かう船内で耳にした「カモメ」という単語しか知らない私を、皆は温かく迎え入れてくれました。大学の日本語クラスには苦戦したものの、仲間たちに招かれて、石油ストーブを囲んで二級酒を酌《く》み交わしたり、学生歌を歌ったりしたおかげで、私の日本語は上達しました。

当時の仲間たちはまた、現状のあり方や、私自身が持ち込んだ安易な思い込みに疑問を抱かせてくれました。驚いたことに、彼らのほとんどはノンポリだったにもかかわらず、日米安保条約反対デモに参加していたのです。子供のとき祖国の壊滅を見た彼らは、日本を再び戦争に巻き込むような仕組みは許せなかったのです。

キャンパス内や他の大学で知り合った学生運動家たちを活動に導いたものも、同様の反戦思想でした。彼らの勇気と連帯感に触発された私は、彼らとともに米ソ水爆実験に抗議し、米国に帰国後は人種差別やベトナム戦争への反対運動に参加しました。後になって当時の経験を振り返り、そこから何を学んだかを考えたとき、それは友情と決意があれば圧倒的な権力にさえ挑むことができるという信念でした。その思いを込めて、私は『五人の絆（Their Bond Unbroken）』を執筆しました。今も非情な権威、たとえば現アメリカ大統領のような理不尽な権力者によって脅かされている人々が、拙著に励まされ、毅然《きぜん》と立ち向かう勇気を奮い起こすことができればと願っています。

Author' s Note

It is customary to follow the conclusion of a novel by acknowledging the people who made it possible. In my case, they would be the students I met in Japan during the early 1960s. As a nineteen-year-old seeking a wider world, I left Detroit and enrolled in a university in Tokyo. My new home was a lodging house where I slept in a three-mat room and shared a washbasin with my housemates. They welcomed me even though my knowledge of Japanese was limited to kamome (seagull), a word I had heard onboard the ship that brought me to Japan. While I struggled with language lessons at school, they improved my comprehension by inviting me to sit with them around a kerosene stove, drink second-class saké, and sing student songs.

They also helped me question the status quo and the comforting assumptions that I had brought with me. To my surprise, even though most of them were nonpoli (non-politcIal), they had participated in demonstrations against the U.S.-Japan Security Treaty. As children they had seen their country devastated, and they wanted no part of any arrangement that might draw Japan into another war.

The same antiwar sentiment guided student activists I met on campus and at other universities. Their courage and solidarity inspired me to join them in protesting U.S-Soviet H-bomb testing and, upon returning to the United States, participate in movements against racism and the war in Vietnam. Years later I reflected on these experiences, wondered what I had learned from them, and decided it was that friendship and determination can challenge overwhelming power. Based on that premise, I wrote Their Bond Unbroken. My hope is that people intimidated by ruthless authorities, like the current president of the United States, will read the book and feel encouraged to stand firm.

David Baker

解説

三宅一男

このプロジェクトは作者の連れ合い、公子《こうこ》夫人の「この本の日本語版を夫にプレゼントしたい」という呟《つぶや》きが引き金であった。それを真に受けて最初の相談を持ち掛けたのは旧友の著明な翻訳家、池央耿《いけひろあき》氏であった。

彼は丁寧に読んでくれて、面白いから日本語版での出版は可能かもしれないと言ってくれた。さらにはその労も取ろうとも言ってくれた。天にも昇る思いであった。しかし悔しいことに彼の寿命が尽きてしまった。途方に暮れた私は大学の後輩、溝井武實氏に助力を仰いだ。早速彼は友人の広瀬泉氏に繋《つな》いでくれた。もちろん私も彼とは昔から面識があるどころではなく、面識というような他人行儀な言葉では語れない若き日からの腐れ縁があった。彼は一読して手伝わせてほしいと言ってくれた。対価は一杯の安酒のみであった。ともあれここで母校を同じくする三人のチームが誕生する。この二人がいなければこの本は陽《ひ》の目を見なかったことは断言できる。そして奇《く》しくも公子夫人も含めた促成栽培の五人の絆《きずな》が生まれたのだ。

さて読者は小説の冒頭いきなりデモの場面に遭遇する。その背景には米ソの核開発・核実験競争など緊迫した時代の動きがあったことは間違いない。この小説はその時代背景なしには決して生まれなかった。だから最初はこれは政治小説かと当惑する読者もいるかもしれない。でもそれは早とちりだ。読み進んでいただければわかっていただけると思うが、これは心を病んだ一人の若者が異国の地で友愛によって癒《いや》され、行動を共にする無二の友の死を目撃して、復讐《ふくしゅう》を遂げていく物語なのだ。そこには作者の壮絶な精神の道行《みちゆき》が潜んでいる。人がある思想を持つこと、ある理念に傾くこと、その陰には必ず出自と幼年時代の経験が隠されている。私はそう信じている。作者の秘めた思いを感得してもらえればうれしい。自分を奈落《ならく》の底から救ってくれた友。その友が眼の前で殺されたのだ。それは主人公の今あることを根こそぎ否定することを意味する。思想や理念の否定、あるいは正義の貫徹という自己充足ではない、最早存在そのものの抹殺に対する捨て身の反撃しかない。だからこそ、主人公には悪者の屍体《したい》という具象が不可欠であった。

作者はこの小説の完成に30年の歳月を要したという。

若き日、彼が反戦運動に飛び込み、活動していたことは知っていた。しかし正直なところ彼が何に憤怒し、いかなる党派と行を共にしていたか全く知らなかった。ただ確たるたづきのメドも持たぬまま夫人とともにアメリカに戻っていった彼の姿は眩《まぶ》しかった。彼はそうして運動に傾注した日々を過去の物語として葬ることはできなかった。彼はその自分と対峙《たいじ》し続けてきたように思う。この小説を小説としての水準を評価する力量は全く持たない。それはお読みいただいた読者にすべて委ねる他はない。ただ私はこの小説から何としても自分の生を了解したいという愚直なまでの執念を感じざるを得なかった。

人がその人生を懸《か》けて何かに執すること、私にこの本の出版に微力を傾けさせた所以《ゆえん》である。

ディヴィッド・ベイカー（David Baker）

ニューヨーク州に生まれ、ミシガン州でデトロイトの郊外に育つ。ウェイン州立大学での1年後、彼は国際キリスト教大学に編入し、そこで社会科学を専攻した。卒業後、アメリカに戻り、人種主義に反対する組織People Against Racismの研究代表者になる。その後サンフランシスコ州立大学で歴史学の修士号を取得。彼は、Addison-Wesleyから出版されたものとGlobe Fearonから出版された2冊の米国史教科書の共著者。

＜訳者＞

早川崇子：京都市出身、カルフォルニア州バークレー在。津田塾大学英文科卒。現在、フリーランス通訳、翻訳家として活動中。訳歴：「波濤を越えて」アリス.ベーカー著　大和書房　「高野山」　永坂嘉光著　毎日グラフィック社

青山友里子：大阪府出身、カルフォルニア州サンフランシスコ在。龍谷大学文学部東洋史卒。大学卒業後北京留学を経て渡米。現在もサンフランシスコで幅広い分野のフリーランス翻訳家として活動中。

五人の絆
友情は国境を超えて

2025年　4月　24日　第1版第1刷発行　著　者　ディヴィッド・ベイカー

発行者　髙　橋　考
発行所　三　和　書　籍
〒112-0013　東京都文京区音羽2-2-2
TEL 03-5395-4630　FAX 03-5395-4632
sanwa@sanwa-co.com
https://www.sanwa-co.com
印刷所／製本　中央精版印刷株式会社

ISBN978-4-86251-567-4 C0093